愚者の連鎖

アナザーフェイス7◎目次

第一部　完全黙秘　7

第二部　自供の後　152

第三部　隠された過去　301

JN267625

愚者の連鎖

アナザーフェイス7

第一部　完全黙秘

1

ドアを開けた途端、ぷうんと醬油の香りが鼻を刺激した。煮物？　大友鉄《おおともてつ》は少し慌てて、ドアに鍵もかけないままキッチンに駆けこんだ。

「飯、作ってたのか？」

「あ、お帰り」

息子の優斗《ゆうと》が、振り向きもせずに素っ気ない口調で答える。いつの間にか声変わりしていて、今や父親の大友よりもトーンが低いぐらいだ。ただし、背はそれほど伸びていない。中学入学時の健康診断では、百五十八センチだった。追い抜かれるのはもう少し先だろうな、とほっとしたのを覚えている。

「煮物か？」

「うん……」

ガス台で優斗の横に立つと、難しい表情を浮かべているのが分かった。鍋の中では豆腐と肉、白滝が揺れている。

「肉豆腐か」

「味が……ちょっと甘いんだよね」

「砂糖の量は？」

「砂糖じゃなくて、こっちにしてみたんだけど」優斗が冷蔵庫を開け、メープルシロップのボトルを取り出した。

「ああ……どれぐらい入れた？」

「大さじ一。ちゃんと計ったけど」

「それ、ちょっと多かったな。このメープルシロップ、少し甘いんだ」

「ああ、いつものじゃないんだね」

「メープルシロップは、メーカーによって結構甘さが違うから。でも、少し甘いぐらいは大丈夫だよ……あとは？」

「おひたしでも作ろうかと思ったけど」

「じゃあ、そっちは僕がやろう」

大友は背広からジャージに着替え、洗面所で手を洗った。優斗が中学生になってから引っ越した2LDKのこのマンションでの暮らしも、既に半年になる。前のマンションより少し広く、優斗専用の部屋もキープできた。しかし、義母の聖子《せいこ》の家から歩いて五分ほど、というのは以前と変わらない。やはり、何かと頼らざるを得ないのだ。

それにしても、優斗が自分で飯を作るようになるとはね……と驚く。普段は塾通いで、帰って来るのは夜の八時過ぎになるのだが、塾がない日には自分でキッチンに立つのも珍しくない。大友は「そんなことをしなくてもいい」と言うのだが、優斗は特に苦にもしていない様子だった。むしろ、料理が好きになりかけている感じだ。火の扱いはまだ心配だが。

鍋で別に湯を沸かし、ホウレンソウを湯がく。冷水ですぐに引き締め、切り揃えて……これだけでは少し物足りない。

「おひたしじゃなくて、サラダ風にしてもいいかな」

「ホウレンソウは、いつもそうでしょ」優斗が素っ気なく言った。

親子関係は難しい……他の父兄はちょうど、子どもたちの第二次反抗期に悩んでいるようだ。優斗は時々素っ気ない――淡々とした態度を取るぐらいで、普段はひどく素直である。今こんなに素直で、もう少し大きくなってから反抗的になるとかえって面倒なのだが、と不安になることもあった。

ホウレンソウに、トマトの櫛形切りと缶詰のヤングコーンを加え、塩コショウとオリーブオイルだけで味つけする。オリーブオイルを使うのは、聖子の影響だ。最近聖子は、健康のためにとやたらに「油」に凝っている。オメガ3がどうとか……エゴマ油を勧められたのだが、スーパーで見たら驚いて顎が外れるような値段だった。代わりにオリーブオイルを常備し、サラダを作る時にはこれと塩コショウだけで味つけするようにしている。

七時半、夕食スタート。最近は優斗の塾帰りを待って食事を作ることも多く、遅くなりがちだが、今日は昔からの時間と同じだ。

「肉豆腐、どう?」優斗が探りを入れるように訊ねる。

「大丈夫じゃないか」豆腐を頰張り、大友は言った。実際には結構甘いのだが……せっかく優斗が作ってくれたのだから、そんなことは言えない。

優斗が、牛肉を食べた瞬間に顔をしかめた。

「甘いじゃん」

「これぐらい、いいんだよ」

「砂糖の方が、味つけは簡単だし間違いないと思うけどなあ」

「メープルシロップの方が体にいいって、聖子さんが……」

「聖子さんの言ってること、気にし過ぎじゃない?」優斗が首を傾げる。「だいたい聖子さん、全然元気でしょう。何で病気のことなんて気にするのかな」

「それは、あの年になれば、いろいろ気にするのが普通だよ。肉豆腐は美味いから、大丈夫だ」

「そうかなあ」優斗が不満そうに言って、サラダに箸を伸ばす。一口食べて、「塩、入れ過ぎじゃない?」と不満を零《こぼ》した。

「ああ……」ホウレンソウを摘んで食べてみると、大友も同意せざるを得なかった。確かに、少し入れ過ぎた。いつも大雑把な料理だから、味つけが一定しない。

ぼそぼそと会話を続けながらの夕食。こんなものだろう、と大友は思った。母親のいない食卓で、中学一年生の息子と会話が弾んだら、かえって気味が悪い。男親と息子の関係は、素っ気ないぐらいがちょうどいいのではないか。

優斗が夕食の大部分を用意してくれたので、大友は洗い物を引き受けた。その間、優斗がペーパーフィルターでコーヒーを用意する。まだブラックではきついようで、自分の分はたっぷりミルクを加えるのだが、それでも夕食後にはコーヒーを飲むのが最近の習慣になっていた。

大友は自分の分のコーヒーをカップに注いだ。優斗はテレビの前のソファに陣取り、画面に視線を注いでいる——しかし、観ていないことは分かっていた。あまりテレビに興味を持たない子なのだ。スマートフォンは持っているが、こちらも無駄に弄《いじ》って時間をロスするようなことはしない。この年なら、ゲームにはまって生活時間が乱れてもおかしくないのだが……どうも面白みがないというか、いい子過ぎる、と最近は逆に心配になっている。部活でスポーツに汗を流しているなら取り敢えずは安心だが、放課後の活動は塾に限られているのだ。地元の公立中学校に入って、成績はずっと上位をキープしているが、もう少し気楽にやってもいいのでは、と大友は思っていた。もっとも中学生の子の父親としては、「もっと遊べ」とも言いにくい。

さて、コーヒーの後はビールにするか……順番がおかしいが、大友は自宅ではこうすることが多い。少し早い寝酒、という感じだ。大友は冷蔵庫を開け、缶ビールを取り出した。洗ったばかりのコップを水きり籠から出した瞬間、スマートフォンが鳴る。おっと、危ない――この時間の電話は、仕事に決まっている。しかも、本来籍を置く刑事総務課の仕事ではなく、何か特別な任務。これからまた出かけなければならないかもしれないから、ビールを開けなくてよかった。缶ビールを冷蔵庫に戻して、電話に出る。

後山《あとやま》……刑事部参事官にして、大友の「守護者」。と言いつつ、実態は特別な命令を下す人間である。また厄介な話になるな、と大友は溜息をついた。

「大友です」

「お休みのところ、申し訳ないですね」

いつもの、慇懃無礼な挨拶。自分とさほど年齢が変わらないとはいえ、向こうはキャリアである。威張って話せとは言わないが、もっと堂々としていればいいのに。

「大丈夫です」

「明日からなんですが……南大田署の捜査本部に入って下さい」

何かあっただろうか、と大友は記憶の引き出しをひっくり返した。後山は「特捜本部」ではなく「捜査本部」と言った。予算的にも人員的にも、特捜から一段格下の態勢。殺人事件などの重大事件を扱う特捜本部なら、都内のどこにあるか、大友も全て把握しているのだが……特捜本部のバックアップも、刑事総務課の大事な仕事である。

「連続窃盗事件なんですが、犯人が完全黙秘していましてね」

「はあ」思わず気の抜けた声が出てしまう。在籍していたのはずいぶん昔のことだが、大友には殺人などの凶悪事件専門である「捜査一課出身」の自負がある。窃盗事件は捜査三課の担当であり、自分とは関係ない、という意識が強い。過去には、特命を受けて捜査三課の仕事を手伝ったこともあるのだが、あまりいい想い出はなかった。

「若いんですが、かなり粘り強い容疑者のようです。あなた、ちょっと行って揺さぶって下さい」

「簡単に言わないで下さいよ」大友は苦笑した。「所轄の連中が落とせないのを、私が落とせるとは限りません」

「いやいや……ここは一つ、あなたの腕を見せてあげて下さい。所轄の若い連中のお手本になるように」

「あの……参事官？」

「何ですか」

「変な話ですが、今までこの程度の事件で、私に声をかけていただいたことはありませんよね？　何か裏でもあるんですか？」

「いえ」後山があっさり否定した。「特にありませんが、最近、あなたと仕事を一緒にする機会がありませんでしたから、たまにはいいでしょう。何か、都合の悪いことでもあるんですか？」

めのリハビリ。

「それはないですけど……」腕試し、ということか。あるいは刑事の勘を鈍らせないた

「優斗君、どうですか？」

「今日は肉豆腐を作って待ってました」

「それはすごい」本当に感心した様子で後山が言った。「肉豆腐ができれば、もうどんな料理でもできるんじゃないですか」

「あれは基礎の基礎ですよ」そう言えば……妻の菜緒《なお》を亡くした直後には、自分も頻繁に作っていたのを思い出す。材料は牛肉と焼き豆腐、葱に白滝だけ。味つけも、結構適当でも何とかなる、便利な料理なのだ。

「でも、段々優斗君の心配をしなくてよくなってきたんじゃないですか？　捜査一課への復帰を見据えて、リハビリも本格的にやらないと」

それはこの八年以上、ずっと続けてきたことである。後山、それに彼の「前任」である元捜査一課長の福原《ふくはら》が大友を現場に引っ張り出し、捜査一課の刑事としての感覚を忘れないようにしてくれた。そのために散々傷つき、精神的に痛い目にも遭ったのだが。

「それは……そうですね」未だに捜査一課復帰の目途は立たないが、後山の言い分には一理ある。自分の警察官人生の後半に向けて、そろそろ生活を立て直さなくてはいけない時期にきているのは間違いない。刑事総務課での、ぬるま湯のような生活は間もなく終わるだろうという予感もある。

優斗が巣立つ日には。

2

南大田署は、ＪＲ蒲田駅と京急蒲田駅のほぼ中間地点、環八通り沿いにある。周辺にはマンションや雑居ビルが建ち並び、七階建ての庁舎は自然に町の風景に馴染んでいる。

大友はネクタイを締め直し、頰を膨らませてから思い切り息を吐いた。何だか複雑な気分……「たかが窃盗事件」という意識もある。一方で、その「たかが」を落とせなかったら、自分の評判はがた落ちだ、と不安になった。とにかくやってみるしかないだろう。逮捕から一週間以上、完全黙秘しているということだが、いくら粘り強い犯人でも、そろそろ話したくなってくるはずだ。大友の経験では、勾留期間の間ずっと完全黙秘を貫いた容疑者など、数えるほどしかいない。勾留期間――十日間というのは、人間が沈黙を守れるぎりぎりの長さなのかもしれない。ましてや二勾留も耐えられるものではないだろう。

まず、副署長に挨拶。いつものように嫌がられると覚悟していたのだが、苦笑で出迎えられた。

「申し訳ないね、うちの連中がだらしないもので」

「いえ……とんでもないです」

「警部補に昇任して、本部からうちに異動してきた係長が取り調べを担当してるんだけど、なかなか厄介な容疑者で、難儀しているんだ」

「担当は誰ですか？」

「玉城《たまき》警部補。捜査三課から来たんだけど、知らない？」

「いや、申し訳ないですが……」

「年次で言えば、あんたより二年ぐらい下だけど」

「それで警部補なら、なかなか優秀じゃないですか」大友はまだ巡査部長である。刑事総務課に来てから、試験勉強をする時間は増えたのだが……その分を優斗との時間に割り振っている。

「試験に関しては、ねえ」副署長がまた苦笑した。「ちょっと頭でっかちのところがあるんだ。まあ、早い段階で少し痛い目に遭った方がいいんじゃないか？　頭を冷やすのは、今後のためにもいい経験になるだろう」

「嫌われ者にはなりたくないんですけどね」思わず本音を吐いた。

「まあまあ……とにかく、容疑者を落とせないことには、どうしようもないんだから。うちとしては、大失点になりかねないからね」

「せいぜい頑張ります」

　きちんと頭を下げてその場を辞した。副署長との顔合わせでは、上手くいった方だろう。時には、露骨に嫌がられることもあるのだ。もちろん今回も、陰では何を言われているか分かったものではない。

　階段で二階に上がる。刑事課の部屋の前で、廊下の壁に背中を預けて後山が立っていた。電話で指示を飛ばすだけではなく、わざわざ所轄まで来るとは……参事官も暇ではないはずで——何しろ刑事部の仕事全体に責任を負っている——何故こんなことをするのか、大友はさっぱり分からなかった。後山は時折、こちらが首を傾げざるを得ないほど事件に入れこむことがあるのだが、今回もそういう感じなのだろうか。事件に軽重をつけるべきではないが、大友は「たかが窃盗」という意識を消せないままなのに。

「参事官……」

「どうも、わざわざご足労いただいて」後山がひょこりと頭を下げる。

「いや、ご足労というほどでは……」大友は思わず苦笑した。

「町田からだと、来づらいでしょう」

「それが、意外にそうでもないんですよ。横浜線から京浜東北線に乗り換えて、一時間もかからないんです。本部に行くより近い感じですね」

「ああ、なるほど……東京の路線図は、未だに分かりませんよ」

　それもさもありなん、と大友は思った。後山は京大出身である。警察庁に入庁した後も全国の県警を回って、東京で暮らしていた時間は案外短いはずだ。警察庁の本庁に勤務している時は、基本的に自宅と霞ヶ関の往復だけのはずだし、警視庁では現場に行く時にも車が出る。大友のように、大学時代からずっと東京に住んでいて、網の目のような地下鉄路線を自在に使いまくっていた人間とはまったく違う。

「ちょっと、背景を説明しましょうか」

「参事官自らですか？　早く刑事課長に挨拶しようと思っていたんですが」

「十分で済みますよ」後山がぱっと両手を広げ、刑事課の隣にある小さな会議室に大友を誘った。

環八に面した部屋は、四人がテーブルにつくと、それだけで息苦しくなるような狭さだった。後山が窓辺に寄り、ブラインドを上げて窓を細く開ける。爽やかな秋の風が吹きこみ、息苦しさが少しだけ薄れた。大友は、後山が席に着くのを待って、自分も腰を下ろした。

後山がブリーフケースを開き、書類を取り出した。容疑者の人定、逮捕容疑などが簡潔に記載されている。正式の書類ではなく、後山が自ら資料としてまとめたもののようだった。

「犯人は若居《わかい》智仁《ともひと》、二十五歳。住所は川崎市川崎区です」

「こっちの人間じゃないんですか」大友は書類から顔を上げた。

「東京じゃないと言っても川崎ですからね。多摩川を越えてすぐでしょう？　蒲田の隣駅だし、近いものですよ」

「近くて遠い感じかもしれません」

若居の自宅から南大田署までは、五キロぐらいのものだろう。健脚の若い男性なら、一時間で歩いてしまうはずだ。しかしその途中には、多摩川が横たわっている。どんなに近くても、大きな川があると、心理的な距離はぐっと遠くなるはずだ。そう説明すると、後山が素早くうなずいた。

「なるほど。やはり県境を越えてとなると、簡単ではないかもしれませんね」

「逆に、知った顔がいないから犯行をやりやすい、という感覚もあるかもしれません。地元だと、どうしても他人の目が気になるでしょうしね」

「そういう考え方もありますか……」

「いずれにせよ、ろくな人間じゃないようですね。まともに働いていなかったという点では」

大友は、若居の経歴に目を通した。とはいっても、オフィシャルな経歴としては、卒業した小学校、中学校の名前が書いてあるだけだ。高校中退後は、時折アルバイトをしていただけで、正式に就職したことは一度もない。

「要するにフリーターですね」

「そういうことです。地元では、いろいろ評判が悪かったようですよ」

「逮捕歴は……ないんですね」

「高校時代に補導歴はあるようですが、大事《おおごと》にはならなかったようですね」

補導歴は……ホームセンターでの万引きか。詳細な情報までは書かれていないが——神奈川県警の事件だからか——要するに手癖の悪い男、ということだろう。そういう性癖は、成人しても簡単には矯正されない。

「それが今や、連続窃盗犯ですか」大友は顎を撫でた。続いて、今回の逮捕容疑に目を通す。

「連続かどうかはまだ分かりません。同じような手口の事件は続いていたんですけどね」後山が、大友の発言を訂正する。

逮捕されたのは正確には十日前、十月九日だった。この日の午前三時、大田区西六郷の小さな町工場に侵入し、事務室から金庫を盗み出そうとして現行犯逮捕されている。この工場は警備会社と契約しており、アラームが鳴って駆けつけて来たガードマンに捕まり、そのまま警察に突き出されたのだった。小型の手提げ金庫を持って工場から出て来た状態では、言い逃れできない。金庫には、現金五十六万七千八百二十円が入っていた。

その後送検されたが、警察に対しても検察に対しても、完全黙秘を貫いている。免許証を持っていたので人定だけはできたものの、犯行事実、動機については一切語らず、完全黙秘したままだ。捜査本部では、手口から見て余罪があると見ているようだが……。

「他の事件との共通点は何なんですか」大友は訊ねた。

「被害者です。町工場で、同じような手口の事件が続いていましてね。大田区には、小さな町工場がたくさんあるでしょう」

「そういうところは、事務室に小金《こがね》を持っている……」

「現金ですぐに決済しなければならないことも多いでしょうから」後山がうなずく。「小型の金庫──手提げ金庫ばかりが盗まれる事件が、一年ほど前から多発しているんです。鍵をこじ開けて事務室に入るやり方も、毎回同じなんですよ」

「警備会社と契約していない工場を狙ったんじゃないですか？　何で今回ばかり……」

「それが、まったく偶然なんですね」後山が薄く笑う。「そこの子どもが、悪戯《いたずら》して警備会社のシールを剝がしてしまったそうなんです。それでたまたま気づかなかったのではないか、と」

「間抜けな話じゃないですか」大友は両手を広げた。

「しかし、異常に粘り強い。一筋縄ではいかない相手ですよ」後山の表情が引き締まる。

「余罪がたくさんある場合、喋らない犯人はいますからね」

「若居も、余罪を追及されるのを恐れて話さないのではないかと思いますが、とにかく粘り強い。あと二日で、最初の勾留が切れるんですが……」

「勾留延長はできるんですか？」

「それは問題ないと思いますが、検察の方が急かしているようですね」

「でしょうね」

大友は顎を撫でた。検察庁は、あくまで「事務的」な役所である。警察から送致された事件を事務的に処理し、起訴、不起訴を決定する。ほとんどの容疑者は、逮捕されて検察庁に送致された時点で自供しているので、あとは本当に事務処理になる。面倒なのは、容疑者が自供していない場合だ。気の短い検事だと、警察に露骨に圧力をかけて急かしてくる。

「担当検事は……」そこまでは書類に書かれていない。

「私も知りませんが、若い検事らしいですよ。張り切っているのかもしれません」

「面倒ですね……参事官の方から検事にプレッシャーをかけてみたらどうですか？」

「まさか」後山が苦笑する。

同じ国家公務員でも、警察庁のキャリアと検事ではまったく立場が違う。実態はともかく、建前では検事は「独任制」だ。法律上、検事は単独で検察権を行使できる。一方警察庁のキャリアは、組織を指揮し、維持するために存在している。

「大した事件ではないんですよ」後山が腕組みした。「でも、その犯人が自供せずに、このまま起訴できないとなったら、小骨が喉に引っかかっているようなものだ」

「起訴はできるんじゃないですか？　物証は十分でしょう。現行犯逮捕なんだし」

「ただ、完全黙秘というのはねえ……」後山が腕組みしたまま首を捻《ひね》る。「余罪を追及されるのを恐れて黙っているとしたら、分からないでもないですけど、ちょっと極端過ぎる」

「そうですね」大友はメモを丁寧に折り畳み、背広の内ポケットに入れた。

「もういいんですか？」後山が目を細める。せっかく用意してきたのに……とでも思っているのかもしれない。

「事前の情報は、あまりない方がいいんです」大友は笑みを浮かべて見せた。「私の場合は、予断なく取り調べに入った方が上手くいきます。白紙の状態がいいですね」

「余計なお世話でしたか？」

「とんでもない」大友は首を横に振った。「それより、所轄の連中にしっかり頭を下げておかないと」

「それは私がやっておきましたから、あなたはすぐに、取調室に入って下さい」

「そうもいかないんです」大友は、もう一度ネクタイを締め直した。「こういうのは、最初が肝心ですから。取り敢えずできるだけ下手に出て、少しでも印象をよくしておかないと」

「本来業務とは関係ないところですがね」

「警察官は、プライドが高い人種なんですよ」立ち上がり、肩を二、三度上下させる。

朝から妙に肩が凝っているのを意識した。


刑事課に入ると、大友はかつて感じたことのない圧力を全身に浴びた。憎悪、悔しさ、焦り……様々な感情が束になって襲いかかってくる感じ。一つ咳払いをして、刑事課長の須崎《すざき》に挨拶する。後山には引き上げてもらった。既に挨拶はしているというし、ここで後山につき添ってもらって刑事課長に挨拶するのは、あまりにも情けない感じがした。そこまで保護されたら、まるで幼稚園児ではないか。優斗だって、もう何でも一人でできるのに。

「ちょっと、うちの係長と話してくれ」須崎がいきなり話を振った。

「玉城さんですか？」

「そう……おい、玉城！」

須崎が、失敗を叱責するような口調で呼びつけた。恐る恐る振り返ると、席についていた刑事たちの一人が立ち上がる。薄青いシャツに茶色のネクタイという地味な格好で、上衣は着ていない。眉が太く、目鼻立ちがくっきりした顔立ち……名前と合わせて、沖縄出身ではないかと大友は想像した。

「今日から刑事総務課の大友部長が取り調べを引き継ぐ。お前の方で、何か言っておくことは？」須崎が素っ気ない口調で訊ねる。

「ないです」玉城の口調もひどく淡々としていた——しかし耳は真っ赤で、内心の怒りが感じられる。「俺は降ろされた立場ですから」

「そうじゃないって、昨日からずっと言ってるだろうが」苛立った口調で刑事課長が言った。「上から言われたんだから、しょうがないだろう」

吐き捨てるように言って、須崎が首を伸ばすようにして廊下を見やる。後山が廊下で待機しているかもしれないと恐れているのだろう。ビビるぐらいなら、皮肉など言わなければいいのに。

大友はゆっくりと振り返り、玉城と正面から向き合った。明らかに怒っている。まあ、それも当然だろう……自分だって、途中で事件を取り上げられたら、怒る。まるで「お前は刑事失格だ」と決めつけられるようなものだから。

しかも玉城の場合、取り調べのエキスパートとしての誇りを持っているのではないだろうか。だいたい、取り調べの「名人」と呼ばれるのは警部補クラスが多い。それなりの経験を積み、信頼できる部下——取り調べの相棒だ——もいる立場。玉城の場合、少し若い感じだが、それだけ結果を残しているのかもしれない。ただし、「修行中」の可能性もある。「プライドだけは高い」という面倒臭いタイプだろうか……後で誰かに評判を確かめてみよう、と大友は思った。

大友は玉城に歩み寄り、きちんと頭を下げて挨拶した。玉城は、馬鹿にしたように、ひょこりと頭を動かすだけ。腕組みをして、口喧嘩の準備完了、という感じだった。

「ちょっと、若居という人間について教えてくれませんか」大友は丁寧な口調を貫くことにした。

「そんなもの、必要ですか？」

必要ない。白紙の状態で臨む方がいい——しかし今は、少しだけ玉城を懐柔しておく必要があった。大友は口を閉ざしたまま、刑事課の部屋を出た。玉城がついてくるかどうか……彼も出て来た。相変わらず、全身から怒りの空気を激しく発散させている。

玉城が、廊下の壁に背中を預けた。腕組みをし、両の足首を交差させる。余裕のある態度に見せようとしているようだが、表情が不貞腐《ふてくさ》れているので、どこかバランスが悪い。

「一つだけ、言い訳させてもらっていいですか？」大友は切り出した。

「どうぞ」ぞんざいに玉城が言った。

「この件には、自分から好き好んで首を突っこんだわけではないので」本当に言い訳めいていているな、と思いながら大友は続けた。「上からの命令に逆らえないのは、あなたも同じだと思いますが」

「上を批判しても、何にもならない」

「別に批判はしてませんよ」二歳年下の相手に向かって丁寧に喋るのが、早くも馬鹿らしくなってきた。がつんと雷を落としてやろうかとも思ったが、そういうのは自分のやり方ではない……もちろん、階級の違いも意識している。「とにかく、取り調べは引き継ぎますから」

「上の命令だからね」

「別に、あなたがどうこういうわけじゃないと思いますよ」

「でかいバッテンがついたよ」玉城が、顔の前で指を動かし、バツ印を作った。「まったく、冗談じゃない」

言うべきことはいくらでもあったが、大友は黙って一礼するに止めた。慰めようが罵倒しようが、玉城は激怒するに決まっている。なるべく接触しないようにするのが上手くやり過ごす最良の方法だ、と大友は肝に銘じた。

3

若居は、苛立ちを放射しているようだった。座っているのではっきりとは分からないが、身長は百七十センチほどで中肉中背、耳が半分隠れるほどの中途半端な長さの髪はウェーブしていて、脂っ気がない。顔色は蒼白く、体調が悪そうだった。白地に紺色のボーダーの長袖Tシャツにジーンズという格好で、Tシャツはサイズが合わずに肩の辺りが大きく露出している。十月半ば——エアコンのいらない季節だが、取調室は何となく冷えこんでいて、若居はしきりに両腕を擦っていた。

「大友鉄です」座るなり、大友は笑みを浮かべて自己紹介した。「本部の刑事総務課の者です。今回は……要するに助っ人ですね。あなたの取り調べを担当することになりました。よろしくお願いします」

丁寧に頭を下げてみたが、若居はまったく反応しない。腕組みをすると、そっぽを向いた。これは、かなり手強い感じだ……と大友は覚悟を決めた。

これまで大友は、手強い容疑者を何人も相手にしてきた。喧嘩腰でくる人間もいたし、平気で嘘をつく人間もいた。しかし、完全黙秘の容疑者は、あまり相手にしたことがない。

「容疑については認めますか」

「他の事業所にも盗みに入ったことはありませんか」

「家族は心配しているでしょう」

思いつくままに質問をぶつけていく。すぐに供述を引き出せるとは思っていなかった。取り敢えず、反応を見たかっただけである。どんな質問で顔色が変わるか——一切変わらない。これは、玉城も苦労するはずだ……一言も返ってこないにしても、特定の質問に対して顔色が変われば、それをきっかけにして崩していける。玉城はそれを十日間も繰り返してきて、何の成果も得られなかったのだから、地獄だっただろう。しかもその仕事を途中で取り上げられて……大友は密かに彼に同情した。自分が出て行くと傷つく人間がいる、と肝に銘じる。

しかし、本当に一言も喋らないとは。決して微動だにしないわけではない。腕を組み替えたり、両手を揃えてテーブルに置いてみたり……視線もあちこちに彷徨《さまよ》い、この取り調べに集中できていないのは明らかだった。いや、細かく動くことで、集中しないように気をつけているのだろう。相対している刑事の言葉を聞いてはいけない。ひたすら事件とは関係ないことを考え続け、自分は取調室にいないと思いこむ——。

突然取調室の扉が開き、玉城が首を突っこんだ。反射的に壁の時計を見上げると、いつの間にか十二時近くになっている。大友は唐突に激しい喉の渇きを覚えた。この三時間近く、ひたすら一人で喋り続けていたのだと改めて気づく。

「時間だ」玉城がどこか自慢気に言った。

「ああ」大友は立ち上がった。伸びをしたくなるほど体のあちこちが凝っていたが、取調室の中で背伸びはできない。見ると、若居は少しだけ姿勢を崩していた。それまで、腕は動かしても尻はずっと椅子に貼りつけたままだったのに、今は両足を前に投げ出し、椅子に浅く腰かけている。何もせずに、ただ座っているだけでも疲れるのだろう。

「ちょっと体操でもしませんか」大友はできるだけ気さくな口調で若居に話しかけた。「座りっ放しだと、エコノミークラス症候群になりますよ。せめて足の屈伸運動をするとか」

若居がちらりと大友を見た。ようやく反応するかと思ったが、視線が合ったのは一瞬だけで、すぐに目を逸らしてしまった。

「午後からまた……」

「その話は、後で」

素っ気なく言って、玉城が取調室に入って来た。留置管理の制服警官も続く。若居はすぐに外へ出され、大友は立会いの若い刑事と二人でその場に残された。

「疲れたな」思わず愚痴を零してしまう。

「ええ、はい……いや」若い刑事が戸惑いがちに言った。疲れているのか疲れていないのか、言葉を聞いただけではさっぱり分からない。

「君塚《きみづか》君だったね」

「はい」

「若居は、今までもずっとあの調子だったんだ？」

「そうですね」

大友は、先ほどまで自分が座っていた椅子に腰を下ろした。少し離れたところにある記録用のデスクについている君塚が椅子を動かし、大友と向き合う。

「十日間、まったく喋らなかった？」

「喋っていません」

「世間話も？」

「しないですね……誘い水をかけても、まったく反応しないんです」

「珍しいタイプだね」大友は人差し指で頬を掻いた。「普通、容疑については黙秘しても、雑談ぐらいには応じるものだけど」

「いや、まったく喋らないですよ」

「いったいどういう人間なんだろう」大友は首を捻った。書類で読んだ限りでは、中途半端なワル……もちろん、窃盗事件を繰り返してきたのだから、ろくな人間ではないのだが。「例えば、地元ではどんな人間だったか、分かってるのかな？」

「いや、それが、イマイチ分からないみたいです。自分はずっと取調室にいるので、詳しいことは知りませんけど……」

「でも、地元で聞き込みなんかはやってるはずだよな？」大友は食い下がった。わざわざ捜査本部にして予算をかけているのだから、所轄としてもそれなりに力を入れて調べているのは間違いないはずなのに……身辺調査は、捜査の基本中の基本である。周辺を調べて容疑者の人となりを丸裸にすれば、必ず「弱点」が見つかるはずだ。

「地元の調査を、もっと入念にやるべきじゃないかな」大友は顎を撫でた。

「それも、なかなか難しいみたいですよ」

「どうして」大友は軽く両手を広げた。「川崎なんて、川を渡ってすぐじゃないか。わざわざ遠くへ出張するわけでもないし」

「ええと……詳しく知らないですけど、何だか、神奈川県警がいい顔をしてないようで」

「ああ、なるほど。若居は、県警にとっては有名人だったんだね」

「そうみたいです」

高校生の頃に補導されて、その後は逮捕はされていないものの、警察とは何かと関わりがあったのだろう。いつかはヘマして警察のお世話になる——県警にすれば、ずっと目をつけておけば、「点数稼ぎ」の材料になる可能性の高い人間だったはずだ。それを警視庁に引っ張られてしまったわけで、県警が微妙に苛立っているのは簡単に想像できる。しかし、若居は県境を越えて東京で犯行に及んだのだから仕方がない。それは警視庁の責任ではないのだ。

「神奈川県警も、ずいぶんケチ臭いな」

「何となく、そういう感覚は分かりますけどね」

若居の人となりの調査は必須だ――むしろ自分がやるべきはそちらの捜査ではないかと大友は思った。だいたい、このままぶつける材料がないまま取り調べを進めても、若居は無言のまま逃げ切るだろう。もちろん起訴には問題ないだろうが……ただし、今日一日取り調べを担当しただけで「身辺調査をやらせてくれ」と言い出したら、総スカンを食うだろう。提案するタイミングが難しいところだ。

「昼飯に行かないか」大友は立ち上がって君塚を誘った。

「はい……あ、いや……」

「どっちなんだよ」曖昧な態度に、苦笑してしまう。「どうせ食事はするんじゃないのか？」

「いや、あの、玉城さんに見つかったらまずいので……」

大友は座り直した。やはり、玉城と接触せずに済ませるわけにはいかないだろう。対処するためには、彼の人となりも知っておきたい。扱いにくい人間に対処するためには、周囲の仲間から情報を集めておくのも大事だ。そう、ちょうど容疑者の周辺を固めるのと同じように。

「何だよ、監視でもされてるのか？」

「そんなこともないですけど」君塚がきょろきょろと周囲を見回した。狭い取調室の中、二人しかいないのに。「所轄は狭いですから」

「噂はあっという間に広がるわけだ」

君塚が無言でうなずく。この男も玉城に悩まされているのではないかと思ったが、若手の悩み相談に乗るのは大友の仕事ではない。こういう状況でなければじっくり話を聞いてもいいのだが、それほど長い時間が与えられているわけではないのだ。実質的には、あと十二日——二度目の勾留期限切れまでが勝負だ。

「了解。でも、蒲田で美味い飯が食べられるところぐらいは教えてもらっていいかな？　この辺、よく知らないんだ」

「ああ」君塚の表情が少しだけ柔らかくなった。「何がいいですか？」

「何でも」魚の方がいいな、と思った。昨夜は肉豆腐だったし——優斗の肉豆腐は、豆腐よりも牛肉の方が多かったのだ。「スーパーで特売だったから」という説明に、思わず笑ってしまったものである。まるで自分と同じような思考と行動パターン……こんなことで親子が似ても仕方ないのにな、と思う。

「蒲田は、基本的に飯は安くて美味いですよ」

「いい街だね」大友は笑みを浮かべて見せた。「じゃあ、君のお勧めを教えてもらえないかな。署の近くがありがたい」

南大田署から歩いて五分ほどのところに、君塚一押しの定食屋、「なかむら屋」があった。白いのれんに「大衆食堂」の文字が黒々と書かれた、昔ながらの定食屋——しかしビルの一階に入っているのが、いかにも東京の店という感じである。

店に入ると、ほぼ満員だった。ちょうど昼飯時だから当然だが……所轄の人間がいるかもしれない、と大友は警戒した。だが、見渡した限り、警察官らしい客は見当たらない。だいたい、目つきが悪いのですぐ存在に気づくのだ。

空いているカウンター席に陣取り、壁に貼られたメニューに目を通す——と、失敗に気づいた。定食屋だから、定番のサバ味噌やアジの開きがあるだろうと思っていたのだが、基本的には肉ばかりである。メニューの一番上に載っているのはロースカツ定食。他にも揚げ物や生姜焼きなど、肉の定食ばかりがずらりと並んでいた。そういう気分じゃないんだけど……と思いながら、仕方なく牛鉄板焼き定食を頼む。結果的に、二日続きで牛肉になってしまった。

牛肉にたっぷりのニラともやし。鉄板の上で音を立てながら到着した料理を見て、大友は早くもゲンナリしてしまった。最近、微妙に食べる量が減ってきている。それなのにこの店は、ご飯の盛りもやたらといい。これなら、「ご飯少なめ」で頼めばよかったと後悔した。鉄板焼きは醬油味がしっかり効いており、ご飯が進む味つけで、結果的に大友の感覚では「大盛り」のご飯を残さず食べてしまったが。

混んでいるので長居はできず、食べ終えるとすぐに店を出た。お茶でも飲んで、少し時間を潰すか……駅の方へ行けば喫茶店もあるだろうと思い、取り敢えず京急蒲田駅へ向かって歩き出す。何とも賑やか——ざわついた街で、昼飯時は活気に溢れている。建ち並ぶ店を見ると、夜はさらに賑やかになるのが想像できた。

電話が鳴った。柴克志《しばかつし》。何となく、こういうやり取りは定番になったな、と思う。大友が特命で捜査に投入されると、同期の柴はすぐに聞きつけて連絡してくるのだ。

「窃盗犯の取り調べっていうのは、お前にしてはぬるい仕事だな」柴がいきなりからかった。

「そんなこともない。なかなか手強い相手だよ」午前中対峙した中で、大友は確信していた。若居を落とすには、相当苦労するだろう。

「ま、お前なら何とかするだろうけど」柴が鼻を鳴らした。「これが駄目だったら、大友鉄はいよいよ刑事引退だな」

「まさか」笑おうと思ったが、上手くいかない。「ところで、南大田署の玉城っていう係長を知ってるか？」

「ああ、お前に追い出された取り調べ担当者だろう？」

「別に、追い出したわけじゃ……」大友は苦笑した。「でも、敵意丸出しなんだ」

「そりゃそうだろう。いきなり自分が担当している容疑者を取り上げられたら、誰だって怒るさ。お前だってそうだろう？」

「そうだね。ところで彼、沖縄出身じゃないか？　向こうによくある名前だよな」大友は、玉城の濃い容貌を思い浮かべた。

「ああ。しかも、大学も向こうなんだ」

「じゃあ、就職のために東京に出て来たわけか」

「そうみたいだぜ」

「どういう縁なんだろう？」大友は首を捻った。警視庁には、全国各地から人が集まってくる。しかし、沖縄出身というのはかなり珍しいのではないだろうか。大友にも警視庁内に沖縄出身の知り合いはいるが、彼らは全員、東京の大学を卒業して奉職している。東京での就職先の一つとして警視庁を選んだ、という感じだ。もちろん、地方大学出身者が警視庁に入れないわけではないのだが、出身地の県警に入るのが普通の感覚ではないだろうか。

「それはよく知らないけど、結構悪い噂があるぜ」

「トラブルでも？」

「いや、平気で同僚や部下を踏み台にするんだよ」

「そういうタイプか……」何人かで一緒に仕事をしていても、手柄を上手く自分だけのものにしてしまう――そういう人間は警察にも一定の割合でいる。

「気をつけろよ。お前の足を引っ張りかねないからな」

「分かった。できるだけ近づかないようにする」

「それが賢いやり方だな……ところで、高畑《たかはた》が結婚するらしいっていう話、聞いたか？」

「は？」いきなり話題が変わり、大友は思わず声を張り上げてしまった。

高畑敦美《あつみ》は大友と柴の同期の女性刑事である。現在は、捜査一課で柴と同じ班にいる。

大柄で運動神経抜群——学生時代は女子ラグビーの選手だった——の割に顔は可愛いので、陰では「アイドル系女子レスラー」などと言われている。今まで、浮いた噂はほとんどなかったのだが……警察官は、早い結婚を上司から勧められるのだが、仕事に没入して婚期を逃してしまう人間も珍しくない。そもそも柴もそういう一人だった。

「相手は？」

「いや、そういう噂があるだけで、名前は伝わってこないんだけどな」

「それ、誰かが適当に噂を流しているだけじゃないのか？」

「とはいえ、最近ちょっと様子がおかしいんだ……妙にそわそわしてる。事件がないせいかもしれないけど」

柴と敦美の班は現在、特捜本部に入らない「待機」の状態になっているはずだ。そういう時は、定時登庁、定時退庁の楽な勤務が続く。捜査一課は激務というのが、世間の人が抱いている印象だろうが、実際には三百六十五日、目の回るような日々を送っているわけではない。

「直接聞いてみればいいじゃないか」

「嫌だよ」本当に嫌そうに柴が言った。柴は、どちらかと言えば敦美を苦手にしている。

「殺されちまう……お前、聞いてくれないか？」

「何で僕が」

「お前の方が、高畑の扱いは得意だろう」

「それどころじゃないよ。捜査本部に入ってるんだから」

「それはそうだけど……でも、特捜じゃなくて捜査本部なんだから、そんなに忙しいわけじゃないだろう？」

「それはまだ分からない」午前中、一言も話さなかった若居……それを考えると先行きは不安だ。「そっちは、急ぐ話じゃないだろう？　本当に高畑が結婚するなら、祝福すべき話だろうし」

「そうなんだけど」何だか納得できないような口調で柴が言った。「落ち着いたら、ちょっと話そうか」

「僕はいつでも歓迎だよ」

電話を切り、思わず苦笑してしまう。敦美が結婚……考えたこともなかった。女性として、彼女が結婚を意識してこなかったはずもないだろうが、そういう話題は大友たちの間ではほとんど上がらなかった。あくまで仕事でつながった同期同士。もちろん柴と敦美は、大友の私生活の事情をよく知って、何かと手助けしてくれたのだが。

取り敢えず、食後のコーヒーは飲もう。歩き出したところで、また携帯が鳴った。見慣れぬ番号だったが、取り敢えず通話ボタンを押す。不機嫌な口調の、南大田署の刑事課長・須崎だった。

「食事か？」

「ええ。終わりましたけど……」

「こっちへ戻ってもらえるかな。遠出しているのか？」

「いや、歩いて五分です」

「それならいい。ちょっと早足で戻ってもらえるかな」

「構いませんけど、何かあったんですか？」踵《きびす》を返して署の方へ歩き始めながら、大友は嫌な予感に囚われた。今日捜査本部に入ったばかりの自分に、こんな急な指令とは……もしかしたら、若居が自殺を図った？　ごく稀にだが、取り調べの重圧に耐え切れず、容疑者が自ら命を絶とうとすることもある。心配になって思わず訊ねた。「若居がどうかしましたか？」

「若居？　いや」否定したものの、須崎の声はどこか疑わしげだった。

「だったら――」

「検事さんがお怒りでねえ」


異例の事態だ。

検事は常に、警察から送致されてくる事件をたくさん抱えている。右から左へ流すように処理しないと、起訴できないまま釈放される容疑者ばかりになってしまう。実際には、起訴まで持っていけた容疑者はほぼ確実に有罪判決を受けるわけで、事件処理はだいたいミスなく行われているのだが……その背後にあるのが警察の頑張りだ、と大友は自負している。警察がしっかり捜査するから、検事は事件をまとめて起訴状を書くだけで済む。

それにしても抱えている事件は多く、どうしても一つにだけ没入するわけにはいかないのが現状だ。だから、検事がわざわざ所轄にまでやって来ることなど、滅多にない。殺人事件で特捜本部ができた時に、捜査指揮を執る「事件係」の検事が現場に出向くことはあるが、犯人が逮捕されている状況で——しかも「たかが」窃盗事件で検事が所轄を訪ねて来るのは異例だ。さらに嫌な感じ……向こうはわざわざ、大友を指名して「話がしたい」と言ってきたのだという。

最初に後山と打ち合わせをした会議室に二人で入った。須崎も立ち会う。彼にしても事情が分からない様子で、自分たちの捜査を途中で引っ掻き回されるのはたまらない、と思っているのかもしれない。明らかに不満そうな表情だった。大友と須崎が並んで座り、向かい側——窓を背にして検事が座る。

東京地検の海老沢泰司《えびさわやすし》検事。名刺で名前を確認しながら、ずいぶん若いな、と大友は思った。検事はノンキャリアの警察官と違い、全国規模の異動を繰り返すものだが、この年齢——おそらくまだ二十代——で東京地検にいるのは、どういう感じなのだろうか。検事の異動と出世についてはよく知らないので、大友は密かに首を傾げた。

「大友さん、ですね」海老沢が切り出す。

「ええ。私をご指名とのことですが」

「今、若居の取り調べを担当していますね？」

「ええ」

「どんな感じですか」

「完全黙秘」

海老沢が黙りこむ。やけに神経質そうなタイプだな、と大友は思った。身長、百八十センチほど。しかし体重はおそらく六十キロ台だ。いくら何でも、もう少し食べて肉をつけた方がいい──顔もほっそりしていて頬の肉が削げた感じである。銀縁眼鏡の奥の目は細く暗い。

「完全黙秘ですが、私は今日の朝から担当を始めたばかりなので、まだ分かりませんよ」

「今までも完全黙秘だったそうですが」

海老沢がどこか皮肉っぽく言った。ちらりと横を見ると、須崎が頬を引き攣《つ》らせている。それを抑えるように、腕をきつく組み合わせた。この課長も、いきなり切れるタイプに違いないと、大友は警戒した。まさか検事と喧嘩するようなことはないだろうが、油断はできない。

「なかなか、難しい容疑者だと思います」大友は、できるだけ冷静にと自分に言い聞かせながら言った。

「しかし、もう十日経つんですよ。その間、一言も引き出せないというのは、問題ありませんか」

「こっちはこっちで、一生懸命やってるんですがね」須崎が言い訳するように言った。

「それはよく分かっています」海老沢が一つうなずいて言った。「ただ、たかが窃盗犯でしょう？　どうしてここまで手こずるんですか」

「性質《たち》の悪い容疑者もいますよ」須崎が開き直ったように言った。

「大友さん、どうなんですか？　あなた、取り調べに関しては、警視庁の中でも有名な腕利きだそうじゃないですか」

「そんなこともありません」大友はやんわりと否定した。「普段は刑事総務課にいて、こういう仕事はしていませんから」

「その辺の事情は知りませんが、担当しているからには、きっちりやってもらわないと困ります」

「おっしゃることはよく分かりました」返事しておいてから、大友は違和感を覚えていた。この男は、いったい何を焦っているのだろう……大友の感覚では、やはり「たかが窃盗事件」である。忙しい検事が、わざわざ所轄まで出向いて発破をかけるような一件とは思えない。あるいはこの検事の方で、何か特別な情報を摑んでいるのか……いや、それもおかしい。事件に関する情報を、検事が警察に隠す理由などないだろう。むしろ情報を共有して、スムーズに捜査を進めることを第一に考えているはずだ。「もしも、そちらで何か上手いアイディアがあるなら、試しますけど」

「それは、警察の仕事でしょう」海老沢が言い切った。「個別の捜査に関しては、検察は口出しはしませんよ。あなたたちもプロでしょう？」

「それはお互い様ですよね」

　大友が切り返すと、海老沢が嫌そうな表情を浮かべた。プロと言われて、嫌な気分になる人もいないと思うが……会話の歯車が嚙み合っていない感じが強い。

「とにかく、早く自供を引き出して下さい。悪質な連続窃盗犯なんですよ？　社会不安を解消するためには、やはりきちんと起訴して、裁判に持ちこまないと」海老沢が早口で言った。

「お言葉ですが、今の状態でも十分起訴まで持っていけると思いますよ」須崎が反論した。「本人が、金庫を持っているところを押さえられて、防犯カメラにもしっかり映っている。現行犯逮捕された案件に関しては、疑いようがないでしょう。裁判でも問題にならないはずです」

「明らかに、余罪がある男ですよ？」海老沢も引かなかった。「全ての事件を立件して、できるだけ長い間、ぶちこんでおかないと」

「尽力します」むっとしながらも、須崎が言った。

「あなたはどうですか、大友さん？」海老沢がいきなり話を振ってきた。

「そうですね……第一印象はよくないですけど、こういうのは恋愛と同じなので」

「は？」海老沢の眼鏡の奥の目がさらに細くなる。「冗談ですか？」

「いや、本当です。取り調べに関しては、容疑者と刑事の相性もありますから。どんなに話術が巧みな刑事でも、自供を引き出せないことはあります」

「だったらどうするんですか」

なおも海老沢が迫ってきた。さすがに態度には出せないが、心の中では大友は、既にこの会議室を出ていた。いったいどうして、この件にこんなにこだわるのか。

「周辺捜査も、今まで以上に必要でしょうね」大友は声を抑えながら言った。「本人と対峙し続けるだけではなく、弱点を探すのが大事です。家族のこととか、交友関係とか……そういう事情をぶつけると、急に弱気になる容疑者もいます」

「その辺の調査が足りないと？」

「いや、十分に努力はしてます」須崎が反論――反発した。「容疑者の身辺調査、やらないはずがないでしょう」

「だったら、今まで以上にきっちり、周辺の捜査をして下さい」言い切って、海老沢が立ち上がる。「明後日に勾留延長の手続きをするとして、あと十二日しかないことを、ちゃんと意識していただかないと」

「それは、検事としての捜査指揮だと考えてよろしいですか？」挑みかかるような目つきで須崎が訊ねた。

「もちろんです……今後も、報告は密にして下さい」

素早く一礼して、海老沢が会議室を出て行った。ドアが閉まった瞬間、須崎が「クソ」と吐き捨て、立ち上がる。しばらく右往左往していたが、やがて窓辺に寄って、ブラインドを指で押し下げて外を見た。庁舎を出て行く海老沢を監視しようとでもするようだった。そのままの姿勢で固まっていたが、舌打ちして、「若僧が」と小声で吐き捨てる。

「あの検事さんとは……」大友は彼の名刺を取り上げた。

「俺は初対面だよ」須崎が首を横に振った。

「変わった人ですよね。このレベルの事件で、わざわざ所轄に気合いを入れに来るなんて、前代未聞じゃないですか？　私も初めてですよ」

「何のつもりか知らないが、うちに喧嘩を売ってるのかね？」

「検事が警察に喧嘩を売っても、何にもならないでしょう」大友は苦笑して、海老沢の名刺を名刺入れにしまった。背広の内ポケットに入れて上から叩くと、何となく胸元が熱を放っているような感じがする。「あまり気にしない方がいいんじゃないですか」

「あんた、どうするつもりだ？　このまま取り調べを続けるか？」

「そのつもりですけど──そう指示されてきましたから」まだ波に乗れていないが。

「奴の地元……川崎の方で聞き込みの人手が足りなくなってきたら、手は貸してもらえるかな？」

「それはもちろん、課長の指示があれば」その方がいいと自分でも考えていたのだし。やはり周辺捜査は大事だ。「流れ次第で、いつでもお手伝いします」

「若居は喋りそうにないからな。もう少し周辺捜査に人手を割くか……」

大友は頬を引き攣らせながらうなずいた。確かに午前中感じた印象では、若居はこのまま無言を貫いてしまいそうな気がする。ただ、そうなったら負けだという意識があった。

容疑者との勝負。これに負けたら、自分の存在価値はなくなる。

4

二日目。大友は朝から若居と対峙した。昨日よりも不貞腐れた様子で、顔を上げようともしない。もっとも、大友も絶好調とは言えなかった。昨夜は捜査会議を終えて早めに引き上げたのだが、遅々として進まない取り調べのことを考え、眠れなくなってしまったのだ。

「あなた、高校を中退していますよね」大友は前置き抜きで、昔の話から始めた。

若居の肩がぴくりと動く。これまでにない反応——この話はウィークポイントかもしれないと判断して、そのまま攻め続ける。

「万引きで補導されたのがきっかけですか？　それで退学処分だったら、かなり厳しい学校だったんですね」

若居が通っていたのは、川崎市内ではそこそこの進学校である。不良行為で生徒が退学するようなイメージはない。優斗の進学についてあれこれ調べているうちに、都内やその近郊の学校については結構詳しくなっていたから、このイメージにはそれなりに自信があった。

「退学処分になったんですか？　それとも自分から辞めたんですか？」

若居の肩がすっと落ちた。もう、この話題の衝撃は乗り越えたのか……やはりタフな男だと実感する。あるいは、とっくに心が擦り切れてしまったのか。あまりにもいろいろなことを経験すると、何を見ても何を聞いても反応しなくなってしまう。大友は一つ咳払いして続けた。

「退学した後は、どこかで正式に働いていたわけではないですよね？　バイトは、どんなことを？」

ガソリンスタンド、ショップやコンビニエンスストアの店員……バイト歴は、既に頭に入っている。本人の口から直に聴きたかったのだが、やはり反応はない。

「いつから、今回のようなことをやっているんですか？」ダイレクトな質問に切り替える。「一年ほど前から、蒲田付近で、今回の事件と同様の手口の窃盗事件が頻発しています。狙われたのは全部町工場……つまり、あなたが逮捕された容疑と似たような事件です。心当たりはありませんか？」

無言。この件についても、立件は不可能ではないだろう。実はこのうち一件では、犯人が金庫を盗んで逃げた直後の姿を、防犯カメラが捉えている。もっとも、暗い中でキャップを被っているせいもあって顔ははっきり見えず、若居と断定はできないのだが。

「一件だけよりも、同じような事件を何件も起こしている方が、罪は重くなります。常習累犯窃盗罪というのを知っていますか？」

大友は軽く嘘をついた。この件は、「初犯」には適用されない。実際には刑法には「常習累犯窃盗罪」という罪名はなく、この概念は昭和初期に制定された古い法律によるものだ。過去十年間に三回以上、窃盗や窃盗未遂で懲役刑を受けた者が新たに犯罪を起こすと成立するもので、三年以上の懲役を科される。しかし、いかにも「何件も同じような犯罪を繰り返すと罪が重くなる」ように聞こえる。はっきり説明しなかったが、若居が勝手に勘違いして焦ることを大友は期待した。

しかし、やはり反応はない。理解できないのだろうか、と大友は訝《いぶか》った。決して頭が悪い男でないことは分かっている。通っていた高校のことを考えると、若居の「地頭」は悪くないはずだ。ということは、この完全黙秘は、やはり強い意思があってのこと……しかし何故そこまで頑なになるかは、どうしても分からない。

家族の話にも反応なし。大友はふと、彼の服が昨日と同じものだと気づいた。ボーダーの服に、下はジーンズ。

「差し入れはないんですか」

若居が顔を上げる。何か響いた、と判断して大友はさらに突っこんだ。

「ジーンズは、こういうところではそんなに楽じゃないでしょう。ジャージでも差し入れてもらったらどうですか？　家族に頼んだら」言葉を切り、顔色を窺う。若居は、家族の中でも爪はじきにされていた可能性もある。息子が何か悪さをしていれば、親は何となく気づくものだ……もちろん、そういうことに目を瞑って、気づかないふりをしている親もたくさんいるのだが。

「家族はどうですか？　面会に来ますか？」

無言。来ていないのは、既に記録で分かっていた。これで少しは揺さぶれるかと思ったが、若居はすぐにまったくの無表情に戻ってしまう。家族の話も効果なしか……しかしここで、話をやめるわけにはいかない。

「友だちも心配してるでしょう」

若居がまた顔を上げる。今度は少しだけ、表情が変わっていた。怒っているようにも見える……両耳がかすかに赤い。

「あなたにも、地元に友だちがいるでしょう？　昔からずっとつき合っている人たち──そういう人たちは心配しているんじゃないかな。皆、こういう状況は知ってるでしょう？　相談したい人もいるんじゃないですか？」

若居がきつく唇を噛み締める。そうしないと言葉が漏れ出てしまうのではないかと恐れるように。いつの間にか、両肩も数センチほど上がっているように見えた。「友だち」がキーワードだな、と大友は見当をつけた。ということは、やはり周辺捜査は必須である。若居のように、中途半端な悪さを繰り返してきた人間の周りには、同じような人間が集まるものだ。

昼食を挟んで数時間の取り調べを夕方に打ち切った後、大友は思い切り伸びをした。全身の筋肉が凝り固まってしまったようで、あちこちが痛む。ドアを閉め、この数時間を君塚と一緒に振り返った。

「ポイントは友だちだな」

「そうですか?」君塚が首を捻る。

「見えてなかったか? 友だちの話題を出した時だけ、彼の耳が赤くなった。その他の話題では、顔色一つ変わらなかったんだ」

「すみません、そちらは見ていないので」

君塚がさっと首を横に振った。確かに……彼が座っていたデスクは窓の方を向いており、若居とは背中合わせだった。咳払いして説明を進める。

「かなり動揺した感じなんだ」

「そうですか」

「周辺捜査——特に友人関係の捜査はどうなってるのかな」

「一通りやっていると思いますけど」

「もう少し、入念にやった方がいいな」

「友だち関係で動揺するって……何なんですかね」

本当に鈍いのか、と大友は軽い苛立ちを覚えた。これでよく刑事になれたものだ。

「共犯だよ。その線、玉城警部補は突っこんで話を聴かなかったのかな」

「共犯については聴きましたよ」

「どんな風に？」

「それは……」君塚が人差し指を顎に当て、天井を見上げた。大友の顔を正面から見据えると、「共犯はいないのかって、きちんと聴きました」

「当然、若居は何も言わなかったんだよな？」

「ええ」

馬鹿正直過ぎる。間違いなく若居にとっては微妙な話題なのだが、正面から突っこめばいなす手はあるだろう。彼の方でも予期していて、予定通りに無言を貫いたのではないだろうか。しかし、搦め手から攻めれば、防御壁は崩れる……それが「友だち」というキーワードだと大友は確信した。

この件は、須崎に進言しておかないと。玉城が聞いたら激怒しそうだが、彼の個人的な感情と捜査は別問題だ。

須崎は、大友の提案――友人関係の捜査の強化――をすぐに受け入れた。検事に突かれ、さすがに焦りが出てきたに違いない。翌日からは、大友も周辺捜査で川崎に入ることになった。これにて今日はお役御免。玉城は署にいないようなので、顔を合わせないうちにさっさと抜け出すことにした。

ふと思いついて、現場に足を運んでみることにした。スマートフォンで、大田区南部の地図を確認してみると、現場付近には最寄り駅はない。敢えて言えば京急の雑色《ぞうしき》駅だが、蒲田駅から一駅だけ電車に乗るのも馬鹿馬鹿しく、大友は歩くことにした。十月半ばの夕方、寒くも暑くもなく、二キロほどの散歩はいい気分転換にもなるだろう。

大田区というのは、実に様々な顔を持つ区である。田園調布のような高級住宅地もある一方で、大森駅や蒲田駅周辺の商店街は、下町っぽい活気にあふれている。南大田署の近くは、基本的に住宅街だ。一戸建て、マンションなどの集合住宅がバランスよく混在し、所々に呑み屋やレストランもある。大友はこれまでほとんど縁がなかったが、何となく住みやすい街に思える。

大動脈である第一京浜を避け、狭い道を歩いて行った。さすがに呑気な散策というわけにはいかず、急ぎ足になってしまう。雑色駅前まで出ると、またささやかな商店街が広がっていた。夕食は、ここで何か店を探してもいいなと思いながら、右に曲がって、ほどなく東海道線の線路に行き当たる。遮断機が下りていた。高架橋もあるのだが、そこを上っていくのが面倒臭く、電車が通り過ぎるのを待った。結局、上下線が通過するまで二分。開かずの踏切というわけではないだろうが、朝は駅へ急ぐサラリーマンをうんざりさせるだろう。

踏切を渡って、さらに五分。延々と住宅街が続く。この辺まで来ると集合住宅はほとんど見当たらず、一戸建ての家ばかりが建ち並んでいた。今、東京はどの街でも巨大なタワーマンションが次々と建って表情が変わっているが、その波はまだ蒲田付近には及んでいないようだ。

それにしても、何となく懐かしい匂いのする街である。チェーンのスーパーではなく地元密着の食料品店があり、やはりチェーンではない居酒屋や定食屋が並んでいる。ただしこれは、田舎の雰囲気ではない。三十年か四十年ほど前の東京の、ごく普通の光景ではないだろうか。

時が止まったような街だ。

ようやく、問題の工場へたどり着いた。署を出てから三十分……結構歩いたが、一日中取調室で座っていたので、ちょうどいい運動になった。

「高橋《たかはし》自動車部品」。いかにも個人経営の町工場という感じで、シャッターは既に下りている。その横に急な階段──二階が事務室だ。大友は、階段脇の壁に目を凝らした。ここか……警備会社の真新しいシールが貼ってある。犯行当時はこれが剝がされていたがために、若居は墓穴を掘ったのだが、さすがにその後で新しくシールを貼り直したのだろう。やはりこれがあれば、窃盗犯に対する一定の抑止力になる。

見上げる三階の窓には、灯りは灯っていなかった。それはそうだろう、もう午後七時を回っている。こういう町工場で、毎日残業が続くほどには、景気は回復していないはずだ。

予め調べておいた通り、裏手に回る。工場の裏が社長一家の家なのだ。築三十年か四十年のごく普通の家……表札の「高橋」の名前を確認して、大友は玄関脇にあるブザーを鳴らした。インタフォンではなく、ただブザーが鳴るだけのタイプ。反応を待つ間、狭い駐車スペースに無理に突っこまれた車を観察する。白いトヨタのアルファード。いわゆるＬＬクラスのミニバンで、日本車の中では相当大きな部類に入る。大友の感覚では、小型のクジラのような車だった。こういう車が必要なのは、かなりの大家族だからか。家族構成までは調べていなかったが……そこまでチェックしておくべきだったと悔いる。事件から何日も経ち、高橋はもう日常を取り戻しているだろう。そこへまた警察が訪ねて来たら、嫌でも警戒するはずだ。少し気楽に話せる話題——家族のことが一番だ——を用意しておくべきだった。

いきなりドアが開き、若い男が顔を見せた。三十歳ぐらいだろうか……髪を短く刈り上げ、ごつい顔つきなので、妙な迫力がある。十月なのにランニングシャツ一枚で、下は紺色のジャージ姿だった。もぐもぐと顎を動かしているのは食事途中だったからか——人を訪ねるにはまずい時間だったと悔いるが、せっかく会えた機会は活かしたい。

「警視庁刑事総務課の大友と申します」大友は深く頭を下げた。

「ああ、例の事件の関係ですか？」男の声は不明瞭だった。

「失礼ですが、高橋さんですか？」

「そうです」

ということは、この男が社長か……そうそう、三十三歳という調書の記載を思い出す。おそらく、二代目か三代目の若社長だろう。

「お食事中ですよね？　ちょっと話を伺いたいんですが……」

「いいですよ」気楽な調子で言って、高橋がドアを閉めた。「工場の方でどうですか？」

「ええ」

高橋が一度道路に出て、工場脇の階段を上がった。ズボンのポケットから鍵束を取り出し、事務室のドアを開ける。逆三角形のがっしりした体形で、よく日焼けしている――インドアの仕事のはずだが、日焼けサロンにでも通っているのではと思えるほどの肌の黒さだった。

高橋が事務所に入り、照明をつける。ごく普通の、町工場の事務所という感じだった。広さは十二畳ほど。ほとんどのスペースがデスクやロッカーで埋まっており、歩く時はその隙間を縫うように動かなければならない感じだ。巨大なホワイトボードには、今月の予定がびっしり書きこまれている。どうやら仕事は順調なようだ。

高橋は、事務室の奥にある応接スペースに大友を誘導した。すぐ側にある冷蔵庫からミネラルウォーターを取り出し、渡してくれる。

「お茶をご馳走したいところですけど」申し訳なさそうに言った。

「いや、水で十分ですよ」二キロを早足で歩いて来て、少し汗ばんでいた。

「本当はビールといきたいですけどね」

「晩酌中でしたか？」

「ああ、まあ」

高橋が曖昧な笑みを浮かべる。色黒なので目立たないが、既にアルコールが少し入っているようだ。きちんと話ができるか心配になったが、これまでのところ、会話は問題なく成立している。よし、これからだと大友は気合いを入れ直した。しかし、その気合いをへし折るように、高橋が呑気な調子で話し始める。

「本当に刑事さんなんですか？　そんな感じ、しないですね」

「刑事ですよ」刑事に見えない、とはよく言われることだし、実際にも「刑事」ではない。刑事というのは、捜査一課や二課に所属して、日常的に捜査を行う警察官のことだ。刑事総務課にいる自分は、どちらかというと職員——警察事務官という感じである。主な仕事は、研修の準備や特捜本部のバックアップ……しかし、話を複雑にしないためにも、大友は「刑事」で通すことにした。

「何度も同じ話で申し訳ないんですけど……」

「いや、いいんですよ。あんなろくでもない悪党を刑務所に入れるためなら、協力します」

「今回は、危ないところでしたね」

「偶然うまく捕まったけど、逃げられてもおかしくなかったですよねえ」

「警備会社のシール、貼り直したんですね？」

「さすがに、ね。シールがないと、泥棒を誘いこむみたいな感じになるし」高橋が薄い笑みを浮かべる。「うちの息子が悪戯したんですけど、変な手柄でしたよね」

「若居が捕まった時の詳しい状況を教えて下さい」

「騒がしいなと思って家から出て来た時は、もう警備会社の人が取り押さえていたんですけど……」

「騒がしいというのは？」

「暴れて、大声で叫んで……あ、犯人がですけどね」

「叫んだ、ですか？」若居といえば喋らないイメージなのだが、別におかしくはない。犯行に失敗して取り押さえられたら、悲鳴を上げたり悪態をついたりするのが自然だろう。

「何か変ですか？」高橋が身を乗り出す。

「いや」どこまで話していいか分からない。これまでの捜査状況が、高橋にきちんと伝わっているかどうかも不明なのだ。自分が勝手に話していいとは思えない。しかし、話を転がすために、思い切って説明してみることにした。「実は若居は、まったく話さないんです」

「マジですか」高橋がさらに身を乗り出した。

「完全黙秘なんですよ」

「現場で取り押さえられて、手提げ金庫も持っていたんですから、言い訳なんかできないでしょう」

「いや、言い訳もしていないんです。まったく喋らない。それでもう、十日以上になります」

「何なんですか、それ」高橋が不機嫌そうに唇をねじ曲げる。「ふざけた話だな。喋らないと、無罪になるとか？」

「そんなこともないでしょうけど」大友は苦笑した。「現行犯逮捕ですし、起訴できるだけの要件は揃っています。ただし、本人の証言がないと、捜査としては弱いんですよ」

「喋りたくないなら、放っておけばいいじゃないですか。どうせ裁判になったら喋らざるを得ないんでしょう」

「黙秘する権利はありますしね……」大友は顎を撫で、ペットボトルを取り上げた。冷たい感触を掌で楽しめたが、何故か飲む気は失せている。「逮捕されて騒いでいた時、若居はどんなことを喋っていましたか？」

「いや、それは……」高橋が目を細めた。「ああいう時って、滅茶苦茶でしょう？　本人だって、何を喋ってるか、分かってなかったんじゃないかな」

「でも、何か聞こえたんですよね？」こちらが喋り過ぎると誘導尋問になりかねないと思いながら、大友は食い下がった。「覚えている限りで結構なんです。若居が何を喋っていたか……叫んでいたか。例えば、犯行を否定するようなことを言ってませんでしたか？」

「いや……」高橋が顎を撫でながら天井を仰いだ。「そういう感じはなくて、何度も

『分かったから』って言ってましたよ。やけになったみたいに」

「分かった？」

「警備会社の人が、結構乱暴でしてね」その時のことを思い出したのか、高橋が苦笑する。「二人とも柔道か何かの有段者だったんじゃないかな。一人が組み敷いて、もう一人が上から顔をアスファルトに押さえつけて」

「まさか、踏みつけたんじゃないでしょうね？」いくら現行犯逮捕でも、それではやり過ぎだ。

「いや、こう……」高橋が肘を前に突き出した。「肘を押しつけて、体重をかけて。あれだって、相当痛いはずですけどね。何しろ上に乗ってた警備会社の人、二人とも体重百キロぐらいありそうだったから」

　下手すると頬骨骨折か……そうなったら、若居には「喋れない」理由ができていたのだなと皮肉に考えてしまう。一応、特に後遺症はないようだが。

「最後までそんな感じだったわけじゃないでしょう？　その後はどうなりましたか？」

「俺が『あんた、泥棒なのか』って確認すると、犯人が『ふざけんな』って言って……でも、『やってない』とは一言も言ってませんよ。『ふざけんな』って、ちょっと変な台詞ですよね。興奮してると、自分でも何を言ってるのか分からなくなるのかもしれないけど」

「そういうこともあるでしょうね」

「後は、『放せよ』とか『痛い』とかばかりで」

「金庫はどうなってました？」

「その時は……道路に転がってました。俺がすぐに回収して、その後で警察に持っていかれましたけど——あ、中身はすぐに返してもらいましたよ」興奮してきたのか、高橋が段々早口になってくる。

「あなたは、若居とは直接話をしましたか？」

「話したというか、質問はしましたけどね。『お前が盗んだのか』って。それは、被害者としては普通でしょう？」高橋が探るように言った。

「もちろんです。若居は何と答えましたか？」

「『うるせえ』って。ふざけた言い草ですよね。一応会話が成立したのは、それぐらいだったかな」

「なるほど……」若居はその時から、警察では完全黙秘を決めこむつもりでいたのだろうか。「いずれにしても、会社としては大事な運転資金だったんですよね？」

「うちみたいな小さな工場にとっては、現金が大事なんですよ」高橋が溜息をついた。「無事に取り戻せたからいいけど、あれが盗まれてたら、今頃やばいことになってたかもしれないですね」

「こちら、お仕事は……自動車部品の製造ですか？」大友は、壁に何枚も感謝状が飾ってあるのに気づいた。どれも大手自動車メーカーのものである。

「そうです。うちみたいな町工場が日本の自動車業界を支えてるんですよ……って、そんなＮＨＫ的な話はどうでもいいですよね」

「いや、よく分かりますよ」調子に乗った高橋の喋りに、大友は苦笑した。

「最近は、車の技術も変わりましたからね。ハイブリッドカーや電気自動車、燃料電池車……親父の代には考えられなかった新しい部品が必要になってきてるんですよ」

「じゃあ、そういう研究や勉強も大事ですね」

「いろいろと……ま、どんなに先進的な車作りに関わっているとしても、うちは基本的には町工場ですけどね。とにかく、現金が貴重なことに変わりはないです」

「この辺では、他の工場も被害に遭っていたそうですね」

「それも奴がやったんでしょう？」高橋がまたぐっと身を乗り出してきた。「ふざけた野郎ですよね」

「いや、それはまだ確定できないんですけどね……何しろ何も喋っていないので」

「ああ、そうか……でも、しばらく前から、この辺では問題になってたんですよ。狙われたのは、警備会社と契約してない工場ばかりだったんで」

「ええ」

「その犯人――若居って奴が、他でもやったのは間違いないんでしょう？」

「そう思われますけど、他の犯行についてはちょっと……防犯カメラに犯人らしき人間が映っている映像もあるんですが、若居と断定するには無理があるんです」

「なるほどねえ」高橋が顎を撫でた。「でも刑事さん、ずいぶん熱心ですよね。最初の頃は、何回か事情を聴かれたけど、最近はまったくご無沙汰ですよ」

「最近、若居の取り調べを担当し始めたんです。あまりにも喋らないもので、いったい何があるのかなと思って」

「大変ですね」

「まあ、仕事ですから」他の被害者にも聞き込みが必要だろうか……いや、実際に犯人を見ているのは高橋一人なのだ。無駄に靴底をすり減らす必要はあるまい。明日からは、川崎で聞き込みをしなければならないし。「すみません、食事の邪魔をしてしまって」

「いや、いいんですけどね。奴を刑務所にぶちこむお手伝いなら、いくらでもします。あんなふざけた奴、表に出しちゃいけないですよね」

「ご協力、ありがとうございます」

「すみませんね、あまりお役に立てなくて」高橋が申し訳なさそうに言った。

「いえ、とんでもないです」少なくとも、若居とまともに言葉を交わした相手には会えた——それが前進かどうかはさっぱり分からなかったが。

5

大友にとって、川崎というのは決して縁のない街ではない。住んでいる町田に隣接しているし、だいたい、警視庁へ出勤する時に、毎日通るのだ――小田急線は、柿生《かきお》から登戸《のぼりと》までは川崎市内を通過する。多摩川を越えてからまた東京都に入るのだが、妙なルートになるのは、町田市が特殊な場所にあるからだ。東西に細長い東京都にあって、町田市はその中央付近から南に向かって垂れ下がったような格好、しばしば「東京の盲腸」「神奈川の飛び地」と揶揄《やゆ》されている。住んでいる大友自身、自分が都民なのか神奈川県民なのか分からなくなることがある。

しかし、実際に川崎の南の方――東海道線が貫く地域にまで足を運ぶことはほとんどない。小田急線沿線の住人としては当然のことだが……その川崎は、非常に多彩な表情を見せる街だ。海に近い方は工場街と同時に歓楽街・風俗街なのだが、北へ行くと、田園都市線や小田急線沿線の気取った住宅街になる。俗なところから高級な雰囲気まで、同じ市でこれほど幅広い雰囲気を内包しているところも珍しいだろう。比肩し得るのは、それこそ隣の横浜市ぐらいかもしれない。

今朝は小田急町田駅で登戸まで出て、そこで南武線に乗り換えて一気にＪＲ川崎駅まで行くルートを取った。登戸から川崎までが結構遠い――川崎の広さを実感するルートである。

午前八時半、ＪＲ川崎駅の改札を出たところで、南大田署の刑事・鬼頭《きとう》と落ち合う。苗字はごつい感じだが、下の名前を聞くと「優《ゆう》」だった。「それで親はバランスを取ったつもりじゃないですかね」というのが彼自身の解釈である。本人の容貌は、苗字よりも名前に影響を受けたような、少し頼りないぐらいの優男《やさおとこ》だった。背は低くない――百七十五センチはありそうだが、腰などほっそりしていて、格闘にでもなったら五秒も持たずに倒されそうだ。大友は、自分も格闘技が得意でないことを棚に上げ、「大丈夫だろうか」と心配になった。

かまぼこ型の巨大な屋根の駅舎を抜け、エスカレーターで地上まで下りた瞬間、大友はかすかな不快感を覚えた。

「何か……湿気が多い街だね」十月なので、本来は快適な陽気のはずだが、何故か空気がべったりと肌にまとわりつくような感じがする。

「東口の方は、そうですね」鬼頭がうなずく。「繁華街だからかもしれませんよ」

「あまり柄がいい感じじゃないな」

「そうですね」

二人は並んで歩き出した。「仲見世通」の看板の上には小さな銅像が立っているが、それが何と酒瓶を傾けている姿――とことん呑んで下さい、というメッセージか。すぐにアーケード街に入りこむ。チェーンのファーストフード店などがいいポジションにあるのは全国どこの駅前でも変わらない光景だが、この街ではパチンコ屋、カラオケショップ、漫画喫茶やゲームセンターなど地元の店の看板も目立つ。路地に入ると、今度は飲食店のオンパレード。どこも気安く、財布に優しそうな店ばかりだ。川崎といえば競輪と競馬の街でもあり、すっかり財布が軽くなって駅へ向かう人たちでも、帰りの電車賃を心配しないで呑める店、ということなのだろう。しかし……路上がゴミだらけなのには参る。歩くだけで靴の汚れを心配しなければならないほどだった。

延々と続く商店街を抜け、川崎区役所まで出る。この先が第一京浜で、その気になれば歩いて南大田署まで戻れるだろう。第一京浜を渡って、さらに数分……若居の実家は、住宅街の中にある古びた一軒家だった。この辺りには一戸建ての住宅の他に、比較的古い、小さなマンションなどが目立つ。マンション建設がブームになり始めた頃に建って、そのままになっている感じなのだろう。気安い雰囲気ではあった。

「ああ、すみません……道を一本間違えました」鬼頭が謝った。

「どこへ行こうとしてるんだ？」

「ファミレスです。そこの店長が、若居の中学・高校の同級生なんですよ」

「片や泥棒、片やファミレスの店長か」

「高校卒業後に、大学に通いながらバイトで働き始めた店で、店長になったそうです」

「真面目なタイプなんだね。今日は、いるのかな？」大友は腕時計を見た。まだ九時にもなっていない。

「大丈夫だと思いますよ」鬼頭も釣られるように腕時計を見た。「店長は、毎日八時半には出てきてるはずです。それで、夜勤の人間から仕事を引き継ぐみたいですね」

「二十四時間営業？」

「ええ」

それなら悪いことをしている暇はない――もちろん、本人が毎日二十四時間働くわけではないだろうが、余計な時間があると悪さをするのが人間の性《さが》なのだ。

「じゃあ、取り敢えずご対面といこうか……君は、会ってるんだね？」

「ええ、一度」

「どんな感じの人なんだ？」

「普通、としか言いようがないですね。若居とのつき合いは、もう忘れかけた昔話って感じでした」

だからこの事情聴取は役に立たない――言外に、鬼頭がそんなニュアンスを匂わせた。

「本人が何も知らなくても、人脈は摑めるかもしれない。だいたい、今どんな連中とつるんでいたかは、捜査本部でも把握してないんだろう？」

「はあ、まあ」鬼頭が気の抜けた声で言った。

「それに、別の人間が会いに行けば、また何か思い出すかもしれないし」

「そんなもんですか？」

「ああ。よくあることだよ」

大友は先に、第一京浜沿いにあるファミレスに入った。聞き込みの途中、あるいは優斗とも何度も入ったことのあるファミレス……この手の店には散々お世話になったな、と苦笑してしまう。

鬼頭を先導役に仕立て、店長を呼び出してもらう。白い制服姿の店長はすぐに出てきたが、露骨に嫌そうな表情を浮かべていた。大友はかすかに同情したが、ここで引かないように、と自分を鼓舞する。ネームプレートを見て、店長の名前が「脇谷《わきや》」だとすぐに読み取った。

「朝のお忙しいところ、すみません」大友はさっと頭を下げた。広い店内の席は、三割も埋まっておらず、忙しい雰囲気は微塵もなかったが。

「いえ」否定して、脇谷が口元を引き締める。

大友はさっと自己紹介してから、来訪の目的を告げた。

「以前にもうちの刑事がお話を聴きに来ていたと思いますが、その続きです。ちょっと時間をいただけますか？」

「ええ、はい……」振り向いて、脇谷がキッチンの方を見る。「仕事中ですから、そんなに時間は……」

「大丈夫です」重要な情報を思い出し、素直に喋ってくれれば五分でも十分だ。ただしこういう時、事情を聴かれる方は、何が重要なのか分かっていない場合が多い。じっくり会話を交わしている間に、情報の意味に気づいたりするものだ。

大友たちは、喫煙席の片隅の席に案内された。煙草は吸わないのだが……と思ったが、そちらのエリアにはまったく客がいないのだとすぐに気づいた。できるだけ、客には迷惑をかけたくないのだろう。店長としてなかなか立派なものだ、と大友は感心した。

「飲み物は結構ですので」機先を制して大友は言った。

鬼頭が、ワイシャツのポケットから煙草を取り出してテーブルに置く。探るような視線を向けてきたが、大友は首を横に振って「煙草禁止」を無言で言い渡した。一本の煙草が会話を転がすこともあるが、話がだれてしまう場合もままある。

「あなたは、若居智仁とは、中学・高校と同級生でしたね？　比較的親しかったと聞いています」大友は切り出した。

「ええ……」脇谷は目を合わせようとしなかった。

「彼は万引きで補導されて、その後で高校をやめました。自主退学ですか？　やめさせられたんですか？」

「自主退学です。万引きの件を説教した先生と喧嘩してですね……そうなったら、さすがにいられませんよね」

「先生と喧嘩というのは、穏やかな話じゃないですね。何か、大きなトラブルでもあったんですか？」

「開き直った……感じですかね？」脇谷の口調は自信なげだった。「そこで何があったのかは、私もよく知らないんですよ。万引きで補導された後、若居はすっかり変わってしまって」

「どんな風に？」

「悪ぶってました。というより、完全にワルになってたけど」

「つき合っていた人たちは……」

「同じようなものですね。その一件があってから、つき合うようになったみたいですけど。それまでは、全然そんな感じはなかったんですよ。サッカー部で、二年になったばかりの頃からレギュラーだったぐらいですし。典型的な体育会系で、真面目な男でしたよ」

「そういう人が、何で万引きなんかするんですかね。練習や試合で忙しくて、繁華街をうろついている暇なんかないでしょう」大友は首を傾げた。

「怪我です」ようやく脇谷が顔を上げて、大友と目を合わせた。「俺は陸上部だったんで、詳しい事情は知りませんけど、ちょっと深刻な怪我……膝をやっちゃったんです。それで本気のサッカーができなくなって、毎晩ふらふらと——そんな話は聞きました」

「なるほど」大友は腕を組んだ。「サッカーから離れたせいで、悪い連中に引っ張られたんですかね」

「たぶん、そうでしょうね」脇谷がうなずく。

「当時の悪い仲間たちというのは？　今もつき合いがあるんですかね」

「どうでしょうね」脇谷が首をひねる。「俺、若居が中退してからは、完全に切れてるんで。いろいろ悪い噂もありましたから、危ない奴には近づかないようにして……」

「警察沙汰になったのは、補導された一度だけだと思いますが」

「警察が何でも摑んでいるわけじゃないと思いますよ」挑みかかるような口調。しかし大友が少しきつい視線を送ると、またうつむいてしまった。

「そうですか？」

「実際、捕まってないし……でも、噂はいろいろあったんですよ」

「例えば？」

「カツアゲとか、薬関係も」

「薬……覚せい剤とかですか？」

大友の言葉に、脇谷が慌てて周囲を見回す。喫煙席にはまだ客が入っていないが、禁煙席にいる客に物騒な話が届かないか、心配になったのだろう。大友は意識して声を低くすることにした。

「覚せい剤はさすがにないですけど……」

「危険ドラッグとか？」

危険ドラッグは金になる。しかも、肉体的にそれほどきつい仕事ではない。それなのに、何故わざわざ危険を冒してまで、町工場に盗みに入らなければならなかったのか。人間は怠慢に走りがちで、より楽な方へ行きたがるものなのに。犯罪者には特にその傾向が強い。

「結局あいつは、昔から相当悪かったんですよ」

「それはそうでしょうね。高校生の時からなんだから……」

「いや、実は中学生の時もです」

「そんなに前から？」

「ええと……まあ、中学校の時は、ワルって言ってもまだ可愛いものでしたけどね。ちょっと悪い連中とつるんで、夜中にコンビニの前にたむろしたりとか、喧嘩とか。でも、高校に入ってサッカー部で相当鍛え直されて、そういう連中とは切れたはずなんですよ」

「結局元に戻ってしまったわけですか」大友は腕を組んだ。若居は地元のしがらみに搦め捕られ、脱出の術を失っていたのかもしれない。いや、いつの間にか彼自身が悪の中心にいた可能性もある。

「地元の仲間とは、今でもつき合いがあるんですね」大友は念押しした。

「そう、ですね……詳しくは知りませんけど。そういう連中とは、できるだけ顔を合わせないようにしているので」

「地元に残っていて、そう上手くいきますか？」

「それは……」脇谷の表情が皮肉に歪む。「ああいう連中が生息している場所は、だいたい分かるじゃないですか。近づかないようにしておけばいいんだし」

「若居が今もつるんでいた人たち、名前は分かりますね？」大友はさらにしつこく訊ねた。脇谷が、そういう連中を「意図的に避けている」なら、当然名前なども分かっているはずだ。

「それは、あまり……俺は関わり合いになりたくないんですけど」

「それは分かりますが、あなたの名前は出ないように気をつけます」

「そうですか」脇谷が盛大に溜息をついた。「それならいいんですけど、仕事もありますから」

「ご家族は？」

「……来年、結婚します」

「それはおめでとうございます」

素直に祝福すると、ようやく脇谷の表情が緩んだ。それを見て大友は、一瞬胸に痛みを覚える。結婚を間近に控えた時の、世界が全て自分の物になったような感覚……大友も、菜緒と結婚する前には、間違いなくこういう充足感を味わっていた。菜緒を亡くしたが故に、そういう感覚は鮮明な記憶として残っている。これから二度とは経験できないだろうが。

「あなたには、絶対に迷惑をかけないようにします。警察も、そういうことには細心の注意を払いますから」

「ええ」

「では、若居の仲間の名前を……連絡先まで分かると助かりますけど」

途端に、脇谷が渋い表情を浮かべる。

「そこまでは分かりませんよ。名前だけなら、何人かは……」

「それでも結構です」名前が分かれば、手がかりはいくらでもある。実際、そこから情報を手繰り寄せて、相手を丸裸にするのも可能だ。特にこういう悪い連中は、地元の警察で情報を把握している可能性がある。

大友は、脇谷が教えてくれた名前――四人だった――をメモした。よし、これでまた動ける。

「全員、まだ地元にいるんですか?」

「この四人は、いるはずです。他にも何人かいたはずなんですけど、全部は知りません。俺は別に、こういう連中とつき合っていたわけじゃないですから」

「それは分かってますよ」大友は笑みを浮かべてみせた。「これだけで十分です。お仕事中、ご迷惑をおかけして申し訳ありません」ちらりと、鬼頭に目を向ける。彼は手帳にメモした四人の名前を、ボールペンで突いていた。何だか、殺意を持って傷つけようとでもしているようだった。

「何か、他に質問は?」鬼頭に話を振る。

「いや……はい、大丈夫です」鬼頭が手帳を閉じる。「行きますか?」

「ああ……どうも、お騒がせしてすみません」

大友は一礼して立ち上がった。脇谷も慌てて立ち上がり、ズボンの腿のところに両手を擦りつける。汗の跡がつくことこそなかったが、実際には掌は汗ばんでいただろう。

脇谷に見送られ、店を出る。爽やかな十月の風……しかし、第一京浜のすぐ側なので、何とも空気が悪い。大友は思わず咳きこみ、体を折り曲げてしまった。

「これからどうしますか?」平然とした様子の鬼頭が訊ねる。

「所轄だな。今の四人、所轄では情報を摑んでいるかもしれない」

「今もここの管内に住んでるなら、ですね」鬼頭は、何故か乗り気ではなかった。

「何か問題でも？」大友は思わず聞き返した。

「いや、こっちの所轄は、あまりいい顔をしていないそうです」

「ああ、もう接触はしたんだ」

「それはそうです。こっちの管内に入って調べているんですから、それが礼儀でしょう」

鬼頭が歩き出した。ＪＲ川崎駅には背を向けた格好である。

「この辺の所轄は……」

「川崎中央署です。最寄駅は、川崎じゃなくて、京急の八丁畷《はっちょうなわて》なんですけど、一駅ぐらい歩いてもいいですよね？」

「もちろん」

「ま、一キロぐらいだと思いますけど」鬼頭が歩調を速める。中肉中背の割に歩幅は広く、大友は遅れずについていくのに少しだけ苦労した。

「所轄は、そんなに非協力的なのか？」

「獲物を攫《さら》われたとでも思ってるんじゃないですかね」

「神奈川県警が目をつけていたのは知ってるけど、若居が勝手に東京に入って来たんだよ」大友は思わず苦笑した。「こっちが頼んだわけじゃないから、文句を言われる筋合いはないよな」

「最初にヘマしたのかもしれませんよ」

「ああ……」その一言で、大友は合点がいった。警察の仕事の範囲は、「管轄」によって明確に分かれている。しかしこの「管轄」は所詮緩い制約でしかなく、捜査は枠組みを無視してどんどん進めていかねばならない。当然他の所轄、さらには県警の管内に入って仕事をする機会も多くなる。そういう場合、最初に「仁義を切っておく」のが何より大事なのだ。そちらの管内で聞き込みなりの仕事をする、何かあったらぜひ協力を——という簡単な話だ。しかし緊急時だと、そういう礼儀を無視して捜査を始めてしまい、後で「ふざけるな」と抗議されることがある。特に警視庁と神奈川県警の場合は……大友に言わせれば、神奈川県警が一方的に警視庁にライバル意識を持っているだけなのだが、昔から何かと角突き合う仲だ。

「ちょっと頭を下げておけば済む話なんだけど」

「大友さん、神奈川県警に個人的な知り合いはいないんですか?」

「残念ながら」大友は肩をすくめた。「そんなに顔が広いわけじゃないんだ」

「川崎中央署の担当は、刑事課ですよ」

「もう、相手は少年じゃないからね」

「刑事課長、相当強烈ですよ」

「そうか……」大友は思わず顔をしかめた。基本的に、ぐいぐい来る人間は苦手なのだ。

できれば穏やかに、笑顔を交えた話し合いで済ませたい。「まあ、何か無理な頼みごとをするわけじゃないから。大丈夫じゃないかな」

「それならいいんですが」鬼頭の顔色は晴れなかった。

そんなに面倒な相手なのだろうか……大友は無言で気を引き締めた。警察官として多くの人間の相手をしてきたが、もしかしたら面倒だったのは同じ警察官だったかもしれない、と思い出していた。

6

昼前に、川崎中央署に足を運んだ。神奈川県警の中では最大規模の「A級署」である。こういう署の刑事課長は、当然それなりの切れ者で、出世も早い人間が選ばれるものだが、高見《たかみ》はそれほど有能なタイプには見えなかった。小柄で小太り。腹が突き出ていて、横から見るとネクタイが湾曲しているほどだった。何となく、愚図愚図と文句を零して、部下をうんざりさせるタイプではないかと思えた。

「だいたい警視庁は、いつも人の事件を勝手に持っていく……」予想通り、挨拶を終えた瞬間にいきなり愚痴り始める。

「そういうことはないように、関係各位とはきちんと連絡を取り合っています」休めの姿勢を取ったまま、大友は軽く反論した。

「そういうのは、方便だろう？　今回だって、最初にきちんとした挨拶がなかった。そういうことじゃ、警察官としてどうかと思うね。それとも警視庁は、そういう礼儀はどうでもいいと考えているのか」

「滅相もありません」大友はさっと頭を下げた。反論はもうなし。愚痴が多い相手に対しては、ひたすら低姿勢で臨むのがいい。「刑事総務課の人間として、刑事の教育、人間形成に関しては、普段からしっかり考えて対応しています」

「だいたい、刑事総務課の人間が捜査に乗り出してくることこそ、筋がおかしいじゃないか。あんた、事務官じゃないのか？」

「警察官ですよ」元捜査一課、という経歴は明かさなかった。ここでプラスに働くとは思えない。

「素人みたいな人を送りこんできて、警視庁は我々を舐めてるのかね」

「いや、今回は神奈川県警のお手伝いをするわけではありませんので」いい加減、延々と続く愚痴が鬱陶しくなってきて、大友は少し声を硬くした。「あくまで警視庁の捜査ですから、こちらにご面倒をおかけすることはありません。とにかく、これからしばらく川崎市内で動きますので、ご了承いただければ」

「警察官は、日本全国どこでも、捜査のために動く権利があるからな」高見が、先ほどとは逆のようなことを言い出す。

「仰る通りです。それとできれば、若居の仲間と会ってみたいんです。そういう連中の情報だけでも、教えていただけませんか？」ようやく本題に入った。

「そういう情報は摑んでいないんでね」

「結構悪い連中だったと聞いていますよ。危険ドラッグの噂もあるようですし」

「いや、聞いてないな」高見があっさり否定した。「そんな悪い連中がいれば、とっくにパクってる。だいたい、危険ドラッグに関しては、生活安全課の話なんでね。刑事課には直接は関係ない」

それはもっともなのだが……川崎中央署は大きな所轄だが、それでも隣の課が何をやっているか、まったく知らないでは済まされないだろう。そういう横の連携の悪さから、捜査は失敗することが多いのだ。

とにかく、若居の四人の仲間のことは、自分で何とかしよう。大友は、ここでは一度引くことにした。神奈川県警に頼らなくても、住所や連絡先ぐらいは割り出せる。

刑事課を出ると、普段よりもずっと緊張していたのを意識した。一階のロビーまで降りて溜息をつき、鬼頭と顔を見合わせて苦笑を浮かべる。

「疲れたでしょう？」鬼頭が声を潜めて言った。

「ねちねちくる人が、一番面倒臭い……怒鳴り散らす人は、だいたい一瞬で終わるからね」

「でしょうねえ。とにかく、一応挨拶は済んだんだから、よしとしますか」

「四人の情報については、別途調べよう。一手間余計にかかるだけで、大したことにはならないよ」

「あれえ？」

いきなり間の抜けた声を聞いて、大友はその主を探した。警察署の中で聞くような口調じゃない……すぐに、「大友さんじゃないですか」と声をかけられた。この署には——ここだけではなく神奈川県警にも知り合いはいないのだが、あるいは警視庁から誰かが来ているのか……違った。

「久しぶりじゃないっすか。何でこんなところにいるんですか？」

かつてある事件で知り合った、鷹栖《たかす》という若者だった——大友は混乱した。この男は、大友と出会った時には「スリの弟子」だったのだ。しかし今は、警官の制服を着ている。こういうのもコスプレ専門店で売っているのだろうか、だとしたらけしからん話だと思いながら、大友は頭のてっぺんからつま先まで鷹栖を観察した。制服は間違いなく本物のようである。

「鷹栖君……だよな？」

「どうも。覚えていていただいて、光栄っす」鷹栖がにやりと笑った。本当に警察官になったのか？　この軽い、人を馬鹿にしたような態度は、昔と変わらないように見えるが。

「君、まさか警察官になったのか？」

「ご覧の通りで」鷹栖が、制服の埃をはらうように、両手を胸から腹の方へさっと下ろした。「神奈川県警川崎中央署地域課、鷹栖大作《だいさく》です」

「交番勤務か……」制服は、似合っているような、いないような。

「去年からっす」

「何と、まあ……」大友は啞然として言葉を失ってしまった。この男は、老スリと組んで「修行」をしていたのだ。あの事件では、鷹栖の行為について立件はしなかった。立ち直る気配を感じたからだが、まさか警察官になっているとは。神奈川県警は、過去の事情をはっきり調べなかったのだろうか——犯歴はないのだが。

「君が警察官、ねえ」

「大友さんに憧れてですよ」

「そんな話は初耳だけど」

「あの……」遠慮がちに鬼頭が割りこんできた。「失礼ですが」

「ああ」大友は相槌を打ったが、どう説明していいか、分からなくなってしまった。

「近所の人でね」それは間違いではない。鷹栖も町田の住人——少なくとも数年前はそうだったのだから。

　ふと思いついた。

　鷹栖がどういう経緯で今ここにいるかは分からないが、一応はきちんと制服を着た警察官である。交番勤務の警官だとやれることは限られているが、それでも川崎市内では、大友たちよりは動きやすいだろう。外勤の警察官は、管内の脇道一本一本にまで精通しているものだし。

大友は、建物の外に向けて顎をしゃくった。鷹栖がにやりと笑い、先に立って歩き出す。外へ出ると、鷹栖が肩を二度上下させた。さすがに制服を着たままでは、思い切り伸びをするわけにはいかないのだろう。

「何すか？」

軽い口調は昔と変わっていない。いや、さすがに県警の先輩たちに向かって、こんな口のきき方はしないだろうが……自分は相変わらず舐められているわけか、と大友は苦笑した。

「今日は日勤か？」午前中のこの時間に制服姿でいるということは、聞くまでもないのだが。制服組――特に交番勤務の連中のダイヤはきっちり決められている。

「そうですけど」

「夕方には体は空くよな？」

「飯でも奢ってくれるんですか？」また下品な笑みを浮かべる。

「ちょっと頼みを聞いてくれれば、何でも好きな物を奢るよ。今、ここに住んでるんだよな？」大友は庁舎を見上げた。まだ新しい庁舎は、最近の例に漏れず、上の方が独身寮になっているはずである。「夜は、抜け出せるだろう？」

「面倒な話じゃないでしょうね」

「きちんとした警察官なら、全然難しい話じゃない」

「それなら楽勝っすね。自分、きちんとした警察官なんで……で、何なんですか？」

大友は、四人の人定を鷹栖に委ねた。

一時間後、お茶を飲んで一休みしていたところで、鷹栖から連絡が入った。ずいぶん早い……強引に話を進めたんじゃないだろうな、と大友は少し心配になった。警察のちゃんとしたやり方をきちんと身につけているかどうか。大友が知っている鷹栖は、年長の人間を敬うことになど、まったく興味のない男だったのだから。いや……意外と上下関係に関してはしっかりした考えを持っているかもしれない。初老のスリに「弟子入り」しようなどと考えるぐらいなのだから。

鷹栖の情報をメモに落とし、鬼頭にも伝えた。住所や電話番号などを書き写しながら、鬼頭は「さっきの若いの、信用できるんですか」と心配そうに訊ねる。

「どうかな。元スリだから」

「スリ？」鬼頭がはっと顔を上げる。「何でそんな人間が警官の制服を着てるんですか？　特殊なコネでも？　それとも誰かの子どもとか？」

矢継ぎ早の質問を、大友は苦笑で出迎えた。数年前の彼との出会いを、簡単なバージョンで説明する。

「ちょっと心配ですね」鬼頭が首をひねる。「そんな人間の情報、信用できるんですか？」

「一応、警察官だからね。信用できるかどうかは、これから裏を取ってみればいいんじゃないかな」大友は手帳に視線を落とし、スマートフォンで住所を検索した。近いのは……川崎駅の東口だ。「まず、近場から訪ねてみないか？　川崎駅前だ」

「電話しなくていいですか？」

「いきなり行った方が、効果的だ。相手に心の準備をさせちゃいけない」

「なるほどね。川崎駅前っていうと……何ですかね、これ？『ブルーライン』って、横浜の地下鉄のことじゃないですか？」苦笑しながら鬼頭が指摘する。高木尚也《たかぎなおや》という男の勤務先だった。「何の店ですかね」

「分からないな」この名前で検索を試みたのだが、それらしい店はヒットしなかった。

「取り敢えず、行ってみるか……それで様子を見よう」

「了解です」

喫茶店を出て歩き出した瞬間、鬼頭が立ち止まった。背広のポケットから慌ててスマートフォンを取り出して画面を見た瞬間、顔をしかめる。

「――はい、鬼頭です。はい、お疲れ様です」

いきなり、歩道の真ん中で直立不動になった。ひたすら相手の声に耳を傾け、微動だにしない。後ろから来た老女が通れなくなってしまったので、大友は慌てて鬼頭の袖を引いて歩道の端に導いた。その間も、鬼頭は何も言わずにスマートフォンを耳に押し当てて続けていた。筐体《きょうたい》を握りしめた左手が白くなっている。そこまで緊張する相手は……

玉城だろう、と大友は想像した。

一分ほど、鬼頭はひたすら耐えて相手の声に耳を傾けていた。ようやくスマートフォンを耳から放すと、盛大な溜息をつく。がっくり疲れて、歩く気力さえ失われてしまったようだった。額の汗——まったく暑くないのに——を手の甲で拭うと、振り返って大友の顔を見る。顔面は蒼白で、吐きそうな気配すらあった。

「玉城係長だろう？」

「何で分かりました？」

「捜査本部の関係者で、君をそんなにビビらせる人間なんて、玉城係長ぐらいしか思い浮かばない」

「ああ……そうです」

「で、何だって？」

鬼頭がようやく、スマートフォンを背広のポケットに戻した。上から軽く叩いたのは、「もう鳴るな」と念じたのかもしれない。

「まあ、いろいろ」鬼頭が口籠った。

「僕の悪口ではなく？」

「はい、まあ、それも含めて……すみません」

「いや、鬱陶しがられているのは分かってるから」大友は苦笑せざるを得なかった。

「だけど、君に八つ当たりすることはないよな。僕は取調室から出たんだし。今日は玉城係長が若居を調べてるんだろう？」

「そうですね」

「上手くいってないんじゃないかな。それで、誰かに捌け口を求めた」

「そういうことじゃないかと思います……たまんねえな」鬼頭が溜息をついた。

「玉城係長、そういう人なのか？」

「まあ……怒鳴られることはよくあります。もう慣れましたけどね」

「慣れちゃ駄目だよ。これ、大問題だぞ」

　そもそも管理職としての資質に問題があるのではないか、と大友は懸念した。元々威張り散らすタイプだったのか、警部補に昇任して所轄の係長として赴任してから急に変わったのか……いずれにせよ、部下を怒鳴りつけたり圧迫するような態度を取るのは、今の時代では許容できない。いずれ、本人が痛い目に遭うだろう。ただ、当然若居を落とせない焦りもあるはずで、それに関しては大友も同情していた。自分自身で取り調べた感触からすると、若居はやはり難敵である。せめて自分たちが、若居を攻める材料を見つけて玉城をバックアップしよう、と大友は気持ちを新たにした。それで玉城の機嫌がよくなれば、鬼頭たちも救われるのだから。

「ブルーライン」は、平和通り商店街にあった。石畳の細い道路の両脇に雑居ビルが建ち並ぶ、ざわざわとした繁華街である。飲食店やクラブなどが多く、昼間よりも夜に活気が出そうな街だ。緑色の街灯に、ピンク色のバナーで「こんにちは　平和通り」。道路を横断するように万国旗が飾られて、昭和の気配を濃厚に漂わせている。

仲見世通りにほど近い雑居ビルの二階に、大友たちは足を踏み入れた。妙な雰囲気だ……外に看板はなく、窓は磨りガラスになっているので、外から中の様子はまったく窺えない。ドアにも、表札のような小さな看板がかかっているだけ。大友は鬼頭と顔を見合わせ、自分でドアノブに手をかけた。

鍵はかかっていない——店だから当然かもしれないが、大友は奇妙な感覚に襲われた。古着屋だった。店内は極彩色の服で埋まっており、ここで火事が起きたら、あっという間に全焼だろう。カジュアルな服専門の店のようで、入り口に近い部分にはハンガーラックが幾重にも重なり、大量のトレーナーやシャツがかかっている。奥の方にはジャケットやコート、右手には斜めにしつらえられた棚があり、靴がずらりと揃っていた。ほとんどがスニーカーやブーツなどである。懐かしい……大友は、古着屋に散々お世話になっていた時期がある。学生演劇をやっていた頃、衣装を揃えるのに、古着屋で安く仕入れて自分で仕立て直していたのだ。ただし、私生活——学生演劇も私生活でやっていたことだが——でお世話になったことは一度もない。

一見したところ、ごく普通の古着屋である。大友が二十年ほど前によく通っていた店も、似たような感じだった。とにかく品数を揃えようと大量に商品を詰めこむために、どことなく息苦しくなるのだ。

「ブルーライン……古着屋だったんですね」傍らに立った鬼頭が囁くように言った。

「でも、何か変じゃないですか」

「変だな」大友はうなずいた。

　ここへ来るまで、データが引っかかってこなかったのがそもそもおかしいのだ。今はどんな店でも、ほぼ百パーセント、ネットで宣伝をする。金をかけてホームページを作らなくても、フェイスブックなどでは無料で宣伝できるのだから。しかし「ブルーライン」は一切宣伝をしておらず、しかも外に看板さえなかった。商売する気がないのか、と不思議になる。

　店の一番奥がレジになっていた。店員が一人いたが、大友たちが入ったことに気づいた様子もない。一歩踏み出すとようやく顔を上げたが、怪訝そうな表情を浮かべるだけだった。それはそうだろう。スーツ姿の刑事二人は、このカジュアルな店にはいかにも不似合いだ。

　大友はレジを挟んで男の前に立ち、バッジを示した。

「高木尚也さん？」

「そうすけど」

　ひょろりと背の高い若者だった。確か、三十歳になったばかり……チェックのシャツにモスグリーンのカーゴパンツという格好は、いかにもこの店の品揃えに合った感じである。グレーのニットキャップを被っており、耳の上のところから完全な金髪が覗いていた。左耳にはピアスが三つ。いずれエスカレートして、鼻ピアスでもつけそうな感じである。

「あなた、若居智仁の友人ですね」

「そうすけど」先ほどとまったく同じ返事。関心がなさそうで、目は虚ろだった。

「若居が逮捕されたのは知ってる?」

「ああ、下手打ったんでしょう? 馬鹿ですよね、泥棒をやるなんて」

「最近、会いましたか?」

「逮捕されてからは会ってないっすよ。当たり前だけど」言って、高木が軽い笑い声を上げた。

「それはもちろんそうだけど、その前は……よく会ってたのかな?」

「たまにっすね。こっちは仕事で忙しいし」

「若居はまともに仕事をしてなかったはずだね」

「ぶらぶらしてたんすよ。いい年して、そういうのはちょっとね……」高木が肩をすくめた。

「真面目に仕事をしている立場から見ると、許せない?」

「許せないってわけじゃないけど、情けないっしょ。奴、たかるからね」

「ああ、金がないから……」

「呑み会とかやると、金を出し渋ってね。金がないなら、そういうところには来なけりゃいいのに、のこのこ出てくるから。だから最近は、声をかけなくなったけどね」

「金には困ってたんだな？」

「そりゃそうでしょ」高木がまた肩をすくめる。「だから泥棒なんかやったんじゃないの？　それであっさり捕まるんだから、馬鹿としか言いようがないよね」

「捕まらなければ馬鹿じゃないのか」突然、鬼頭が前に出た。「そういう、警察を舐めたようなことを言われると困るな」

「別に舐めてないっすよ」平然とした口調で高木が言った。「盗みをやるなんて、そもそも馬鹿でしょう」

「それは否定できないけど、奴は一人でやってたと思うか？」

　鬼頭がなおも追及したが、大友は左腕を水平に上げて少し後ろに下がらせた。鬼頭が急にむきになったのは何故だろう？　自分の仕事にプライドを持っているからだ、と判断することにした。

「どういう意味？」高木が首を傾げた。

「若居は、他の工場にも盗みに入っていた可能性がある。全部一人でやったとは考えにくい」

　実際には、共犯がいたことを裏づける証拠は何もない。防犯カメラの映像にも、映っていたのは一人だけだった。もちろん、共犯が十分用心していた可能性もあるが。それに、逮捕された一件に関しては、間違いなく若居単独の犯行である。それでも大友は、共犯の存在を疑っていた。あれだけ完全黙秘を続けるのは、庇《かば》うべき相手がいるからではないか。

「そんなこと言われてても、ねえ」高木が首を傾げる。大友の顔を真っ直ぐ見ながら、右手はレジのカウンターを拭くような動きを続けていた。

「彼が最近よくつるんでいた相手、誰か知らないかな。要するに、一緒に泥棒をするような相手だけど」

「さあ、どうかな。最近はもう、あいつとは距離を置いていたし」

「もう友だちじゃないと？」

「そういうわけでもないけど、つき合いにくいからね」

「逮捕されたことは何とも思わない？」

「いや、別に……せこいところがある奴だから、金に困ったら盗みぐらいはするかもしれないでしょう」

「何で働いてなかったんだろう」

「何となく、じゃないかな」高木が左耳に触れた。ピアスを弄っているのかもしれない。

「要するにフリーターだったわけだ」

「まあね」

「家族は？」

「さあ……よく知らないけど」

「逮捕されたのに、差し入れもないんだ」

「へえ」

興味なさそうに言ったが、実際に何も知らないような感じではある。昔からの知り合いとはいえ、家族のことまでは分からないのか……。

「若居とは、いつからのつき合いなんだ？」

「俺が高校の時……奴は中学生だったけど」

「中学生と高校生が？」大友は首を捻った。

「変かな？　地元の仲間って奴ですよ」事も無げに高木が言う。

そんなものだろうか……大友は長野県の出身だが、そういう感覚は分からない。小学生なら、一年生から六年生まで何となくつながっている感じはあるものの、中学生と高校生では断絶した感が強い。

「何歳違い？」

「五歳」

「じゃああなた、もう三十なんですね」分かっていることではあったが確認した。

「そうっすよ」

軽い口調で高木が言った。若居が中学一年生の時、高木は高校三年生。高三から見れば、中一など完全に子どもだろうが……同じ中一の優斗が高校生とつるんでいる姿を想像しようとしたが、上手くいかない。

「中学生と高校生で一緒に遊ぶというと、何ですか」

「フットサルとかね」

「ああ……若居は、高校の時は結構いいサッカー選手だったみたいですね」

「あいつね、中学校でもサッカー部だったんすよ。結構、期待の星だった」高木が指先で顎を撫でる。「でも悪い先輩がいてさ、きつく当たって苛めて、部から追い出すみたいな格好になったんすよ。中坊がクソ生意気にね……まあ、あの頃若居はまだ背も小さくて本当に子どもだったし、でもサッカーは上手かったから、目をつけられたんでしょう。そういうの、あるでしょ？」

「何となく分かりますよ」

「公園で一人でサッカーボールを蹴ってるのを見て、何だか可哀想になってね。俺らでやってたチームに入れてやったんすよ」

「それで高校では、サッカー部に入って」

「そうっすね」高木がまた視線を逸らす。表情は固かった。

「だけど、怪我でやめて」

「そうそう」

「その後万引きして学校を退学した——その時一緒にいたのがあなたじゃないですか」

ようやく本題に入った、と大友は内心気を引き締めた。問題はここからである。

「そうね」あっさり認める。

「あなた、もう成人してたんじゃないですか」

「ああ、もちろん。煙草も酒もＯＫで」にやりと笑ったが、一瞬だった。

「でもあなたは、逮捕されていない」

「だって俺、盗んでないからね」

「そそのかしたんじゃないですか」

　高木が黙りこむ。拳を顎に当て、考えこんでいる様子だが、実際には何も考えていないかもしれない。考えないことで、相手に本音を探られないようにする――この男は、警察とも散々つき合ってきたのだろうと想像した。

「古い話だよね」高木がぽつりと言った。

「そんなに昔の話じゃないですよ」大友は即座に反論した。「ホームセンターで万引きしたのは、ファイバースコープに電動ドリル、それにドライバー……高校生が万引きする対象としては、ちょっと変な感じだけど」

「趣味がＤＩＹだったとか？」高木がにやりと笑ったが、すぐに引っこめた。

「泥棒に使えそうな道具ばかりだ。ファイバースコープで覗いて、ドリルやドライバーで鍵を壊すとか。でも、泥棒で使うための道具を、わざわざ万引きするかな」

「どうかねえ」高木が肩をすくめる。

「誰かが、自分で使う物を万引きさせたとか」

「それ、仮定の話でしょ？」高木がさらりと、しかし馬鹿にしたように言った。「それじゃ、何も証明できないんじゃないすか。古い話だし」

「もちろん。ただ、若居の転落の歴史はここから始まっている。もう少し詳しく、当時の事情を知りたいんだ」

「知ってることは……ないですね。あいつが勝手にやったことで、俺は関わってないから」

しばらく問答を続けたが、高木はのらりくらりとかわし続けた。「知らない」「関係ない」――そんな言葉ばかりが並び、大友はいい加減苛々してきた。しかしここで怒っては、逆に高木のペースにはまってしまう。

三十分ほど話して、店を出る。その間、客が一人も来なかったことを大友は改めて意識した。まだ昼前だからかもしれないが、何となく不自然だ。その疑問を鬼頭にぶつけると、彼も違和感を認めた。

「あの店、何か裏があるんじゃないですかね」

「裏というと？」

「実は危険ドラッグの店だとか」

「ああ……それはありそうだな」石畳の道路を歩きながら、大友はうなずいた。古着屋を隠れ蓑にして、馴染みの客相手にドラッグを売りさばく――それほど難易度が高いわけではないだろう。最近は、危険ドラッグの販売に対しては警察の目が厳しくなっているから、一見まともな商売を隠れ蓑にして、その裏で取り引きをしているというのは、いかにもありそうな話だ。

「所轄の生活安全課にタレこんでおきますか？」

「いや、今のは想像に過ぎないから。所轄の手を煩わせることはないだろう」

「ま、そもそも俺たちには関係ないですよね」どこか白けた口調で鬼頭が言った。「神奈川県警の話だし」

「高木についてはどう思った？」

「何だか裏がありそうですね」

「僕もそう思った。正直ちょっと、怖い感じもしたよ」

「大友さんがですか？」鬼頭が目を見開く。

「ああ。僕は臆病だからね……ヤバそうな人間を見ると、センサーが働くんだ」

「でも、引っ張る材料もないですし」

「そうだね……さて、あと三人か。取り敢えず、今日中に話は聞いておきたいな」

「そうですね……」鬼頭が腕時計を覗いた。「結構焦りますね」

「大丈夫だ。時間はあるよ」

言ってはみたものの、人を訪ねて歩き回っているうちに、時間はあっという間になくなってしまうことは、経験から分かっている。

7

夕方——さすがに疲れ、胃も空っぽになった。鷹栖と電話で連絡を取り、川崎駅東口にある焼肉屋で落ち合う。懐にはダメージがくるだろうな、と予め覚悟した。鷹栖は若いから、どれだけ肉を食べるか分からない。鬼頭が、玉城を怒らせないためにと自主的に捜査本部に戻っていたから、二人きりというのが救いだったが。

鷹栖は当然私服に着替えていたが、昔とはイメージがまったく違った。トレーナーにジーンズ、薄いコートという、ごく地味な格好である。

「イメージチェンジでもしてるのか？　昔はごついブーツとか履いてたよな」席に座るなり、大友は訊ねた。

「もうバイクにも乗ってないすから」

「更生したわけか」

「別に昔も、悪いことしてたわけじゃないすよ」

「その話を蒸し返すと、気まずくなるんじゃないかな？」

「そうなると思って、警視庁じゃなくて神奈川県警に入ったんすけどね」鷹栖がにやりと笑う。

「警視庁は受けてないのか？」

「受けました」鷹栖が舌を出した。「見事に落ちましたよ。警視庁の方が難しいっすよね」

「警視庁に落ちた人間の滑り止めが神奈川県警だっていう都市伝説があるからな」

「マジすか」鷹栖が目を見開く。「でも、周りにもそういう人間、たくさんいますよ」

「じゃあ、案外伝説じゃないのかもしれないね」

軽い前置きを終えて、注文。鷹栖は生ビールを頼んだが、大友は冷たいウーロン茶にした。

「吞まないんすか？」

「まだ仕事しなくちゃいけないかもしれないからね。それに吞むと、町田に帰るまで面倒だ」

「まだ町田に住んでるんすか？」

「引っ越しはした——家は変わったけど、町田にはいるよ」

鷹栖がメニューを取り上げ、「何にしますか？」と訊ねる。「任せるよ」と答えると、ビールを運んできた店員に、嬉々として注文した。

まずは食欲を満たしてしまうつもりか、鷹栖は運ばれてきた肉を次々に焼いてサンチュと一緒に頬張った。これがビールならもっと美味いんだがと思いながら、大友は淡々とウーロン茶を飲んだ。

「昼間の成果、どうでしたか？」

「あまりよくないな」大友は正直に認めた。「警察慣れした連中ばかりだった」

「大友さんでも、そういう連中の相手は難しいんすか？」

「若い割に、ワルとしてはベテランばかりだった」

鷹栖が声を上げて笑った。大友も釣られて笑ってしまったが、気分は晴れない。肉を食べるスピードも落ちてきた。この話を続けるとどんどん暗くなる——大友は話題を変えた。

「警官の生活はどうだ？」

「何か、悪くないんすよね。自分でも不思議だけど」

「規則だらけで、がんじがらめじゃないのか」

「それが案外、規則なんかどうでもいい感じなんすよ。慣れなんすかね」

「僕は、そういうのが鬱陶しくてたまらなかったけどな。だから、交番勤務から所轄の刑事課に上がった時にはほっとしたよ」

「制服組は、少なくとも時間だけは守らないといけないですからね」

「刑事にでもなれば、忙しい時は死ぬほど忙しいけど」

「でも、いずれ刑事になりますよ」

「君が刑事ね……」既に制服姿を見ているのに、想像もできなかった。

「ちょっとは裏のことも知ってるし」鷹栖がにやりと笑った。「そういうの、役に立つんじゃないすかね」

「盗犯専門の刑事とか？」

「それは分からないすけど」

軽く転がる会話。鷹栖がどこで気持ちを入れ替えたのかは分からないし、簡単に警察に馴染んでいるのはさらに意外だったが、今は充実した日々を送っているのは間違いない。やる気が満たされているなら、それはそれでいいのだろう、と大友は前向きに考えた。

鷹栖は旺盛な食欲を発揮した。生ビールの巨大なジョッキは早々に呑み干してしまい、お代わりを頼む代わりに大盛りのライスに切り替える。牛タン三人前、ロースとカルビは二人前ずつ、「一番好きだ」というハラミは四人前をほとんど一人で平らげた。最初のうちは見ていて気持ちのいい食欲だったのだが、それが延々と続くとうんざりしてくる。しかし優斗も、間もなくこういう食欲を発揮するようになるだろう。慣れておかないと。

「東京の人間が相手だと、この辺の人は警戒するのかもしれないな」ほぼ食べ終えたところで、今日の事情聴取の話に戻る。

「そうっすね……ちょっと当たってみましょうか？」

「いや、それは君の職分からはみ出す。勝手なことをしてるのがばれたら、今後の異動にも悪い影響が出るかもしれないぞ」大友はすかさず警告した。

「いや、別に大丈夫でしょう」鷹栖がさらりと言った。「制服組のいいところは、勤務時間がはっきり決まってることですから。それ以外の時間に何をしていても、誰にも文句を言われませんよ。それにこれは、別に犯罪じゃないし」

警視庁の人間を手伝っていると分かったら、犯罪並みにまずいことになるかもしれないが……大友は無言でうなずいた。ＯＫを出したわけではないが、黙認。言葉にしないのも、大人の仕事のやり方である。

「デザートはどうだ？」

「デザートはいいっすよ」鷹栖が嫌そうな表情を浮かべる。「それより、軽く食後酒、いきませんか？」

「ここで？」

「いや、俺が知ってる店に案内します」

時間が心配になって、大友は壁の時計を見上げた。まだ七時半……焼肉は、食べている間に勢いがついてしまうから、店に長居はしないものだ。聖子の家にいる優斗を迎えに行かなくてはならないが、少し遅れても大丈夫だろう。最近は、日付が変わる頃まで起きていることも珍しくないし。

「じゃあ、一軒だけつき合うよ」この時間まで緊急の連絡がないから、今夜は平穏だろう。少しはアルコールを呑んでも大丈夫だ。「あまり遅くならないうちに、町田に戻りたいけどね」

「分かってます。家族持ちはいろいろと忙しいですよね」

二人は店を出て、鷹栖の案内で街を歩き始めた。鷹栖は普段からこの辺を「庭」にしているようで、楽しそうに大友にあちこちの店を紹介する。さすがに川崎は、町田とは規模が違う……町田も四十万都市だが、川崎の人口はその三倍はあるはずだ。

鷹栖お勧めの店は、雑居ビルの地下にあるスポーツバーだった。カウンターの上にある巨大な液晶テレビでは、サッカーの試合を放映中。ボックス席の上の壁には、様々なスポーツチームのユニフォームがかかっている。いかにもそれっぽい雰囲気で、ビールとポップコーンが似合いそうな店だった。

ボックス席ではなく、カウンターに並んで座る。今夜はもう何もないだろうとは思ったが、大友は軽くビールで止めておくことにした。鷹栖はハイボール。突き出しが、大きな木の鉢に入ったミックスナッツというのも、この店に合っていた。

二人はだらだらと無難な話を続けた。知り合うきっかけになった数年前の事件についてなら、いくらでも話し合うことがあるのだが、こういう店で持ち出すのに相応《ふさわ》しい話題ではない。

ドアが開き、大友は無意識のうちにそちらに目をやった。人の往来に注目してしまうのは、刑事の習い性のようなものである。

ヤクザだな、と一目で分かった。着ているのはごく普通の黒いスーツなのだが、雰囲気が違う……左手にはごつい金色のロレックス、さらに太いチェーン。あれではせっかくのロレックスが傷つくのではないだろうか。ああいう重ね方をする人を時々見るのだが、どういう目的のファッションなのだろうと大友はいつも訝ってしまう。

男はカウンターで、大友のすぐ横に座った。ビールを注文すると、左手からチェーンを外して背広のポケットに落としこむ。さらに内ポケットからスマートフォンを出して、カウンターに置いた。ちらりと画面に視線を落としたが、関心なさそうにすぐに顔を上げる。視線はカウンターの上のテレビに向いたが、サッカーにも興味がないようで、また視線を逸らしてしまった。ビールがくると、ほっとしたようにすぐに口をつける。

横に座る鷹栖が、やけに緊張しているのが分かった。大友はちらりと彼の顔を見て、「何か?」と小声で訊ねたが、鷹栖は慌てて首を横に振るだけだった。今入って来た男を警戒しているのは明らかである。知り合いか？　ヤクザに痛い目に遭わされたことがあるとか？　最近の若い警官は、ヤクザを恐れてまともに話もできない、というベテランのぼやきを大友もよく聞く。

「おや、鷹栖さんじゃないか」男の方で、先に声をかけてきた。

「どうも」鷹栖が目も合わせず、低い声で返事した。

「一休みですか？」

「いや、もう仕事じゃないので」

「だったら、俺と話すことはないね」

男が喉の奥を震わせるように笑った。嫌な感じの笑い方だった。居心地が悪くなり、さっさと金を払って出ようかと思ったが、まだビールの水面はグラスの縁から五センチほどしか下がっていない。

「鷹栖の知り合いですか？」大友は思い切って声をかけてみた。毒を食らわば皿まで、という気持ちになっていた。

「まあ、ちょっとした……そちらさんは？」

訊ねられ、大友は少し体を捻って男の顔を正面から見た。四十代半ばぐらい。顔は直線だけで描いたような輪郭で、顎先は鋭く尖っている。眼光は鋭く、その気になれば、睨んだだけで大抵の相手を黙らせてしまいそうだった。綺麗に撫でつけた髪には、右耳の上にだけ白い筋が入っていた。あまりにもすっきりしているので、もしかしたらそこだけメッシュを入れたのかもしれない。話しかけにくい雰囲気だ……もっとも大友は、この手の人間の相手も苦手ではない。ヤクザは、変に弄らなければいいのだ。クソみたいな連中だがプライドは高い――そこを大事にしてやれば、会話は自然に成立する。ヤクザだって情報源になることがあるのだから、無闇に怒らせる必要はない。もっとも、今ここでこの男と知り合いになることに何のメリットがあるかは分からなかった。普段、神奈川県では仕事をしないのだ。

「大友と言います」

「こちらの方じゃないですね？」

「東京です」

「東京の警……東京の人が川崎の方で仕事をしているのは珍しいね」警察という言葉を

濁したのは、ヤクザならではの感覚か。

「川を越えたらすぐですよ。それに今は、仕事じゃない。地元の後輩と吞んでるだけですから」

「彼の地元というと、町田ですか」

この男は、鷹栖とどういう関係なのだろう。警察官とヤクザに不適切な関係ができることもあるが、鷹栖はまだ、そこまで経験を積んでいないはずだ。パトロール中にでも出会って、顔見知りになったのか。

「失礼ですが」大友は少し警戒心を滲ませて言った。

「おっと、これは本当に失礼しましたね」男が、背広の内ポケットから名刺入れを取り出し、名刺を差し出す。

受け取ると、「河島栄太《かわしまえいた》」の名前と、「川崎興業」の住所、電話番号があった。携帯電話の番号も。名前を見ただけではどんな仕事かさっぱり分からないが、要するに暴力団の事務所だろう。大友も自分の名刺を差し出した。名刺の扱いは慎重にと煩く言う人もいるのだが――悪用される恐れもある――大友はあまり気にしていない。それより、礼を失する方が嫌だった。

「これは珍しい部署の人ですな」河島が、顔の前まで名刺を持ち上げ、じっくりと見た。

「現場の人じゃないんだ」

「基本的にはね。たまにお手伝いすることもありますけど」

「そっちに、荒熊《あらくま》さんっていう人がいるの、知ってますか」

「ええ」暴力団の担当は組織犯罪対策部だが、彼はその前身、捜査四課の時代から暴力団の捜査一筋できた、いわば伝説の人物である。本人の容貌もほとんどヤクザで、いつもダブルのスーツに編み上げブーツを合わせるという、不思議なファッションセンスの持ち主である。

「普段は一緒に仕事はしない？」

「そうですね。うちも大きい会社なので」

「確かに、社員四万人は大企業だ」河島が、大友の名刺を丁寧に名刺入れにしまった。

「お近づきになれて光栄ですよ」

「いやいや……」大友は苦笑して、ビールを一気にグラス半分ほど呑んだ。もともとそんなに酒は強くなく、ちびちび呑むタイプなので、少しだけ喉にきつい。

「とにかく、ご贔屓に」

「そういう機会はないと思いますけどね」大友は即座に否定した。「私はそちらの専門ではないので」

「どこで縁が繋がってるか、分かりませんよ」

「繋がらないことを祈りますが」

大友の言葉に、河島の顔が引き攣った。せっかく話を合わせてやっているのに、と憤っているのかもしれない。大友は知らんぷりしてグラスを取り上げ、ビールをほんの一口呑んだ。

「川崎は、どうですか」河島が普通の声で話を再開した。どうも話し好きらしい。あるいは、一人の時間を持て余しているのか。

「あまり馴染みのない街ですからね……何とも言えない」

「最近は、静かなものですよ」

「そうですか？　かなり賑やかに見えますけど」

「跳ねっ返りの人間が少なくなった、という意味で」

「そうですか」あんたは例外だろうが、と大友は皮肉に思った。自分たちで、街の雰囲気を悪くしているのではないか。

「ちょっと前までは、若い奴らが好き勝手なことをしてたんだけどね……若い連中は礼儀を知らなくて困る」

「それは、うちの神奈川支社がちゃんと対応したのでは？」

「御社が手を出すほどの話じゃなかったけどね」

「なるほど」

日本の組織犯罪は、様々に変わる。暴力団が繁華街を仕切っていた時期が長かったのは間違いないが、最近は暴力団を恐れず、むしろ平気で攻撃をしかけてくる若い連中もいる。河島は、そういう連中のことを指して言っているのだろう。

「まあ、いずれにせよ私には……東京支社の人間には関係ないですけどね」

「でしょうね。こっちも川崎専門なんでね。自分の領分はきちんと守ってますよ」

「結構ですね。できるだけ外へ出ないでいてくれると、お互いに面倒がなくていいでしょう」

ちらりと河島を見ると、また顔が引き攣っていた。やはり、からかわれるのは嫌いなようだ……当たり前か。この年だと、組の中でも相当上の立場——警察官に馬鹿にされる謂れはない、とでも思っているのだろう。そういう風にむきになるヤクザを見ると、ついからかいたくなるのが大友の悪い癖だった。

だが今晩は、そうする気にもなれない。そろそろ席を立つか……腰を浮かしかけたが、河島はまだ微妙に絡んでくる。

「しかしあなた、こういう業界の人には見えないね」

「そうですか？」大友は顎を一撫でした。

「役者にでもなればよかったのに。顔の持ち腐れだ」

「昔は芝居もやってたんですよ。学生演劇ですが」

「ああ、いかにもそういう感じですよね。テレビ向きでも映画向きでもない。舞台で、生で動いてこそ存在感を発揮できるタイプ」

「仕事にはまったく生きてないですけどね」大友は苦笑した。

「いやいや、人間、どこでどんな風に経験が役立つか分からないものですよ」

「貴重な教訓、ありがとうございました」大友は、残ったビールを一気に呑み干した。

ちらりと鷹栖の方を見ると、ハイボールはまだ三分の二ほどが残っている。それを無視して、「そろそろ帰ろうか」と声をかけた。その言葉を待っていたかのように、鷹栖が立ち上がる。

大友は千円札二枚を抜いてカウンターに置いた。釣りを待つ間、一瞬だけ河島の顔を見てみたが、既に関心をなくしているようだった。テレビの画面は、いつの間にかサッカーからバスケットボールの試合に変わっており、彼の視線は釘づけになっていた。バスケ好きのヤクザというのも妙なものだな、と思いながら、大友は釣りを受け取った。別れの挨拶はなし。軽く会釈を交わし合っただけで店を出る。

急な階段を上がって外に出ると、鷹栖が思い切り息を吐いた。顔色がよくない。

「何でそんなに緊張してるんだ？　たかがヤクザじゃないか」

「いや、だけど岩尾《いわお》組の若頭ですよ」

「ああ、そういうことか……」岩尾組は、川崎市に本部を持つ暴力団の中で最大の組織である。暴力団関係は専門ではない大友でも知っているぐらいだった。もちろん、表向きの看板である「川崎興業」の存在は知らなかったが。「何でそこの幹部と知り合いになったんだ？」

「それは、パトロールをやってれば、いろいろな人に会いますよ」鷹栖が口を尖らせた。

「苛められたか？」

「まさか」

「苦手そうな感じだったけど」

「好き好んでつき合いたい相手じゃないっすよ。マル暴の専門家になるつもりもないし」

「ちょっと引っかかったな」

「何がですか？」歩き始めた鷹栖が足を止め、振り返った。

「若い奴らがどうのこうのって言ってただろう。あれ、どういう意味かな」

「もしかしたら、若居のことだったりして」

「そうかもしれない」大友はうなずいた。「この辺で悪さをしていたのが、いつの間にかいなくなって東京に出没していたとか」

「そうですねえ」鷹栖が顎を撫でた。

「ちょっと情報収集をしてみるか。河島という男は、使えそうな気がする」

「まさか、俺がやるんすか？」鷹栖の顔が引き攣った。

「そこまでは頼まないよ」大友は苦笑した。「やるなら、僕が自分でやる。ヤクザは苦手なんだろう？」

「まあ……好きじゃないっすね」

「引き合わせてくれただけで、よかったよ」

「別に何もしてませんけど」

「君がいなかったら、河島も話しかけてこなかったんじゃないか？　顔見知りっていうのは大事だよ」

褒めると、鷹栖は一瞬嬉しそうな表情を浮かべたものの、また渋い顔つきになった。やはり、関わり合いになりたくないようだが、そうとも言っていられないのが人生だ。

人生には起伏がある。鷹栖のように、半ば人生を舐めていた人間が警察に入り、暴力団と関わりができる――人生は長い。鷹栖はまだ、これからいろいろなことを学んでいくのだろう。

8

町田に戻って午後九時半。大友は聖子の家に急いだ。生垣、縁側、瓦屋根……古い一戸建てで、昭和の香りを濃厚に残す造りだ。夫を亡くして以来、お茶の先生として悠々自適の生活を送っている聖子には、静かなこの家がいかにも似合っている。

「遅くなりまして――」玄関に入っても静かだった。小学生の頃の優斗は、大友が聖子の家へ迎えに来るとすぐに駆け出してきたのだが、最近はそういうこともなくなった。寂しさを感じることもあるが、子どもは成長して親から離れていくものだと自分に言い聞かせている。

勝手に靴を脱いで上がりこむのは未だに気がひける。聖子が出て来るのを、大人しく待った。ほどなく、和服姿の聖子が、音も立てずに玄関に現れる。

「ちょっと早かったんじゃない？」

「途中で仕事が打ち切りになりまして」

「また何かあったの？」

「そういうわけじゃないですけど、中座させられたんです。優斗はどうしてますか？」

「勉強してるわよ」

「そうですか……」それなら安心ではあるのだが、何となく落ち着かない。そんなに勉強ばかりして、将来はどうするつもりなのだろう——親がこんなことを考えるのはおかしいかもしれないが。

「お茶でもいかが？」

「いただきます」聖子がお茶と言った場合は、きちんと抹茶を立てて飲む、という意味で、時間もかかるし足も痺れる。いつもは適当に言い訳して遠慮しているのだが、今日は何故か一服いただいてもいいかな、という気持ちになっていた。どうせ優斗も勉強中で、すぐには出られないだろう。

　教室に使っている和室に通される。聖子が茶を用意する間、大友は大人しく正座して待った。彼女とのつき合いも長い——最初に「菜緒の実家」に挨拶に行ってからは、二十年近くが経っているのだ。その間、実にいろいろなことがあった。優斗が生まれ、菜緒が事故で亡くなり、聖子の実家の近くに引っ越してきて……長い歳月を思うと、めまいがするようだった。

「どうぞ」

「いただきます」

お茶を一服……純粋に、聖子の立てるお茶は美味いとは思う。捜査が上手くいかない苛立ち、河島と会った緊張感が、すっと抜けていくようだった。

「それで……と」

聖子が立ち上がり、床の間に置いた写真を持って戻って大友の前に座った。また見合い写真か……とげんなりする。菜緒が亡くなって何年かしてから、聖子は大友に盛んに見合いを勧めるようになった。しばらく途絶えていたのが、このところ何故か復活している。いつも適当に言い逃れして、結局一度も見合いをしたことはないのだが……今日の聖子は、妙に真剣な様子だった。逃れられないな、と大友は覚悟を固めた。

「ちょっと、ちゃんと見てご覧なさい」聖子が大友の正面に座り直した。

仕方なく、大友は一番上から見合い写真を見ていった。見てもなあ……と思う。こういう写真は大幅に修整してあるのが普通だろうが、別に綺麗だろうがそうでなかろうが、気持ちが動かない。

「あなた、これが最後のチャンスかもしれないわよ」聖子が忠告する。

「最後？」

「あなたもいい年なんだから」聖子が厳しい口調で指摘する。「いつまでも見合いの話がくると思っていたら大間違いよ。こういうのは、話があるうちに受けなさい。それに、私にも恥をかかせないで」

「そういうつもりはないんですけど……」大友は口ごもった。

「お見合いの話は、私のところへ持ちこまれてくるのよ」一番多いのが、聖子の生徒たちからだ。年頃の娘を持つ母親、行き遅れた姪っ子を心配する叔母――どうも聖子の近くには、心配性、あるいはお節介な人間が集まっているようである。見合い話をネタに、盛り上がっているだけかもしれないが。

「そうですね」

「つき合っていたあの人、どうなの」

「別に、つき合っていたわけじゃ……」実際、きちんとした交際にまでは発展しなかった。ある事件の捜査で知り合って、何度か一緒に食事もしたのだが、大友が撃たれた事件をきっかけに、いつの間にか距離ができて会わなくなってしまった。向こうにすれば、撃たれるような危険な仕事をしている人は願い下げ、ということだったかもしれない。大友自身、そういう気持ちはよく理解できるので、深追いはしなかった。

　それに正直、独り身は心地よい。菜緒を亡くして以来、女性とつき合う――結婚するチャンスはいくらでもあった。それこそ、聖子の勧める見合いに乗ってもよかったのだし……しかし、優斗を育てるのに必死で、そこまで気が回らなかったのだ。もちろん、菜緒に対する思いもずっと燻《くすぶ》っていた。亡くなった人に対して、いつまでも義理を感じ続ける必要はないのだろうが……優斗に手間がかからなくなってくると、二人暮らしの苦労よりも気安さの方が大きくなっていた。このまま一生独身でも構わないか、と思い始めていたぐらいである。

「つき合っていないなら、別に見合いぐらいはいいでしょう」

「ちょっと考えます」大友は見合い写真をまとめた。ここでいつまでも聖子の攻撃を受け続けたら、明日の仕事にも差し障りそうだ。

「本当に、いつまでも若くないんだから。そのうち皺くちゃになって、見合い話なんかこなくなるわよ」

「皺の似合う、渋い中年を目指してるんですけどねえ」大友は頬を撫でた。

「あなたみたいに甘い顔は、皺が増えると一気に老けるのよ」

「そうですか？」どきりとした。最近、鏡を見てたまに白髪を見つけることもあり、その都度心配になる。顔にまだ皺はできていないが……そういうのは十年は先だろうと楽観的に考えている。

「とにかく、真面目に考えてね」

「分かりました」考えるだけは。「そろそろ帰ります」

大友は写真をまとめて小脇に抱え、立ち上がった。予想通り足が痺れていて、思わずふらついてしまう。

「ほら……足が痺れるのは老化の第一歩よ。老化は関節や筋肉から始まるんだから」

「まさか……」

「私の経験からも間違いないわよ。あなた、外見からじゃなくて、体の内側から年をとるタイプかもしれないわね」

聖子に散々くさされて、帰宅する大友の足取りは重かった。だいたい彼女は、どうしてこんなに必死に僕に見合いを勧めるのだろう。優斗の世話をするのが面倒になっているのか。

——優斗が大きくなる分、彼女も年をとるのだ——僕を結婚させようとしているのか。

静かなのは大友だけではなかった。今日は優斗も喋らない。さすがに反抗期がきたかと思ったが、そういうわけではなさそうだった。話しかけると「うん……」と一応は返事をするのだが、その口調は「無視」や「反抗」ではない。何か心配事があって、それを言っていいかどうか判断しかねている感じだ。

「家でちょっと話そうか」

「そう、だね……」歯切れが悪い。優斗がちらりと大友を見て、すぐに顔を伏せてしまった。背中が丸まっているせいで、体が小さく見える。

これ以上話しかけても無駄だろう。大友は少しスピードを上げて、家路を急いだ。風呂を準備し、コーヒーではなくお茶を用意する。既に十時過ぎ、この時間のコーヒーは胃に優しくない。ダイニングテーブルにつくと、優斗がちらりとこちらを見て溜息をついた。

「何かあったのか？」

「うん……」

「学校で？」

「学校ってわけじゃないんだけど」

「じゃあ、塾？」

「塾でもなくて」

話が見えなくなってきた。優斗の社交生活は、ほぼ学校と塾だけに限定される。そこ以外で何か問題が起きるとは考えにくい。

「ええと……」優斗がようやく喋る気になったようだった。「深井《ふかい》君って、覚えてる？」

「深井君って、深井貴史《たかし》君？　五年生と六年生の時に一緒だったよな？」一度、家に
——前の家だ——遊びに来たこともあったはずだ。確か、中学校も優斗と同じである。

「そう」

「深井君、どうかしたのか？」

「最近、ちょっとね」

優斗がマグカップを両手で持ち、口の高さに上げて息を吹きかけた。音を立てて一口啜り、はあ、と吐息をついた。

「何だよ、そんなに深刻な話なのか？」

「深井君、中学でバスケ部に入ったんだ」

「そうなのか？」大友は、小学生の時に会った貴史の顔を思い出そうとした。顔は……

よく覚えていないが、小柄だった記憶はある。優斗よりも、さらに背が低かった。「深井君、そんなに大きくなかっただろう」

「すごく背が伸びてさ」優斗が、頭の上で掌をひらひらと動かした。「六年生から中一になるまでに、二十センチ」

「それはすごいな。今、どれぐらいあるんだ？」

「百七十五センチ」

自分と同じぐらいか、と大友は溜息をついた。息子の友だちに身長で追い越されるのは、あまりいい気分ではない。

「背が伸びたから、バスケ部にスカウトされたのか？」

「そんな感じで……でも、やめちゃって」

「何で」

「練習が厳しいんだって」

「部活は、確かにきついよな」大友はうなずいた。「残念だけど、部活は途中でやめる人も多い」若居もそうだった、と思い出す。

「うん、そうなんだけど……うちの中学、バスケ部は強くないし、そんなに大変じゃないと思うんだ」

「そうだな。でも、部活をやめるぐらいだったら、お前が落ちこむことはないんじゃないか？　よくある話だし」

「やめてから、ちょっと……」

「何か問題でも起きたのか？」大友は自分のマグカップを握りしめた。熱さがじんわりと掌に染みこんでいく。

「公園、あるでしょう？　若葉《わかば》公園」

「ああ」この家と優斗の学校の中間地点辺りだろうか。

「あそこって、バスケの3オン3ができるよね」

「そうだな」ハーフコートがあって、若者たちが楽しんでいるのを大友も見たことがある。

「深井君をそこで見かけたんだけど……」

「部活はやめても、そういう遊びのバスケをやるのは珍しくないんじゃないか？　その方が全然気楽だろうし」

「でも、一緒にいた相手が……」

そういうことか、と大友はようやくピンときた。要するに、不良連中とつき合いができてしまったのだろう。これも若居と同じようなパターンだ。

「お前は知ってる人間か？」

「知らないけど」優斗が首を横に振る。「やばい感じだから。多分、高校生だと思うけど。近づきたくないタイプ」

「じゃあお前は、何で知ってるんだ？」

「塾の帰りにたまたま見たんだ……だから、夜の八時ぐらい？」

「声はかけた？」

「まさか」優斗が大きく目を見開く。「そんな危ないことしないよ……そういうの、分かるから」

「見ただけで危ないわけか。それで、深井君はどんな様子だった？　恐る恐る？　それとも楽しんでいた？」

「ええと、馴染んでた」

「ああ、そうか……」まずい感じだ。不良グループにすっかり染まってしまったのか。

「他に何か、変わった感じは？」

「最初は、夏休みが終わった時で……夏休みに入る前にバスケ部をやめたんだけど、新学期が始まったら髪を染めてたんだ」

「それ、学校にすぐバレるだろう」

「だから坊主にさせられたんだけど、金髪で坊主って、それはそれで結構やばい感じだよね」

「そうか」優斗は友だちのことで心配しているわけか。相変わらず、気持ちが優しい子だ……とはいえ、この心配を解消する方法はない。事情を知ってしまった以上、何とかすべきかもしれないとは思ったが、自分が貴史に声をかけていいかどうかが分からない。父兄としてはそうすべきかもしれないが、最近はプライベートに首を突っこまれるのを嫌う人も多い。他人の家庭には、余計な口出しをするな、だ。かといって、学校に相談したり、所轄の少年係に話を持って行ったりするのは大袈裟過ぎる感じがする。貴史は、何か不良行為を働いたわけではない――少なくとも表面的には――のだから。

しかし、この件は真剣に考えた方がいい。大友は若居を思い出していた。あの男も、高校でサッカー部をやめたのが最終的なきっかけになって、高木たち悪い仲間とずぶずぶの関係になったのだから……それが、転落の人生の始まりだったわけだ。貴史はまだ、穴の縁に爪先が引っかかったぐらいの状態だろう。誰かが後ろから襟首を摑めば、引き戻せる。その仕事は自分がやるべきではないか、と大友は思った。

「よく言ってくれたな」

「ずっと気になってたんだ」

「友だちを心配するのはいいことだよ」

「深井君と、また友だちになれるかどうかは分からないけど」

優斗の心配は、十分理解できるものだった。大友自身、変わってしまった友人を何人も見てきた。「こちら」と「あちら」。「あちら」に行ってしまった人間は、なかなか「こちら」に戻ってこない。もっとも本当に悪い道に歩み出してしまう人間は少なく、大友の中学校時代の友人で、逮捕された経験がある者は一人もいない。ただし、最近の子どもの方が何かと誘惑も多く、犯罪に巻きこまれる可能性も高いのだが。

「深井君のことは、よく考えてみようか」

「何かいい手、あるかな」

「パパが直接口を出すかどうかは難しいけどな……警察官だから、何か言ったら大袈裟になるし」

「そうだよね」優斗はどこか残念そうだった。

「基本的には、家族で何とかすべき問題なんだ。それで難しければ学校、だろうな」それでも駄目なら警察……エスカレートしていくうちに、かかわる人間がどんどん増えて、大事《おおごと》になってしまう。できれば穏便に済ませたいのだが。

「でも、気づいたのはいいことだよ」大友は、まだ熱いお茶を飲み干し、立ち上がった。少し前だったら、髪をくしゃくしゃにしてやるところである。今はもう、そんなことをしたら嫌がられるだろうが。

何となく、胸の中が暖かい。子どもが真っ直ぐ育つのは、親としては一番の誇りだ。逆に言えば、貴史の両親はどれだけきつい思いをしているだろう。

あるいは若居の両親は。

9

気になって、翌日大友は若居の実家を訪ねた。若居はまだ両親と一緒に住んでいるというから、若居の最近の様子を聴くには、両親に会うのが一番手っ取り早い。昨日そうしなかったのは、何か複雑な事情がありそうだと予想していたからだ。息子が逮捕されて、差し入れにも来ない両親……普通の親子関係ではないだろう。

古びた一戸建てで、表札の「若居」はすっかり色褪せている。昼間、家族は家にいるのかいないのか。大友は、自らインタフォンを鳴らした。鬼頭は遠慮がちに一歩下がっている。

「はい」暗い女性の声で返事があった。

「警視庁刑事総務課の大友と申します。若居さんのお母さんですか？」

「はい……」声がさらに後ろに下がったようだ。

「ちょっとお話を聞かせていただきたいんですが、よろしいですか？　時間はかかりません」

「はい、あの……」

「お願いします」大友は事務的な口調を貫き通した。顔も見ていない状態で、泣き落としにかかっても効果は期待できない。

「お待ち下さい」

しばらくドアは開かないような予感がした。大友は振り返り、鬼頭に「君はご家族に会ったのか？」と訊ねた。鬼頭が無言で首を横に振る。視線を元に戻した瞬間、ドアが開いた。

若居の母親は、小柄な女性だった。身長は百五十センチあるかないかぐらい。年齢は五十二歳と分かっていたが、それよりもずっと年取って見えた。いろいろ苦労もしてきたのだろう、と同情する。

「あの、家の中でないとまずいですか？」母親が消え入りそうな声で訊ねる。

「ここでも構いませんけど、ご近所の目もありますから」大友は彼女にうなずきかけた。

「では……」

母親がうなずいて、玄関の中に引っこむ。自分は廊下に上がり、正座した。大友が先に、鬼頭が後から入って、後ろ手にドアを閉める。

「若居明美《あけみ》さんですね？」

「はい」

「いろいろ大変でしたね……補充の捜査でお話を伺いたいんですが」

「話せることでしたら……」目を合わせようとしない。

「ご主人はお仕事ですか？」

「ええ」

「仕事の方も、いろいろ大変じゃないですか？」

「いえ、それは、まあ……何とか」

父親の若居浩一《こういち》は、川崎市内で小さな町工場を経営している。若居が川向うの大田区で町工場の事務所ばかりを狙ったのは、父親の職業と何か関係あるのだろうか……それにしても、父親も居心地が悪いだろう。経営者だから、会社の中で肩身の狭い思いをすることはないだろうが、銀行や取り引き先に対してはどう対応しているのだろう。

犯罪者が一人生まれると、周りにも連鎖的に影響が出る。

「最近の――逮捕される前の息子さんの様子を教えて下さい。仕事はしていなかったんですね？」

「はい」

「夜、頻繁に出かけていましたか？」

「ええ……」

「金回りはどうでしたか？」

「それは、よく分からなくて……」

「逮捕されてから、差し入れもしていませんよね？　どうしてですか？」

「主人に止められました」

「行くな、と？」

明美が無言でうなずく。しばらく躊躇《ためら》っていたが、やがて「差し入れぐらい……私は行きたいんです」と打ち明けた。

「ご主人、厳しい人なんですか？」

「それは、はい、そうです」明美が顔を上げ、うなずく。「育て方を間違ったって、高校生の頃からずっと言ってました。そんなに厳しく当たることはないと思ったんですけど……息子も、なかなか立ち直れなくて」

その後は愚痴のオンパレードになった。明美は、自分の責任も感じているのは明らかだったが、それでも誰かのせいにしたくてたまらない様子だった。しかし、責任転嫁する相手をいくら探しても、見つかるはずもない。

「辛いこととは思いますが……子どもは、なかなか思うように育たないものです。それは私にも分かります」

大友の一言を機に、明美がぽつぽつと話し出した。高校を中退して以来、若居は昼間は家にいて、夜になると出歩く生活を始めたこと。それは今に至るまで改善されず、父親との諍《いさか》いが絶えなかったこと。一度は家を出て一人暮らしを始めたのだが、半年と持たずに戻ってきてしまったこと――不運もあっただろうが、若居が意思の弱い人間なのは間違いない。だからこそ、完全黙秘を貫いているのが大友には謎だった。

「最近、つき合っている友だちはいませんでしたか？」

「よく分かりません」明美が首を横に振った。「本当に、会話もなかったので」

「誰か、家に出入りしていませんでしたか？」

「私は知りません」

「私は」か……微妙な言い方に、大友は違和感を覚えた。他に誰か、知っている人がいるようなニュアンスである。

「ご主人はどうですか？　息子さんとは、まだぶつかっていたんじゃないですか」

「主人も知らないと思います。最近は、ろくに話もしませんでしたから。諦めてしまったんじゃないかと思います」

「今、仕事中ですか？」大友は腕時計を見た。午前十時。

「ええ」認めながら、明美の顔が蒼褪める。「あの、主人とは……できれば、話はしないでもらえませんか」

「どうしてですか」

「今回の件では、本当に参っているんです。これからどうしたらいいか分からなくて、最近夜もろくに寝ていませんから」

「大変なのは分かりますが……仕事には行けるんですよね？」少し強引だと思いながら、大友は押した。「仕事ができるぐらいなら、話もできると思います」

「そうですか……」明美が頬に手を当てる。「でも、本当に、あまり体にもよくないと思うので……血圧も高いんですよ」

「できるだけ、穏便に話します。私たちは、最近の息子さんの様子を知りたいだけなので」

大友は笑みを浮かべ、明美にうなずきかけた。大抵の場合、これで相手はリラックスしてくれるのだが、彼女の表情はまったく変わらなかった。

父親の浩一が経営する会社は、自宅から自転車で五分の距離にあった。よほど天気がひどくない限り、自転車で出勤するという。自転車のパーツ製造工場の経営者らしい話だ。

「いますかね」

「いるだろう」

「何だか、やりにくいですよ」鬼頭が零す。

「でも、話さないと、何も始まらないからね」

「勉強になりますねえ」

にやりと笑い、鬼頭が工場に入って行った。磨りガラスの入った引き戸を開けると、すぐに工場。コンクリート製の床は黒ずみ、オイルの臭いが濃厚に漂っている。どこかでモーターの低い唸りが聞こえたが、人気《ひとけ》はない。

「いないですね」鬼頭が振り向く。

「二階じゃないかな」

ここも高橋自動車部品と同じように、工場の脇に梯子のように急な鉄製の階段がある。二階部分が事務室や休憩所になっているのだろう。鬼頭が手すりに手をかけて、軽快に駆け上る。大友はゆっくり、彼の背中を追った。一年半ほど前に撃たれた傷は完全に癒えているが、急な動きは禁物だ、と今も自分に言い聞かせている。

「すみません……失礼しますよ」軽い口調で言って、鬼頭がドアを開ける。彼の背中で入り口は完全に隠れてしまい、部屋の中でどんな反応が起きているかは分からない。

「どうぞ」

塩辛声で返事があった。鬼頭が振り向き、「行きますよ」と声をかける。うなずき、大友はそのまま彼に先導させた。

これまた、高橋自動車部品と同じような、素っ気ない事務室だった。中にいるのは三人……四人。これが全社員なのだろうか。もう一人、「どうぞ」と声をかけてきた人間は、ソファに腰かけていた。

「若居さんですね？」大友は声をかけた。

「そうですが」

「警察です」

大友はバッジを示した。どんな反応が返ってくるか不安だったが、若居は無言でうなずくだけだった。顔色は悪いが、何となく覚悟は決まっているような感じがする。

「皆、仕事に戻ってくれ」

若居が言うと、社員たちが事務室を出て行った。若居はゆっくり立ち上がろうとしたが、ふらついてしまう。

「そのままで」大友は両腕を前に突き出し、若居を押しとどめた。「お話、できますか？　お忙しいなら、出直しますが」

「大丈夫です。面倒なことは早めに……」面倒という言葉が失礼だとでも思ったのだろう、口をつぐむ。

「手早く済ませます」

「どうも、今回はご迷惑をおかけして……」若居が座り直し、うつむいた。ゆっくりと顔を上げ、申し訳なさそうに大友に向かって会釈した。「その辺の椅子を使って下さい」

大友と鬼頭は、デスクの椅子を引いてきて、ソファの正面に座った。その間、若居の様子を観察する。調書の記録では、五十五歳。ベージュ色の作業着の下は、ワイシャツにネクタイという格好だった。細い目、薄い唇、尖った顎。全体に顔の形は、息子にそっくりだった。

「顔色が悪いですけど、大丈夫ですか？」

「ああ、ちょっと苛々して」困ったような表情を浮かべ、若居が大友の質問に答える。「銀行の連中が来てましてね。いろいろと……商売には関係ない話であれこれ言われて」

「息子さんのことですか」

若居が無言でうなずく。それを見て、大友は同情を覚えた。父親の商売に息子の犯罪は関係ない――と言っても、それは建前である。銀行は何かと堅い商売だから、スキャンダルを極端に嫌うのだ。

「それは、頭に血も昇りますよね」

「結局は自分の責任なので、人のせいにはできません。何を言われても、耐えるしかないですよ」

「そういう状況で申し訳ないんですが……息子さんのことをちょっと聞かせて下さい」

大友は本題を切り出した。

「申し訳ないですが、喋ることがあるかどうか……お恥ずかしい話ですけど、ここ何年も、息子とはろくに話していないんです」

「生活の時間がずれていたようですね」

「まったく……」若居が溜息をついた。「情けない話です。最初のボタンをかけ違えると、最後はこんなことになる」

「子育ては難しいものです」今のところ、優斗のボタンはきちんとかかっているはずだが。

「結局は、親の責任なんですが……責任を取れるものなら、いくらでも取りますよ」

今のところ、父親にできることは何もない。余罪が立件できて、被害額が確定すれば、それを返還する話が出てくるかもしれないが、まだ先の話だ。大友はペースが速くならないように気をつけながら、質問を続けた。若居は次第に元気を取り戻してきたが、それでも無理はできない。

「こっちも、息子を避けていたのかもしれませんね」若居がまた溜息をつく。「別に家庭内暴力があったとか、そういうわけじゃなかったんです。息子がこっちを避けて、こっちも話さなくなる……悪循環ですよね」

「ええ」

「一人暮らしをさせたこともあるんですが、結局長続きしなくて」

「親御さんを頼っていた、ということじゃないんですか」

「そこで突き放すべきだったかもしれません。あのまま一人暮らしを続けていれば、自立できたかもしれないのに」

あるいは、一人暮らしを諦めて帰って来た時に、時間をかけてゆっくり話していれば……親子の関係は、ほんのちょっとしたタイミングのずれで、乗り越えられない溝ができてしまう。

「息子さんが出歩いていたのは、主に夜だったんですね？」

「それで、盗みに入る場所を探していたとしたら、情けない限りです」眉間のシワが深くなる。

「つき合っていた人とか、心当たりはありませんか？」

「いや、申し訳ないですが……」

ここでも空振りか。大友は表情を引き締めた。言葉を変えつつ質問をぶつけ続けたが、やはり有益な情報は出てこない。大友はこれ以上の事情聴取を諦め、軽く雑談をすることにした。こういう「余韻」が、後々いい影響を産むこともある。

「お仕事は、自転車部品の製造なんですよね」

「ええ」

急に、若居の顔から緊張が抜けた。自分のフィールドの話なら、自信を持って語れるのだろう。立ち上がると、今度はふらつきもせずに歩き出す。一番奥にあるデスク――社長の席だろう――からパンフレットを持って来た。

「主にブレーキとサスペンション関係……自転車は、パーツの集合体なんですよ」

「いろいろなメーカーの部品を集めて作るわけですね」

大友が応じると、若居が真顔でうなずいた。大友は、差し出されたパンフレットを両手で受け取った。上質な紙の、カラフルなパンフレット。製品の精緻さを象徴するような感じだった。

「親の代からで、一生懸命やってきたんですけどねえ。これから会社をどうやって維持していくか、頭が痛いです」

「息子さんは、跡を継がないんですか？」

「本人にその気はまったくないですから……私も、絶対に継がせません。前科者に、会社は任せられませんよ」

まだ「前科」がついたわけではないのだが、息子の逮捕歴は、ビジネスの上では間違いなくマイナスになるだろう。二代目で会社を潰すか、信頼できる部下に任せるのか……若居の引退まではまだ十年ぐらいはあるだろうが、ここからの十年は、彼にとっては頭の痛い歳月になるだろう。

「こういう仕事は、やりがいがあるんじゃないですか」少しでも話を盛り上げようと、大友は話題を振った。

「信じてもらえるかどうか分かりませんけど、街中を走っている自転車で、うちのパーツが使ってあるとすぐに気づきますからね」

「そんなに簡単に分かるものなんですか」

「分かりますよ」若居の顔にようやく笑みが浮かんだ。「自分の子どものようなものですからね……本当の子どもは、言うことを聞かないけど」

「仕方ないですね」大友は苦笑した。優斗は……普通の子どもに比べればずっと素直だと思う。苦労をかけられたことなど、ほとんどない。「先の話ですが、息子さんが社会復帰したら、どうしますか？」

「冗談じゃない！」いきなり激高した。「もう、縁は切ります。あんなのは、息子でも何でもない！　だいたい――」

ふっと怒りの言葉が途切れる。何事かと顔を上げると、若居の体がぐらりと揺れた。目は閉じられて、苦しそうな表情が浮かんでいる。

「若居さん？」声をかけたが反応がない。「若居さん？　大丈夫ですか？」

大友は立ち上がった。その瞬間、若居がソファの上で崩れ落ち、そのまま床に滑り落ちた。

「若居さん！」大友が一段声を高くして呼びかけると、社員たちが駆け寄ってきた。跪《ひざまず》いて首筋に手を当てる。脈はしっかりしていたが、顔面は蒼白で、唇がかすかに震えている。まずい……大友は「救急車！」と叫んだ。

10

どうにも中途半端……若居は救急車がきた時には意識を取り戻し、結局病院へは行かなかったのだが、それ以上の事情聴取は打ちきらざるを得なかった。血圧が高いということで、体のことはやはり心配だった。ストレスは大敵だろう。

大友は、別のカードを切ることにした。正しいことかどうかは分からないが、昨夜からずっと頭に引っかかってはいたのだ。

河島。彼は、川崎の若いワルたちについてよく知っている感じがする。基本的に、暴力団員と接触するのは気が進まないのだが、何か手がかりになる可能性があるなら、躊躇してはいけない。

その件を話すと、鬼頭は渋った。

「ヤクザですよね……そんな連中から、まともな情報なんか入手できるんですか？」

「連中は、僕たち以上に街をよく歩いてる。警察が知らない情報を知ってたりするんだよ」

「そうすかねえ」鬼頭が首を捻る。

「一人では会いたくないんだ」

「正確を期すためですか？」

「いや、ビビるから」

鬼頭がまじまじと大友の顔を見る。大友がぱっと大きな笑みを浮かべて見せると、苦笑して「からかわないで下さいよ」と言った。

「二人の方が圧力もかけられるだろうし。昼飯を奢るから、つき合ってくれないか？」

「じゃあ、肉で……」

昨日も焼肉だったのだが、と思いながら大友はうなずいた。どうせ食事はするのだし、そこで作戦会議をしてもいい。

大友は、昨日河島と交換した名刺を取り出した。携帯電話の番号も記載してあるのを確認して、かけてみる……出なかった。ああいう連中の、一日の行動パターンはどうなっているのだろうか。一応、メッセージを残して電話を切る。昼には少し早いが、混み合う前に昼食にすることにした。

鬼頭の「肉」はハンバーグだった。この辺で聞き込みをした時に見つけて、目をつけていたのだという。彼によれば、口コミサイトの評価は三・七二。

「かなりの高評価だな」

「高いからですよ」鬼頭がにやりと笑う。「肉なんて、高けりゃ美味いに決まってるでしょう」

ハンバーグの専門店というと、何故かログハウス風の店舗が多いのだが、鬼頭が見つけてきた店はモダンな造りだった。ガラスと金属を多用した室内、テーブルもガラスの天板で、椅子は背もたれが細く高い。気取ったフランス料理を出す店でもおかしくない雰囲気だった。ただしメニューは、全てハンバーグ。

確かに高い……ランチで千五百円、しかも飲み物はついていない。少し長居して作戦会議をするつもりだったから、オプションでコーヒーも追加すると――一人二千円だ。大友は思わず、財布の中身を思い浮かべた。

しかし、値段分の価値はあるハンバーグだった。店で食べさせるハンバーグは、「ふんわり」か「しっかりしている」かどちらかなのだが、この店はその中間という感じだった。ナイフを入れるとほとんど抵抗なく切れるが、口に入れると肉肉しい食感が溢れる。しかし、純粋に肉だけで勝負している感じでもなく……「豆腐かな」と大友はつぶやいた。

「豆腐？」

「この食感、肉の他に何か入っている感じがする。豆腐ハンバーグなんていうのもあるから、その感じかもしれないな」

「大友さん、何で料理に詳しいんですか？」

「ちゃんと家事をやるからね」説明が面倒臭く、大友はその一言で片づけた。

食事を終え、コーヒーを追加注文しようとしたところで、電話が鳴った。河島の名前……スマートフォンを持って、大友は店の外へ出た。

「大友です」

「メッセージを聞いた。会うのは構わないが……」河島が怪訝そうな口調で言った。

「ちょっとした情報交換ですよ」

「情報ねえ。何が言えるかは分からないよ」

「結構ですよ……場所と時間はそちらに合わせます」

「あんた、川崎は詳しいのか？」

「ほとんど未踏の地ですね」

「だったら分かりやすい場所にしよう。第一京浜沿いにあるファミレスだが……」

河島が指定してきたのは、何と若居の同級生、脇谷が店長を務める店だった。河島が脇谷を知っているとは思えなかったが、そもそもヤクザの河島が面会場所にファミレスを指定してくるのが意外だった。それを指摘すると、河島が声をあげて笑う。

「うちの会社に刑事さんを入れるのは、気が進まないんでね」

「ヤクでも隠してあるんですか？」

「そいつは軽く話せる話題じゃないな……その店で、三時に」

河島はさっさと電話を切ってしまった。怒らせたかもしれないと大友は悔いたが、会えるのだからよしとしよう。

席へ戻ると、鬼頭も電話を終えたところだった。渋い表情で、唇をへの字にしている。

「何か？」

「すみません、呼び戻されました」

「玉城係長?」

「ええ」

「何か動きでもあったのかな」

「そういうわけじゃないようですけど……たぶん、嫌がらせです」

「君に対する?」

「いや、ターゲットは大友さんじゃないですか」

「何で僕なんだ?」大友は自分の鼻を指差した。

「一人にして、戦力を削ぐ、とか」

「まあ……向こうで仕事があるなら、しょうがないよ」苦笑しながら大友はうなずいた。一人では少し不安ではあるが、仕方がない。単純に話を聴くだけなら、むしろ一人の方がいいのだ。二対一になると、どうしても相手は警戒する。

「大友さんといると、いろいろ勉強になるんですけどね」

「そう言ってもらえるとありがたいけど、玉城係長は怒らせない方がいいよ」

「そうっすよね……あの、ここの金、自分で出しますから」

「それぐらい、いいよ。約束だから奢る」財布が軽くなるだけで何の収穫もないランチだったな、と大友はまた苦笑した。

約束の時間の五分前にファミレスに入ると、脇谷がレジのところにいた。さすがに昨日会ったばかりで、大友の顔は覚えているようだった。緊張した表情で一礼する。

「今日は、あなたに用事があるわけじゃないんです。待ち合わせですから」

脇谷がほっとした表情で、またうなずく。大友は「勝手に捜しますから」と言い残して店内を見回した。ほぼ埋まっている禁煙席にはいない。喫煙席か……いた。まだ三時になっていないのだが、河島はせっかちな性格なのかもしれない。しかし、怒った様子ではなく、コーヒーカップを前にして文庫本を読んでいた。カバーがかかっているので、何を読んでいるかは分からない。灰皿に置かれた煙草から、煙が上がっていた。大友が前に滑りこむと、ゆっくりと顔を上げる。

「遅くなりまして」

「いや、まだ時間前だけど」河島が文庫を閉じる。「コーヒーで？」

「ええ」

河島が呼び出しのベルを押すと、すぐに脇谷が飛んできた。河島が低い声で「コーヒーを。それと、ホットファッジサンデー」と追加注文をした。大友が思わず眉をひそめて見ると、河島が真っ直ぐ見返して反論した。

「人間誰でも、悪癖の一つぐらいはある」

「煙草と酒と甘い物……あなたの場合は三つですかね」大友は順番に指を折った。

「体には特に問題ないから、これでいいんだ」河島がうなずく。「しかし、この時間のファミレスは、結構賑やかだな」

「お母さんたちのお茶の時間ですよ」そして情報収集の場でもある。菜緒も、優斗が幼稚園に通っていた頃は、他の母親たちとよくお茶を楽しんでいた。

「居心地はよくないな」河島が体を揺すった。

「別の場所でもよかったんですが」

「いや、こういうところの方が目立たないだろう」

確かに……河島は表情こそ凶暴なものの、今日もごく普通のスーツスタイルである。ヤクザ、イコール派手なダブルのスーツというのは、一時代以上昔の話だ。

ホットファッジサンデーが運ばれてくると、河島はさっそくスプーンを動かした。顔を綻ばせるでもなく、厳しい表情を作るでもなく、淡々と……単に栄養とカロリーを摂取している感じだった。戦場での兵士の昼食がこんな感じかもしれない、と大友は妙な想像をした。

食べている間は、声をかけられる雰囲気ではなかった。河島は基本的に、シングルタスクの人間なのかもしれない。

「どうも、失礼」結構な速さで食べ終えると、河島が紙ナプキンで口元を叩いた。大友が見る限り、まったく汚れていないようだったが。「で、今日の用件は？」

「川崎市内の若い連中の動向を知りたいんです」

「そういうのは、所轄の少年係の連中が把握しているのでは？」馬鹿にしたように、河島が顎をすっと上げる。

「少年係が担当する年齢じゃないんですよ。若居智仁……知ってますか？」

「ああ」河島が少しだけ唇を捻じ曲げた。「東京で捕まった奴だね。あんた、若居の事件を担当してるんですか？」

「あくまでお手伝い、です」

「助っ人、か」

「そんなものですね」

会話は軽く転がっている。河島がどういう人間かはまだ分からないが、少なくとも自分との相性は悪くないようだ。

「しかし、俺に話を聴きたいのは、どうしてだ？　関係ないと思うが」

「若居が完全黙秘しています」

「ほう」河島の表情が少しだけ緩んだ。「そういう根性のある奴だとは思わなかったな」

「個人的に知ってるんですか？」河島の口調に引っかかる。

「まあ……いろいろあったからね」

「あなたの下で働いていたことがあるとか」

「まさか」今度こそ、河島が本格的に笑った。「あの男は、そういうタイプじゃない。中途半端なワルだよ」

「都内で――私たちの足元で、窃盗を繰り返していたんですよ？　中途半端じゃなくて、本格的なワルでしょう」

「俺の感覚では、その程度ではワルとは言わないけどね……まあ、それでも成長したとは思うよ」

「成長とは？」

大友が訊ねても、河島は何も答えなかった。もう一度、口元を紙ナプキンで拭い、コーヒーを一口飲む。

「奴は一人では何もできないタイプ……だった」

「過去形なんですね？」

「これまた中途半端なワル連中とつるんでいてね」

「例えば、高木尚也とか」

「ああ」河島が唇を歪めた。「あの男も、今や青年実業家だ」

「古着屋でしょう？　青年実業家と言うのは大袈裟じゃないですか」

「確かに、古着屋の稼ぎなんて、高が知れてる」河島がもう一枚紙ナプキンを抜き取り、両手を順番に拭った。「あんないい場所に店を構えられるのは、どうしてだと思う？」

「危険ドラッグ」

大友が声を低くして言うと、河島が素早くうなずいた。

「裏は取ってないけど、そういうこともあるんじゃないかな」

「そういうところで、あなたたちと繋がっているわけじゃない？」

「うちは、ああいうのには手を出さないからね」

「その言葉は、そのまま信じるしかないでしょうね」

「突っこまれても困るな。少なくとも、そういう話はあんたの担当ではないのでは？」

大友は無言でうなずき、コーヒーをブラックのまま飲んだ。

「普段は捜査もしませんから」

「そういう人間がわざわざ駆り出されてきたということは、かなり大変な事件なのか？」

「何か、私の知らない裏事情があるならともかく、大騒ぎするほどの事件じゃないと思います。とにかく若居という男が完全黙秘なので……私なら喋らせられると思った人間がいるんですが、今のところ、期待に応えられていません」

「なるほど」河島が腕組みをした。すぐに腕を解いてサンデーのカップを遠ざけ、コーヒーを飲み干す。「ちょっと前に、半グレなんていうのが流行ったのを覚えてるか？」

「ええ」

「若居たちは、そういう感じだった。高木もね……十人ぐらいはいたかな？　川崎では結構幅を利かせていたんだ」

「要するに、不良グループですよね？」

「俺の年齢からすると、そういう言い方の方がしっくりくるな」河島がにやりと笑う。

「特に高木は危険だ。あいつは、切れると何をするか分からないという評判だよ。精神的にも、ちょっと問題があるようだ」

「でも何か事件を起こしたら、警察沙汰になったはずですよね？」

「そこまではなかった……いや、川崎の警察は無能なのかもしれないな」

「論評は差し控えます」大友はさっと首を横に振った。警視庁と神奈川県警の確執は間違いなくあるが、大友自身は神奈川県警に対して含むところはない。今回は冷たくあしらわれたが、それでも「そんなものだろう」と思っている。

「東京辺りでは、我々と本格的に対決できるぐらいの力があった連中もいたそうだけど、川崎ではそういうわけにはいかない」

「所詮、あなたたちには敵わないと？」

「別に、全面戦争したわけじゃないがね」河島がコーヒーを飲み干した。呼び出しボタンを押そうとして、すぐに手を引っこめる。もう、午後の分のコーヒーの上限を超えてしまったのかもしれない。「じわじわ圧力をかけて追い出しただけだ」

「引っ越した連中はいないはずですよ」大友は指摘した。

「住む場所の話じゃない」河島が苦笑した。

「縄張りという意味ですか」

河島が一転して唇を引き結び、うなずく。空になったコーヒーカップの縁を指でなぞってから、水の入ったグラスを引き寄せる。口につけたが、水面はほとんど下がっていないようだった。

「とにかく連中は、ここでは悪さはしなくなった。それが一年ぐらい前だな」

「一年前ですか……」大友は頭の中でカレンダーを巻き戻した。若居が関わったと推測されている事業所荒らしが始まったのが、ちょうどその頃だったのではないか。「例えば、高木尚也の店とかはどうなんですか？　堂々と、川崎で商売してるでしょう。もしかしたら、裏の顔も」

「こっちの領分を侵してこない限りは、好きにすればいいんだよ」

「じゃあ、昔若居たちと一緒にいた連中は、今は何をしてるんですか？　更生したわけじゃないですよね」

「川崎でやれなければ、他へ行くだろうな」

「つまり、東京？」

「東京の方がやりやすいんじゃないか？　川崎は地元だから、顔も知られている。それに、東京の方がでかいから、ここよりは目立たないだろう」

「しかし、こっちとしては、家の中を土足で踏みにじられたような気分ですよ」

「逆にこっちに言わせれば、川崎を浄化してやったようなものだけど」河島が不敵な笑みを浮かべる。「自分の足元ぐらいは、綺麗にしておかないとな」

「その結果を、東京で引き受けるのは気が進みませんけどね」

「若居は、間違いなくやっただろうね」河島が唐突に言った。「東京で儲けると周りに言ってたようだし、いろいろ金のかかる事情もあったはずだ」

「そうですか？　ほとんど引きこもりのような生活だったようですけど」

「女」河島が小指を立てた。「女ってのは、何かと金がかかる生き物だよな」

「その女は、どういう人なんですか？　風俗関係とか？」河島は相当深く事情を知っている、と確信した。

「そういう女じゃないらしい。カタギのようだが、そこまでは俺も調べてないんでね」

「十分チェックしてるじゃないですか」大友はテーブルに身を乗り出した。「その女性の身元、割ってるんでしょう？」

「……まあね」河島が認めた。

「教えてもらえませんか？」これは、非常に有益な情報だ。家族とはほとんど断絶している男でも、恋人はまったく関係ない。もしかしたら、今の若居を一番よく知っている人かもしれない。

「只で？」

「サンデー、私が奢りますよ」

「えらく安い情報料だな」河島が鼻を鳴らす。

「普段捜査をしていない人間は、使える金がないんですよ。自腹です」

「そいつは、子育て中の刑事さんにはきついかもしれないな」

大友は思わず唇を嚙み締めた。この男は、俺のことも丸裸にしたのか？　ヤクザの情報収集能力は馬鹿にしたものではないし、実際今、大友の役には立っているのだが、自分のことを嗅ぎ回られたと思うといい気はしない。

「鷹栖君ねえ……彼も口が軽い。こういう仕事をしている人間としてはどうかと思うな」

「彼から聞いたんですか？」

「昨夜、電話で話した。何だか、あんたのことが気になったんでね」

「気にしてもらうような人間じゃないんですが」

「いや、あんたはいろいろな意味で注目の人物だと思うよ」河島がにやりと笑った。

「いずれにせよ……喋らない限り、俺は解放してもらえないだろうな」

「あくまで任意で、ご協力いただいているだけですが」

「まあ、この件に関しては、警察とうちの利害関係は一致してるんじゃないか？　若居たちを徹底的に叩き潰したいという一点においては」

「警察は、そこまでのことは考えていませんよ。若居の自供を引き出したいだけです」

「結果的に、同じことになるんだよ……女の名前は田原麻衣《たはらまい》」

「何者ですか」大友は手帳を広げなかった。ペンを構えてない方が、リラックスして話してくれる相手が多い。それに名前ぐらい、すぐに頭に入る。

「そこまでは分からない。川崎の人間なのは間違いないけどね……でも、名前と住んでいる場所が分かれば、あんたたちには十分じゃないか？」

「そうですね」実際にはもっと情報を摑んでいるのでは、と大友は思った。しかしあまり突っこむと、河島は黙りこんでしまいそうだった。ここまででよしとしよう。

「しかしまあ、若い連中はどんどん駄目になってるね」

　大友は思わず苦笑してしまった。河島のようなヤクザにそんなことを言われても……彼の「駄目」の基準は何だ？

「若居たちにしても、そうなんだ。礼儀を知らない。こっちも、無礼にくる奴らに対しては、それなりの態度で接しないといけないからな。警察もそうなんじゃないか？　若い連中、だらしないだろう」

「あなたのような人を前にすると、ろくに話もできなくなる人間もいるぐらいですよ」

　河島が声を上げて笑った。一瞬で真顔になり、「例えば、鷹栖君とか？」と言った。

「彼は、どうかな」大友は顎を撫でた。「まだ経験が少ないだけでしょう」

「経験の有無はあまり関係ないんじゃないかな。ダメな奴は、最初からダメ。どこかで脱皮するわけじゃない」

「一皮剝けた、という表現もありますけどね」大友は反論した。

「まあ、概してダメだよ……うちの業界でもそうだな」

「あなたが厳しくし過ぎてるからじゃないですか」

「確かに俺は、礼儀を気にするよ。でも、いきなりいなくなるのは、どうかと思う」

「そういうことがあったんですか」

「ああ」河島が右の拳を撫でた。「しかし、去る者は追わず、だ」

「あなたたちは、そういうけじめに厳しいのかと思っていた」

「それは昔の話でね……今は、俺たちが若い頃のようなわけにはいかない。自分が厳しくされたのに、今の若い奴には優しくしてやらなくちゃいけないっていうのは、割が合わない話だな。半グレの連中なんかは好き勝手にやってるらしいが」

「あれは、あなたたちとは全く違う人種でしょう」

「ああいう連中が出てくると、やりにくいよ」河島が渋い表情を浮かべ、顎を撫でた。

「ところで、誰か行方不明になったんですか？」

「別に、警察に捜してもらおうとは思わない」河島が顎に力を入れた。「こちらとしては、去る者は追わず、だ」

何だか引っかかる話だったが……確かに、若い暴力団員が一人いなくなっても、それがどうしたという感じだ。殺されたのでもない限り、警察が関与すべきこととも思えない。どうせしのぎのきつさに音をあげて、夜逃げのような形で川崎から去っていったのだろう。もっともそれを「根性がない」とは言えないが。暴力団員が一人減ったと考えれば、警察としては歓迎すべき事態である。

「しかしあんたも、大人しそうな顔をしてる割に大胆だね」

「そうですか？」

「今時は、組対の刑事さんじゃないと、俺たちとは接触したがらない。あんたは部署違いだ。しかも一人で来たしな」

「仕事なら、何でもしますよ。それに一人で来たのは、ちょっと嫌がらせに遭っているからです。相棒をつけて貰えないんですよ」

「ほう、警察の中でもそういうことがあるんだ」河島が嬉しそうに言った。「イケメンは嫉妬されるのかな？」

「それとは関係ないと思いますけどね」大友は伝票を手に立ち上がったが、すぐに腰を下ろした。「サンデーのお代わりはいりませんか？」

「俺は自制の人なんでね」河島がにやりと笑う。「決めた以上の量は食べない」

「そもそもサンデー一つだって、相当なカロリーですよ」

「とにかく、必要ない」河島が平たい腹を掌で叩いた。「ここはご馳走になりましょう。あんたは先に出た方がいい」

うなずき、大友はもう一度立ち上がった。レジに行くと、脇谷が厨房の方から飛んで来る。財布から二千円抜いて会計を済ませた後、ついでに聞いてみた。

「田原麻衣という女性の名前に心当たりは？」

「田原？　ええと、同級生で田原大毅《たいき》っていう奴がいますけど、そいつの妹が……そんな名前だったんじゃないかな」

「若居とつき合っているという情報があるんだけど」

「ええ？　まさか」脇谷が目を見開く。「田原って、普通の真面目な男ですよ。確か、プラントの会社に勤めてたんじゃないかな」

「いや、妹さんの話なんですけど」

「真面目な会社員の妹が、若居みたいないい加減な奴とつき合いますかね？」

いや、あり得る話だ。男と女は、どこでどんな風に出会って引かれ合うか、分からない。

第二部　自供の後

1

午後の半ばまでに、大友は田原麻衣という女性の素性をほぼ丸裸にしていた。高校卒業後に看護学校に進み、その後はずっと、川崎の市立病院に勤めているという。そこまで分かったところで、大友は病院を直接訪ねた。

病院は、ＪＲ川崎駅の東口、歩いて十分ほどの場所にあった。事務室に確認すると、彼女はこの日は日勤で、夕方五時に仕事が終わることが分かった。しばらく時間を潰さなくてはならない……どこかでお茶でも飲もうかと思って病院を出た瞬間、スマートフォンが鳴る。後山だった。

「どうですか」急かすような口調。

「若居の取り調べを降りました」

「取り調べこそ、あなたの仕事じゃないんですか？　だからこそ今回も、出動をお願いしたんですよ」後山が珍しく、非難するように言った。

「状況が変わってきたんです」大友が事情を説明し始めると、後山がところどころで口を挟んでくる。珍しいことだ、と大友は違和感を覚えた。彼は普段、報告を受ける時には、まず一方的にこちらに喋らせる。全部聴き終えてから、まとめて疑問点をぶつけてくるタイプだ。今回の一件では妙に焦っているようだが、理由が分からない。何かが変わったのだろうか……異動かもしれない、と大友は想像した。キャリアの警察官は、大友たちノンキャリアの警察官よりもはるかに頻繁に異動を繰り返す。同じポジションに二年もいれば、相当長居している感じで、後山の場合は、異例とも言える長期間、警視庁刑事部参事官を務めている。

「とにかく、時間がありませんよ」後山がせっかちに言った。

「女の線が出てきましたから、突いてみます」

「そうですか……分かりました」

「あ、参事官」後山が今にも電話を切ってしまいそうだったので、大友は思わず声を張り上げた。

「——何でしょう」

「東京地検の海老沢検事ですが」

「ああ、担当の若い検事ですか……そういう名前なんですね」

「ご存じないですよね？」

「ええ、検察庁の知り合いは多くないですからね。それが何か？」

「先日、いきなり捜査本部に顔を見せたんです。ひどく急かされました。普通、検事が捜査本部に来るようなことはないですよね？」

「よほどのことがない限りは」

「どういうことなのか……申し訳ないですが、参事官の方で、手を回して調べていただくことはできますか？」

「ある程度は分かるかもしれませんが、それがそんなに大事なことなんですか？」後山の声は、疑わし気だった。

「単なる勘です――いや、異常事態なのは間違いないと思います……検事のあんな動きは、見たことがありませんよ。正直言って、この程度の事件に熱を入れているほど、検事は暇じゃないと思います」

「分かりました。ちょっと裏から手を回してみましょう」

「それと、もう一つ」

「今日は注文が多いですね」後山が苦笑した。

「すみません……聞きにくいんですが、参事官のことです」

「私が何か？」急に後山の声が素っ気なくなった。

「参事官、今回、ずいぶんムキになっていませんか？」

「私ですか？　いつも通りですけど」

「そうですかねえ……」

「当然です。常に平常心でいるのは、私たちの立場の基本ですから。一々怒ったり興奮したりしたら、やっていけませんよ」

「……ええ」

「納得していないみたいですね」

「私は、人間観察を誤ることは滅多にないんです。だいたい見ただけで、相手が何を考えているか、分かるんですが」

「だったら、私が何を考えているか、分かりますか」後山が挑発した。

「いえ……だから、異常事態ではないかと思うんですよ」

後山が声を上げて笑った。彼にしては珍しく、これも「異常事態」の証拠ではないかと思えたが……後山は「考え過ぎでしょう」と言って電話を切ってしまった。

何だか取り残されたような気分になり、大友はスマートフォンをまじまじと見つめた。そこに答えが書いてあるわけでもないのに。

病院へ戻ると、気合いを入れ直す。まずどこから攻めるか……事実関係の確認からだ。大友は既に病院の事務室に頼みこみ、田原麻衣と自然に会えるように準備を整えていた。病院の中では事情聴取はなし。彼女が出て来たところを待ち構えて外で話を聴くことにした。そのために、タイミングを教える電話を貰うことになっている。病院としては、最大限協力してくれていると言っていいだろう。大友は四時四十五分から、病院の関係者出入り口で待ち構えた。

ほどなく電話が鳴る。短い会話の最後にきちんと礼を言って切り、ネクタイを締め直した。彼女が出て来るまで、五分はかからないだろう。

実際には三分だった。看護師らしい女性が三人、一緒に出て来る。麻衣の特徴は確認していたので、すぐに分かった——赤いブレザー。三人揃って出て来たものの、二人が前で並び、麻衣は一人後ろをついて行く格好だった。まるで、自分は仲間に入る資格がないとでもいうように、少しうなだれている。

三人が道路に出て来たところで、大友は素早く近づいた。前の二人が余計だ……警察官だと名乗れば、後々噂が広がってしまうだろう。もっとも既に、「麻衣の恋人が逮捕された」というニュースは、病院中に伝わっていたかもしれないが——自己紹介なしで声をかけてみる。

「田原麻衣さんですね？」

麻衣が立ち止まった。その顔に浮かんでいるのは——諦め。一瞬で、大友が何者なのか気づいた様子だった。

「ごめん、先に帰って」

前を歩く二人に、申し訳なさそうに声をかけた。二人は顔を見合わせ、何とも言えない表情を浮かべる。大友が刑事だと悟ったのかどうか……しかしすぐに、含み笑いを交わし合って「じゃあ」と麻衣に声をかけ、早足で歩き出す。何か、妙な勘違いをしたのかもしれない。

二人が十分遠ざかったところで、大友は改めて麻衣に声をかけた。

「警視庁刑事総務課の大友と言います。田原麻衣さんですね？」

「はい」

「若居さん……若居智仁さんのことでちょっとお話を伺いたいんですが。お時間、いただけますか？」

「ええ……」

麻衣は大友と目を合わせようとしなかった。引いた態度に、大友は慌てて説明を追加した。

「あなたがどうこういうわけじゃないんです。若居さんがどういう人か、知りたいんですよ」

「そう、ですね……あの、警察署に行かないといけませんか？」麻衣がようやく顔を上げて、大友の目を見た。いかにも不安そうで、涙で濡れているようにも見えた。

「いや、ちょっとお茶につき合ってもらえませんか？　一日歩き回って、喉がカラカラなんですよ」ちょっとわざとらしいかなと思いながら、大友は喉を押さえてみせた。

「はい、それなら……」

「この辺に、喫茶店でもありませんか？」真っ先に浮かんだのは、脇谷が店長を務めるファミレスだった。しかし今日は、もう一度顔を出している。そこへ今度は麻衣を連れて行けば、脇谷も不審に思うだろう。余計な噂が広がってしまう恐れもある。

「ありますよ」

「できれば、あなたの行きつけではない店で」

「……分かりました」

麻衣が先に立って歩き出す。方向からすると、川崎駅なのだが……途中で左に折れ、細い道を通って、片側三車線の広い道路に出た。黄色と黒の看板が目立つ喫茶店に入った瞬間、大友はタイムスリップしてしまったのかと思った。赤茶色のソファにはひびが入り、レジのところにはくすんだピンクの公衆電話が置いてある。客は一人もおらず、店主がカウンターの向こうで暇そうに新聞を読んでいた。大友たちに気づくと、不愛想な——本当はそんなことは言いたくもないという本音を滲ませながら、「いらっしゃいませ」とつぶやいた。

入口に近い席に陣取り、メニューを見て驚く。ブレンドコーヒーが三百円、サンドウィッチが全て四百円……今時、チェーンのコーヒーショップでも、こんなに安くはない。

「何にしますか？　お腹が減っているなら、サンドウィッチでも……」

「コーヒーをいただきます」

大友が言い終えないうちに、麻衣がきっぱりと言い切った。注文を終えると、ハンドバッグから煙草を取り出し、「吸ってもいいですか？」と遠慮がちに訊ねる。大友が無言でうなずくと、素早く一本取り出してくわえ、火を点けた。早く煙を肺に入れないと死んでしまうとでもいうように、忙《せわ》しなく吸い始める。そう言えば医者と看護師は喫煙率が高い、という話を聞いたことがある。ストレスが溜まる仕事をする人は、どこかに吐け口を求めているということか。

コーヒーが出てくるまで、二人とも無言だった。その間、麻衣は煙草を一本灰にし、もう一本吸っていいかどうか迷っているように、掌の上で転がし続ける。結局、次の一本は先送りにしたようで、パッケージに戻した。

大友はコーヒーを一口飲み、ゆるりと本題を切り出した。

「若居さんのこと、勤め先でも大変じゃないですか？」

「露骨に言われることはないですけど、何も言われなくても、何となく嫌な雰囲気はありますよね」

「ええ」

「正直、居辛いです」

大友は無言でうなずいた。これればかりは、警察ではどうしようもないところだ。これが被害者の家族だったりすれば、専門にケアする部署もあるのだが。容疑者の恋人というのは微妙な立場である。

「今まで、警察からは特に連絡はなかったですね？」

「ええ」

「この情報は、どうして知ったんですか？」

「友だちから聞いて……ニュースにもなってないんですよね？」

それは間違いない。事業所に忍びこんだ窃盗犯が現行犯逮捕されたぐらいでは、警察は一々報道発表しないのが通例だ。仮に発表しても、マスコミも取り上げないだろう。

「どうしていいか分からなくて、警察にも確認できないし」

「分かります」

「友だちがいろいろ調べてくれて事情は分かったんですけど、私にできることなんか、何もないんです。弁護士さんにも話を聞いたんですけど、今は何もできないからって言われました」

「一つ、聴いていいですか？」大友は顔の前で人差し指を立てた。

「ええ」麻衣が顔を伏せる。テーブルに置いた煙草のパッケージを取り上げ、結局一本振り出して火を点けた。

「いつからつき合っているんですか？」

「一年……そうですね、一年ぐらい前です」

「その前から、知ってはいたんですよね？　彼の高校の同級生が、あなたのお兄さんでしょう」

「ええ……」

麻衣の顔がさらに暗くなる。兄妹と若居……何か複雑な関係があるのだろうか。煙草の煙が流れてきたので、大友はすっと顔を逸らした。コーヒーカップを持ち上げ、縁越しに麻衣の顔を観察する。医者――看護師の不養生ではないだろうが顔色は悪く、赤いブレザーが妙に浮いて見えた。

「つき合うようになったきっかけは何だったんですか？」

「偶然、ライブハウスで会って」

「川崎の？」

「そうです」

「彼は、結構引きこもり気味だったと聞いているけど」

「夜は、よく出歩いてますよ」

「なるほど……でも、大変じゃないですか？　看護師の仕事は、不規則でしょう」

「ああ、それは……彼の方で合わせてくれたので」

大友はうなずいた。まともに仕事をしていないなら、麻衣の都合に合わせてデートするのも簡単だっただろう。

「彼は、どんな感じの人だったんですか？」

「え？」質問の意味が分からなかった様子で、麻衣が目を細める。煙の向こうで顔が霞んだ。

「高校を中退したことは知ってますよね？」

「……はい」

「そういうことに抵抗感はなかったですか？」

「それは別に、気にならなかったです。ついてない人だとは思いましたけど」

大友は唇を嚙んだ。看護師という堅い仕事をしている麻衣と、ふらふらしているだけの若居。どうにも合わない感じがしたが、男女の関係は不思議なものである。

「実は、あなたに会おうと思った理由は、若居さんのことが今一つ分からないからなんです。それで、彼に近い人から話を聴こうと思いました」

「分からないって……どういうことですか」麻衣の声に戸惑いが滲む。

「逮捕されて以来、一言も喋らないんです」

「まさか」麻衣が目を見開く。

「まさか？　どういう意味ですか？」

「だって彼、すごいお喋りなんですよ。二人でいると、私の方は喋る暇もないぐらいですから。相槌を打つのがやっとです」

「まさか」大友も同じ台詞を返してしまった。あれだけ硬く沈黙を貫いている男がお喋り？　自分たちは、同姓同名の別人の話をしているのではないかと大友は訝った。「本当に、一言も喋らないんです。私が実際経験しているので、間違いないですよ」

「でも、警察の中のことは分かりませんから」麻衣が灰皿の縁で煙草を叩いた。「とにかく若居さんは、よく喋る人でした」

何かがおかしい……しかし、若居が完全黙秘している裏には、何か明白な理由がありそうだ。それは目の前の麻衣ではないか、と大友は想像した。

「おしゃべりな人、ですね」

大友が確認すると、麻衣が素早くうなずく。まだ長い煙草を灰皿に押しつけ、軽く溜息をついた。ブレザーの襟を掌で撫でつけ、そのままうつむいてしまう。

「他にはどうですか？　お喋りだという以外に、どんな特徴がありますか？」

麻衣は下を向いたまま、反応しなかった。大友の質問が頭に入らず、自分だけの世界に没入してしまったようにも見える。

「田原さん？」

声をかけると、麻衣がはっと顔を上げる。目が潤んでいた。恋人が逮捕された件で、初めて警察官に話を聴かれ、事の重大性が改めて理解できたのだろう。呆然としている感じだった。

「彼は今でも、悪い連中とのつき合いがあったようですね」

「噂は聞いてました。でも、彼の口から直接聞いたことはないので……何とも言えないじゃないですか。無責任な話かもしれないし、二人でいる時は本当に優しい人だから」

「彼が、窃盗事件の犯人なのは間違いありません。現行犯逮捕されていますから、盗む現場を直接見られたのと同じです」

涙が溢れ、麻衣の頬を伝う。まずいな……ここまでショックを受けるとは、大友も予想していなかった。一つ咳払いして、彼女が落ち着くのを待ったが、実際には大友が想像しているよりも気丈だった。「彼、刑務所に入るんですか？」と訊ねる声も震えてはいない。

「それは分かりません。何しろ彼は一言も喋っていないので、情状酌量の余地があるかどうかも分からないんです。どうしてあんなことをしたのか、動機が分からないと……実際には彼は、他にも犯行を重ねていると思います」

「泥棒ですか？」

「同じように、都内の事業所に盗みに入ったと思われます」

「そうですか……」

麻衣が煙草のパッケージを取り上げた。一本引き抜こうとして、急にむせてしまい、しばらく咳が止まらなくなる。顔を真っ赤にして堪えているのを見て、大友は「水を飲んだ方がいいですよ」とアドバイスした。麻衣がコップを口につけ、ほんの少し飲む。もう一度、大きな咳。それでやっと収まったようだった。

「彼はどうして、そんなにお金が必要だったんでしょう。遊ぶためですか？」彼女ができれば、デートに金もかかるだろう。麻衣は看護師としてきちんと働き、それなりの収入もあったはずだが、若居は「女に払わせるわけにはいかない」とでも考えていたのかもしれない。仕事もしていないのに、見栄だけ張りたがる人間もいるものだ。

「遊んでません」硬い声で麻衣が否定した。

「でも、つき合ってたんでしょう？　それならいろいろ、お金もかかるはずですよね」

「お金を使っている余裕なんか、なかったんです」

大友は言葉を切り、麻衣の顔を凝視した。先ほどまでの弱気な感じは消え、明らかに怒っている。自分の質問の何が彼女を怒らせたのか、さっぱり分からなかった。知らぬ間に、痛いポイントを突いてしまったのか……。

「普通に交際している訳じゃなかったんですか？」

男女の関係は……百組のカップルがいれば、百通りの関係がある。大友の感覚では異様でも、麻衣たちにすれば「ごく普通」だった可能性もある。ただ大友には、男女関係に関する自分の「常識」は、世間の「常識」とほぼ合致しているという自信があった。そこからはみ出した部分で関係が捻じれ、事件になってしまうことが多い。

「普通にって、どういう感じですか」麻衣が訊ねた。

「それは、普通にデートしたり……」

「刑事さんは……幸せなんでしょうね」麻衣の声には棘があった。「安定した仕事で、家族を大事にして。何も心配することなんかないでしょう」

「私は妻を亡くしました」

麻衣が一瞬、ぽかんと口を開けた。すぐにうつむき、ほとんど聞こえないような声で「ごめんなさい」と謝る。

「もう、ずいぶん前ですけどね」大友は努めて明るい声で言った——実際にはこの件は、未だに昔話になっていない。菜緒のことを考えると、胸の奥で無数の針がざわめくような痛みを感じるのだ。「それ以来ずっと、息子と二人暮らしなんです。世間から見たら、ちょっと変な感じかもしれませんよね。再婚もしないで、一人で息子を育てている……まあ、息子も中学生になりましたから、もう『育てている』感じじゃないですけどね。いろいろありましたけど、それは私にとっては『普通』でした」

麻衣がゆっくりと顔を上げる。「普通にも、いろいろあるんでしょうね」と消え入るような声で言った。

「そうですね。感じ方は人によってまったく違うでしょうし」

「私、自分……自分たちが特殊だと思っていました」

「ええ」どんなに異常な状況も「普通」と感じる人がいる一方、世間との些細な差異を「異常」と捉える人がいるのも事実だ。こういう違いが理解できないと、トラブルが起こりがちである。

「自分たちだけが不幸だって思ってたんです」

「そんなに大変なことがあったんですか？」

麻衣がしばし躊躇った後、話し出した。聞いているうちに、大友は顔が強張ってくるのを意識した。不幸と苦労の連鎖だったのは間違いない。

「……だから、お金はいくらあっても足りないんです。私だって、最初は断りましたよ？　つき合い始めたばかりで――でも、背に腹は変えられないっていうこともあるでしょう？」

ひとしきり自分の事情を話した後で、麻衣がそう結論づけた。大友も納得した。もしも若居の麻衣に対する愛情が十分深ければ……彼が完全黙秘しているのも理解できる。もしかしたら若居は、基本的にはいい奴なのかもしれない。もしもそうなら、自分はこれから、そこにつけ入って真相を聴き出さなくてはいけない。刑事の仕事は時に、人間の全てを明るみに出すことだ。逮捕され、これから公判が待ち受けている若居は、もうプライバシーをなくしたも同然なのだが……こういう時大友は、いつも小さな胸の痛みを感じる。謎を解くことを仕事の推進力にしている刑事もいる――実際にはほとんどがそうだ――のだが、大友の場合、相手を丸裸にすることに抵抗を覚える時も多かった。果たして、そこまでやっていいのだろうか。自分たちにそんな権利があるのだろうか。

町田へ帰る道のり、大友はひたすら暗く考え続けた。

2

翌朝、大友は南大田署に顔を出してすぐ、刑事課長の須崎に面会を求めた。デスクの前で「休め」の姿勢を取り、座ったままの課長と対峙する。

「ふらふらしていて、何か収穫はあったのかな？」須崎の皮肉っぽい口調は変わっていなかった。

「若居の恋人と話をしました」

「恋人？」須崎が目を見開く。「奴には女がいたのか？」

「ええ。捜査本部では摑んでいなかった事実ですよね？」

大友が少しだけ皮肉をこめて指摘すると、須崎が唇を引き結ぶ。目を細めて睨みつけたが、反駁の言葉は出てこない。代わりに、玉城がいきなり怒鳴りつけてくる。

「勝手に動き回って、どういうつもりなんだよ！」

「現地で調査をすることは、課長の指示でもあるんですよ、玉城係長」

「何でそんな勝手なことをさせたんですか！」

玉城が、今度は須崎に食ってかかる。須崎は早くも、うんざりした表情を浮かべていた。出世志向が強く、部下にはきつく当たるこの新人係長の扱いに、普段から苦慮していることが分かる。二人の間に緊張関係があるなら、それを上手く利用して分断し、須崎をこちらの味方につけてしまう手はある――そう思ったが、放置しておくことにした。所轄の人間関係を乱してまで、自分の有利に事を運びたくない。

「しょうがないだろう、参事官の肝いりなんだから」須崎がぶつぶつと、言い訳するように言った。

「上から言われたら、何でもその通りなんですか」玉城が嚙みつく。

「警察は上意下達の世界なんだよ」

「だいたいあんたも、虎の威を借る狐みたいなことをして、恥ずかしくないのか」玉城が怒りの矛先を突然大友に向けた。

「私は、呼ばれただけなので」大友は意識して低い声で言った。

「だからって、勝手にやっていいことにはならないだろう！」玉城が詰め寄ってきた。胸と胸がぶつかりそうになる。

「あなたは、若居の恋人の存在も摑めなかった。捜査としては、失敗ですよ」大友はできるだけ低い声で指摘した。

「まだ終わっていない！」玉城の顔が真っ赤になっていた。

「もちろん。諦めるには早いですね。でも、時間がないでしょう。一刻も早く若居に喋らせないと、勾留期限が切れてしまう。あなた、今から若居を落とす自信があるんですか？」

　玉城が黙りこんだ。吐き出せなかった反論が喉に詰まって、呼吸できなくなっているのでは、と大友は想像した。

「今ここで、若居と恋人の関係をあなたに説明していると、また時間がかかります。今日は、私が直接若居を調べます。それでいいですね？」

　我ながら強引だと思った。普段の大友は、ここまで突っこんで仕事に関わらない。今回ついそうしてしまったのは、玉城のプライドを一度折っておかねばならないと思ったからだ。玉城は順調に昇進しており、それ自体は喜ばしいことなのだが――警察には常に、幹部候補が必要なのだ――間違った方向にプライドが伸びてしまったら困る。本人はもう、「取り調べのエキスパート」を自任しているかもしれないが、上には上がいることを自覚してもらわないと。だいたい玉城は、まだ視野が狭い。容疑者本人を取り調べるだけではなく、周辺にまで目を配らないと、事件の全体像は摑めないのだ。

こういうのも、まさに刑事総務課の仕事ではないかと思う。刑事たちの「研修」。会議室に椅子を並べて講師の話を聴講するよりも、現場で叩きこまれることの方が、より深く頭に染みこむはずだ。

「課長、よろしいですね」

「あ？　ああ……」

須崎が、玉城の顔をちらりと見る。そんな、ご機嫌取りのようなことをしなくてもいいのに、と大友は訝った。もしかしたら玉城は、この課長の弱点でも摑んでいるのだろうか？

「では……係長、何だったら同席しますか？」

「ふざけるな」

吐き捨て、玉城が刑事課を出て行った。首を捻って、彼の姿が消えるのを確認してから須崎に訊ねる。

「玉城係長は、どうしてあんなにプライドが高いんでしょうね？　容疑者なんて、誰が落としても同じだと思いますけど」

「人間には、居場所が必要なんだよ」

須崎が急に、しみじみとした口調で言ったので、大友は思わずかつての上司、福原のことを思い出してしまった。福原は事あるごとに箴言《しんげん》めいた台詞を口にする癖があったのだ。偉人が残した言葉のこともあったが、後には自分でオリジナルの箴言を作り始めてしまった。捜査会議などで、刑事たちに気合を入れるために口にする度、大友たちは陰で苦笑していた——オリジナルの箴言は、微妙にツボを外していたのだ。

しかし意味を聞かずとも、須崎の言葉は真実を突いていると思う。

「玉城係長が、取り調べに向いているかどうかは……私は、向いていないと思います」

大友は遠慮がちに切り出した。

「どうして？」

「取り調べる人間に一番必要なのは、心の安定なんです。容疑者は、いつも気持ちが揺れ動いている。怒りや恐怖、後悔……一秒ごとに考えが変わります。それに一々つき合っていたら、駄目なんですよ。こちらはあくまで平静に、常に同じ気持ちと態度で接しないと、容疑者の信頼は得られません」

「これはまた、勉強になりましたよ」須崎の口調に皮肉っぽさが戻った。「じゃあ、あんたは平静な気持ちで若居の取り調べをして下さい。お手並み拝見といこうか」

望むところだ。

若居が一瞬だけ、大友に戸惑いの表情を向けた。取り調べ担当がコロコロ替わることを、不審に思っているのかもしれない。大友は一つ咳払いし、椅子を引いた。背中が真っ直ぐ伸びるように意識しながら、若居と対峙する。

今日はどの手でいくか……前置きも無駄話もやめよう、と決めた。いきなり切り札を出して揺さぶる。それでも話さなかったら、こちらの負けということだ。改めて、何か手を考えねばならない。

「田原麻衣さん」

若居がびくりと体を動かした――電気ショックを受けて、痙攣《けいれん》したようにさえ見える。今までにない態度だったので、大友は「当たり」を確信した。

「あなたの恋人ですね？　昨日、会いましたよ」

「ふざけるな！」初めて聞く若居の声。意外に甲高く、通りがいい。近くで叫ばれて、かすかな耳鳴りを感じるほどだった。

若居がいきなり立ち上がり、大友に摑みかかろうとする。こういうことはよくある――大友は素早く椅子を滑らせて身を引いた。伸ばした若居の手は空を摑み、バランスを崩してテーブルに倒れこみそうになる。そこで君塚が後ろから近寄り、若居の腕を摑んだ。若居が音を立てて椅子にへたりこむ。大友は無言のまま、彼を観察した。右手首のつけ根を額に当ててうつむき、低い声で「クソ」と悪態をつく。

「彼女を庇ってるんだろう」しばしの沈黙の後、大友は指摘した。「金が必要だった――彼女のために、事件を繰り返したんだろう。違うか？」

まだ若居の背後に立っていた君塚が、目を見開く。彼にとっては初耳なのだ。

「君塚君、水を」

声をかけると、はっと再起動する。ドアを開け放したまま取調室を出て、すぐにペットボトルを二本持って戻って来た。若居の前に置いたが、手に取ろうとしない。無視して、大友は自分の分のボトルを開けた。一口飲んで、ほっと息をつく。

「取り敢えず、水を飲んだ方がいい」大友は若居に視線を向けた。「落ち着くから」

若居が沈黙したまま、のろのろとボトルに手を伸ばす。キャップを捻り取る時の「ぷしゅ」という小さな音が間抜けに響いた。しばし躊躇っていた若居が、ほどなくボトルに口をつけ、舐めるようにゆっくりと飲み始める。それでようやく緊張が解けたのか、ボトルを一気に半分ほど空けた。零れた水が顎を伝い、シャツに小さな染みを作る。

「田原麻衣さんとつき合っていたことは認めますね」一山超えたと考え、大友は口調を丁寧な表現に切り替えた。基本的には、容疑者にも敬語で接することにしている。

「……ああ」

「ここ一年ぐらい？」

無言でうなずく。話す気は失せていないようだとほっとした。口元の緊張が緩んでいる。これまでは、話すまいとするあまり、思い切り唇を引き結んでいたのだと今さらながら分かった。

「高校の同級生の妹さんですね？　綺麗な人だ」ただし、あらゆる重荷を背負って、年齢の割に疲れて見えるが。

「ああ」

「彼女は今、非常に苦しい立場にある。それが分かっていて、つき合い始めたんですね」

「そんなの、関係ないから」

「関係ないとは？」

「相手がどんなに大変でも……家の事情があっても、関係ない。そういうことでつき合うかつき合わないか、決めるわけじゃないから」

大友は無言でうなずき、心の中で若居に対する評価を一ポイントだけ上げた。打算ではなく、純粋に「好きだ」という気持ちだけで突っ走れるのは羨ましくも思う。ただ、その結果として犯罪に走ったのは、褒められた話ではない。結局、プラスマイナスでゼロのままということか……。

「彼女は、まだ幼い頃にお母さんを病気で亡くしました。二年前には、お父さんが脳梗塞で倒れて半身不随になった。今もリハビリ中……でも、そのリハビリも上手くいっていないと聞いています」

「ああ」

「しかも、頼りになるはずのお兄さんは、仕事でインドネシアに赴任中だ。金銭的な援助はあるにしても、お父さんの面倒を見るのは彼女一人に任されている。入院しているとはいっても、放っておくわけにはいきませんよね」

若居がうなずく。また顎に力が入って、表情が一気に険しくなった。

「田原さんは、完全に追いこまれた。お父さんが倒れるまでは、比較的余裕のある生活を送っていたはずです。でも今は、自分の仕事に加えてお父さんの世話まで、彼女に責任が被さってきた」

「親父さんのリハビリは大変なんだ。でも、金がかかるから、仕事を辞めるわけにはいかない。もう、ぼろぼろなんだよ」

「それは、見ただけで分かりました」大友はうなずいて同意した。「肉体的にというより、精神的に相当疲れている感じですね」

「金さえあれば……介護もリハビリも、金があれば何とかなるんだ」

「だからあなたは盗みを始めた。そうですね？」

若居は反応しなかった。少しでも顔を動かせば認めてしまう、とでも思っているのかもしれない。大友は待った——ここは焦らせてはいけないところだ。取り調べはゆっくりと、しかし確実に核心に近づいている。こういう時に刑事が焦ると、容疑者の方では急に心を閉ざしてしまうものだ。大丈夫、時間はまだある……。

大友は水を一口飲み、若居を見つめた。若居はうなだれたまま、依然としてペットボトルを握り締めている。それが、狭い取調室の中で唯一頼りになるものだというように。

「金がかかるんだ」若居が唐突に言った。

「分かります」

「ちょっと働いたぐらいじゃどうにもならない。それに、とにかくすぐに金が必要だった」

「盗んだ金を彼女に渡していたんですか？」

若居が素早くうなずく。彼女はこの事実を知っているのか……詳細は分からなくとも、何か怪しいと感づいていたのではないだろうか。若居は仕事をしていないのだし、金を渡されたら、その出所を疑うのは当然である。

「田原さんは、受け取ったんですね」

「もちろん、最初は遠慮した。つき合い始めたばかりだったし、急に金を出されても困るよな……どこから出てきた金か、疑ってたみたいだし。でもそれで、親父さんをいい病院に入れて、取り敢えず、ずっと面倒を見ている必要はなくなった」

「いくらぐらい？」

「……百二十万円」

「どうしてそこまで、彼女に入れこむんですか？」

「だって、それは――」一瞬言葉を切って、若居が唇を結んだ。しかし次の瞬間には我慢できなくなったように言葉を吐き出す。「人を好きになったら、何でもしてやろうと思うでしょう。格好つけてるわけじゃないけど、彼女が幸せになれば、俺だって嬉しいんだし。好きだったんだから、しょうがない」

「そこまで好きだったんですか？」

「彼女は、俺を相手にしてくれた。ライブハウスでたまたま会った時、俺はぴんときて……でも、彼女の方は本気にならないだろうと思ってた。でも彼女も俺を好きになってくれて。奇跡ですよ、奇跡。俺はずっと——半分引きこもりみたいな生活を続けてきて、でも、それでいいわけがないと思っていた。彼女は俺を、そこから引っ張り出してくれたんだ」

それまでの完全黙秘が信じられないような、勢い溢れる喋り方。麻衣は若居を「おしゃべりだ」と言っていたが、それが本質なのかもしれない。

「いいことをしたと思っていますか？」

大友が問うと、若居の顔に戸惑いが浮かぶ。麻衣がどう考えるか、予想していなかったわけではないだろうが……舌先を出して唇を舐め、再び水を飲む。それでまた、落ち着いたようだった。

「その件は、自分で考えて下さい。ここであなたを断罪するのは、私の仕事ではないので。ただ、一つだけ……あなたが渡した金が、盗んだものだとはっきり分かったら、田原さんはどんな気持ちになるでしょうね」

反省の言葉を引き出したい、と思った。ここまでは粘って完全黙秘を貫いてきたのだが、きちんと反省してそれを言葉にすれば、検事や裁判官の心証がよくなる。基本的にワルなのは間違いないが、何とか更生できるのでは、と大友は前向きに考えた。

「何件、盗みに入りましたか」

「……五件」

「今回の一件も含めて？」

　無言で首を縦に振る。落ちた、と大友は確信したが、ゆっくりと息を吸って気持ちを落ち着かせた。まだまだ……五件の犯行全てについて、完全に話すまでは安心できない。ここからは、さらに慎重にいかないと。しかしまず、事件の全体像を摑むつもりだった。

「全部、小さな事業所から手提げ金庫を盗んだんですね？」

「ああ」

「総額ではどれぐらいになりました？」

「たぶん……四百万にちょっと足りないぐらい」

「かなりの額ですね」町工場というのは、事務所に案外大金を置いているものだ、と驚く。「いつまで続けるつもりだったんですか？」

「それは……分からないけど」

「自分のためには使っていない？」

「一銭も」

　裁判では有利に働きそうな事情ではある。だがそれは、麻衣がきちんと証言すればの話だ。彼女を共犯と呼ぶことはできないが、周りはそうは見ないだろう。盗んだ金を受け取っていた女……仮に返したとしても、そういう事実は広まらない。少なくとも、このまま川崎で生きていくのは難しいのではないかと思った。手間のかかる父を抱えてどうするか——結果的に若居は、麻衣を追いこんでしまったのかもしれない。

「彼女は事情を知らないんですね？」

「一言も言ってない」

「本当に気づいてなかったのかな」

若居が顎を引いた。ぐっと大友を睨みつけたがそれは長続きせず、力なく首が落ちる。

自分の行為が麻衣を追いこんでしまったことにようやく気づいたのだろう。

「先のことは、これから考えましょう。いつでも相談に乗ります」大友は手を組み合わせた。「まずは、あなたがやったことをはっきりさせましょうか。そこから全てが始まるんです」


「落ちた？」須崎の口がぽかりと開いた。「どんな手を使ったんだ」

「女です」大友はまた「休め」の姿勢を取ったまま、淡々と答えた。

「脅しでもかけたのか？」

「事実を指摘して、どういう状況になっているか理解してもらっただけです」脅しとは何だ、と大友は腹の中で課長を罵った。そういうやり方は、昭和の時代に消滅していたはずである。恫喝、騙し——取り調べでは絶対に使ってはいけない手だ。たとえ相手が、どんなに狡猾で卑怯な容疑者であっても。

「五件の犯行は全て認めました。これから一件一件、詳細を供述させます。勾留期限までは何とかなりますよ」

　これから捜査本部はフル回転になる。若居の供述を裏づける捜査が待っているのだ。

「本件以外に被害届が出ている中で、同一犯の犯行と見られているのは……」

「三件」

「ということは、一件多いわけですね」

　大友は、若居が供述した犯行の日付を数え上げた。須崎が書類に視線を落としたまま確認する。

「最初の一件だな」大友が話し終えると、顔を上げて断言した。「この一件だけ、手口が微妙に違う。まあ……若居も素人に毛の生えたようなものだから、毎回完全に同じ手口でやったとは限らないけどな」

　窃盗犯は、一度成功すると同じ手口を使うものだ。スリもそうだし、侵入盗も同様である。しかし同じやり方を繰り返せば、それは犯行そのものの「指紋」になって残ってしまう。手口を分類し、容疑者を割り出すのは盗犯担当の刑事の大事な仕事だ。

「取り敢えず、詳細な取り調べを始めます」

「順調にいきそうか？」

「そうなるように努力します。本人は素直ですから、まず問題ないと思いますが」

「分かった」須崎が一瞬言葉を切る。すぐに顔を上げ、大友の顔を正面から見て「ありがとう」と言った。

感謝の言葉が出てくるとは思わなかったので、大友は眉を上げた。が、「疑っている」とは思われなかったようで、須崎は無言でうなずくだけだった。

「では、昼食休憩後に取り調べを再開します」

「ああ、よろしく」

大友は一礼して刑事課を出た。廊下に出て、思い切り背伸びする。まだ仕事が全部終わったわけではないが、馴染みの爽快感が全身を満たしている。何か美味いものを食べよう、と思った。値段を気にせず、自分にご褒美だ。

歩き出した瞬間、誰かが前に立ちはだかった。瞬時に玉城だと悟り、大友はうつむいた。また因縁をつけてくるつもりだろう。

「いったいどういう手を使ったんだ」予想通り、玉城が低い声で訊ねる。

「ごく普通の取り調べですよ、玉城係長」

「あれだけ喋らなかった人間だぞ？　何で急に口を開いたんだ」

「周辺捜査からです」最初からそうやっていれば、もっと早く若居を落とせたはずだ。そういう意味では、捜査指揮を執っていた刑事課長にも責任はある。

「そんなことは、俺たちもやっていた」

「足りなかっただけでしょう」

指摘すると、玉城の顔は真っ赤になった。やはり、軽くいなして済ませるわけにはいかないようだ。

「必死だったんだよ！」玉城が急に声を張り上げる。「俺がどれだけ必死にやっているか、あんたには分からないだろう！」

「分かりません」

大友がさらりと言うと、玉城の顔から怒りが抜けた。

「他人がどれだけ頑張っているかなんて、分かるわけがないでしょう。そういう時に『分かった』なんて言うのは、偽善です。あなたはあなたで頑張った。結果が出なかったのはたまたまです。私は私のやり方で頑張っただけですから」

「俺があんたより劣っていると言うのか？」

「それを決めるのは私ではないので……人にはそれぞれ向き不向きもあると思います」

何か言い返してくるか、下手すると殴られるのではないかと思ったが、玉城は動かなかった。両手を拳に握り、体の脇に垂らしているが、その場を一歩も動かない。大友は素早く一礼して、彼の脇を通り抜けた。廊下を歩いて行く最中、ずっと視線が背中を追ってくるのを感じたが、ペースを乱さず歩き続ける。階段まで来て気配が消え、ようやくほっとした。

別に玉城は、悪い人間ではないのだろう。必要以上に気負っているだけだ。そしておそらく、自分の能力に絶対の自信を持ってはいない。だからこそ、これだけむきになるのだ。それでも、へらへらと適当に仕事を済ませるだけの人間よりは、よほどましである。誰かがきちんと道筋をつけてやれば、いい管理職になるかもしれない。

ただし、自分がそういう立場に立つのは願い下げだった。そもそも人間的に合う合わないということもある。

3

この件は一段落だ——若居が全面自供した翌日、大友は久しぶりに同期の二人と落ち合って酒を吞むことにした。優斗は聖子に任せてあるし、多少は羽を伸ばせる。それほど時間をかけずに任務を果たせた自分に対するご褒美の意味もあった。優斗はまた聖子に預けたが、彼女は何も言わなかった。ちょっと前までは「きちんと夕飯を作って食べさせないと」と言っていたのだが、最近はあまり小言を口にしない。考えが変わったのかもしれないが、やぶ蛇になる可能性を考えると、直接は聞けない。

場所は、東京メトロ乃木坂駅の近くにある新潟料理店。数年前にたまたま見つけた店で、三人にとっては隠れ家のようなものである。ビルの地下にある小さな店で、個室があるので使いやすいし、そこそこ安い上に何より味が確かだ。

今日も個室で、静かな宴席になった。柴は基本的に酒が弱いし、大友は優斗のことがあるから常に酒量をコントロールするようにしている。敦美は、少し前までは平然と朝まで吞んでいたのだが、最近はさすがに控えるようになった。それでも、二人よりはだいぶペースが早い。

揃って焼酎のお湯割り。本当は豊富に揃っている日本酒を頼むべきなのだろうが、三人ともどちらかというと日本酒は苦手である。料理は魚を中心に頼んだが、大友はこの店では絶対に外せないものが一つだけあった。「栃尾の油揚げ」。油揚げといいつつ、一般の油揚げと同じなのはサイズだけで、厚みはほぼ「厚揚げ」である。油揚げは中がすかすかだが、この新潟の特産品は、厚揚げのように豆腐の白さがぶ厚く残っている。これを炙って、生姜や葱などのシンプルな薬味で食べると、香ばしさが際立つ。スーパーでも時折見かけるので、家で食卓に上がる機会も多かった。

「お前、いつもそればかりだな」柴が大友をからかう。呑み始めたばかりなのに、もう酔いが回り始めているようだった。

「好きなんだよ」

「でも、変な感じよね」敦美が割って入った。

「何が？」大友は訊ねた。

「三人とも新潟に縁がないのに、何故かこの店が好きでしょう？」

「ああ」

「でも、新潟に本場の料理を食べに行こうっていう話にはならない」

「東京でこれだけ美味い料理が食べられるんだから、問題ないんじゃないかな」大友は油揚げを一切れ、自分の取り皿に移した。かぶりつくと、いつもの満足感が襲ってくる。こんなにシンプルな食べ方で、これだけの旨みを味わえるとは。

「俺は、鮭だな」柴は、この店のイチオシ「酒びたし」を箸でつまんだ。「酒びたし」と言いながら、実態は塩鮭と同じで、寒風に晒して低温発酵させて作る。この店では、切り身で出す時に、少しだけ酒を振りかけるのが習わしだ。この他にも鮭料理は種類が豊富で、大友が楽しみにしているもう一つの料理は、シメで食べる「鮭の親子丼」である。焼いた鮭と醬油漬けのはらこをたっぷり白米に乗せ、何口か味わった後に茶漬けにする……宴席のフィニッシュとして、これほど相応しいものはない。

「最近、どうなんだ」

大友は敦美に話を振った。柴がちらりと大友を見る。狙いは分かっているらしく、様子見を決めこんだようだ。

「どうって？」敦美が素っ気なく聞き返す。

「いや、別に……何で怒ってるんだ？　普通の話題じゃないか」

「ご覧の通り、暇だけど」敦美が肩をすくめる。

「こんなところで、こんな早い時間に酒を吞んでるぐらいだから、確かに暇だよな」柴が調子を合わせた。

「私たちが暇なのは、世の中が平和な証拠じゃない」

「テツ一人があたふたしてるわけだ」

「もう大丈夫だよ。一段落したから」大友は焼酎のお湯割りを一口含んだ。

「相変わらずの素早さね」敦美が素直に褒める。

「基本を守って仕事をしただけだよ。それより、玉城っていう係長は、まずいな」大友はつい愚痴を零した。

「評判よくないわね」敦美が同調した。「この一件の前からだけど……下にきつく当たり過ぎるみたい」

「子分が欲しいんだと思うけど、今時あの感じじゃ、誰もついてこないだろうな」大友は、君塚や鬼頭のうんざりしたような表情を思い出した。玉城は二人を「相棒」にして取りこもうとしたのだろうが、彼らの方では明らかに、それを歓迎していない。

「まあ、同情すべき点もないわけじゃない」柴が言った。「やつ、同期の中では一人だけ沖縄出身者だったんだ。で、警察学校の寮でからかわれていたというか、いじめられていたというか」

「陰湿だな」大友は眉をひそめた。「だけど、何でお前がそんなことを知ってるんだ?」

「ちょっと気になって、噂を集めてみたんだよ……とにかく、その時期のことがトラウマになってるようだ。それで、少しでも早く出世して同期の連中を見返してやろうと思ったみたいだな」

「それは確かに、同情すべきポイントかもしれない」

「でも、動機としてはクソみたいなものだな」柴があっさり言った。「上に立つような器じゃないっていうことだろう」

「お前ならやれるか?」

「その話はよせ」柴が大友に向かって両手を突き出した。

「昇任試験、どうしたんだよ」一時、柴は本気で警部補の昇任試験を受けようとしていた。

「そういうのは、向いている人と向いていない人がいるからね」敦美がさらりと言った。

「何だよ」柴が言い返す。「お前だって、試験を受けてないじゃないか」

「私は、今のポジションで十分だから。ここで好きな仕事ができてるし」

「テツはどうするんだよ。お前こそ、試験勉強する余裕ぐらいあるだろう」

「それも、これから考えないといけないかな」大友は焼酎を一口呑んだ。「生活が落ち着けば……何となく、先も見えてきたし」

「優斗？」敦美が心配そうに言った。敦美は、優斗に対しては母性的な優しさを見せる。

「中一だから、もう半分大人だよな」柴が指摘する。

「だから僕もそろそろ、これからの人生をどうするか、真面目に考えないと。でも、正直怖いんだよな……もう、公務員人生も半分過ぎてるんだから」

「それを言うなよ」柴が溜息をつく。「俺も時々考えるけど、後半なんて本当に短いだろうな」

「五十を過ぎたら、それこそきっとあっという間よ」敦美が同調する。「それまでに――四十代のうちに何ができるかが問題よね」

「そうなんだよな……」大友はコップの縁を指の腹で撫でた。「仕事もそうだけど、家族のこともね」

「優斗、どうかしたの？」敦美が心配そうに言った。

「優斗じゃなくて、僕の見合い話がね……最近、また攻撃が激しいんだ」

「一度ぐらい、してみればいいじゃないか。別に減るものじゃないし」柴が言った。無責任……というか、面白がっている感じである。

「面倒なんだよ」大友は正直に打ち明けた。「それにせっかく会っても、断ることを考えると気が重い」

「当たりの人がいるかもしれないじゃない」敦美が指摘する。

「少なくとも、見合い写真を見た限りでは当たりはないんだよね」

「贅沢言ってる場合じゃないでしょう？　あなただって、これから年を取るんだから」

大友は思わず、声を上げて笑ってしまった。敦美が怪訝そうに、「何？」と訊ねる。

「いや、聖子さん——義母にも同じことを言われた。僕は、そんなに衰えたかな」大友は両手で顔を擦った。

「そういうわけでもないけど」敦美が苦笑する。「でもテツは、年取って渋くなるタイプじゃないからね」

「そいつは間違いないな」柴がうなずく。「そういうのはむしろ、俺の方が……」

「調子に乗らないの」敦美がぴしりと言った。「あなたはそもそも、そういう議題には入れない人だから」

「それって、ハラスメントじゃないのか」柴が唇を尖らせる。

「何ハラ？」敦美が首を傾げる。

「顔ハラ」

柴が渋い表情で答えたので、大友はまた声を上げて笑ってしまった。緊張していた気持ちが解け、楽になってくるのを意識する。この二人が同期で本当によかった、と思った。仕事では頼りになるし、私生活でもずいぶん助けてもらっている。時に三人で会って馬鹿話をするのも、最高のストレス解消法だ。

「でも、いろいろ変える時期に来ているかもしれないわね」敦美が指摘した。

「そうなんだよな……」大友は頬を撫でた。「優斗に手がかかるのも、あと一年か二年だと思うんだ。高校生になったら、基本的に独立した人格として扱わないといけないよな」

「最近は、高校生ぐらいだと――大学生でもまだ子どもって感じだけどね」柴が皮肉っぽく言った。

「いや、でも、最近は自分で料理したりするんだよ。この前なんか、肉豆腐を作ってたからね」

「マジか」柴が目を見開く。「だったら俺が同居して、毎日飯を作ってもらってもいいな」

「そんなことより、あなたこそちゃんとお嫁さん、貰ったら」敦美が茶化す。

「いや、俺は……そういうお前はどうなんだよ」

来た、と大友は密かに身を固くした。柴が今日の宴会に飛びついたのは、この件を敦美に確認するためだったのだろう。しかし敦美は「私は、別に」と淡々と言うだけだった。

「へえ」柴が疑わしげに言った。「最近、いい話があるんじゃないのか？」

「別に」敦美が声色を変えずに否定し、焼酎をぐっと呑む。「誰か、別の人のことじゃない？」

「だけど、噂を聞いたぜ？　結婚するとか、しないとか」

「噂を簡単に信じこむようじゃ、刑事失格ね」

「何だよ、それ」柴が色をなした。

「自分で実際に見て、聞いたことだけを信じる。それが刑事の基本じゃない？」

「そうかもしれないけど……」

「とにかく、そういうこと」敦美が両手を叩き合わせた。パン、と乾いた音がして、柴が黙りこむ。「テツだったら、もう少し上手く聴く？」

「いや、これは取り調べじゃないからね」

「そうね。テツも、こと男女問題に関しては大したことはないもんね」

「ご指摘の通り」大友は肩をすくめた。

「とにかくこの件では、私は別に言うことはないから」

敦美がさっさと話を打ち切った。こうなってしまうと、話を再開するのは難しい。敦美は、結構簡単に目の前に壁を作ってしまうタイプなのだ。普段はあけっぴろげなのだが、大友たちも知らない一線がどこかにあるらしく、そこを踏み越えた瞬間に態度が一変してしまう。

「まあ……いろいろあるよね」大友は曖昧な言葉で話題を締めにかかった。

「そう。いろいろあるのが普通なのよ、人生は」

「そんなものかねえ」納得できない様子で、柴が頬杖をついたままぶつぶつと文句を言った。既に酔いが回り始めている様子である。

二時間で解散。敦美は駅で二人に手を振って別れると、さっさと我孫子行きの千代田線に乗りこんだ。柴もそちら方面なのだが……。

「一緒に帰るのは気まずいか？」

「まあな」柴が両手で顔を擦った。

「失敗したな」

「ああ……絶対何かあるな、あれ」柴が目を細めて言った。

「何かって？」

「本当にお前、男女関係については中学生レベルだな」

「意味が分からないんだけど」少しむっとして大友は言った。

「誰とつき合おうが結婚しようが、別にいいじゃないか。隠すような話じゃないはずだ。

だいたい俺たち、今まであいつがつき合ってきた男のこと、それなりに知ってるだろう」

「……確かにそうだな」彼女はごく軽い調子で話すのだった——機嫌さえよければ。

「それが今回、言わない。絶対に何か、特別な事情があるんだよ」

「と言われても、想像がつかないんだけど」

「ええと、不倫とか？」自信なげに柴が言った。

「不倫、ねえ」大友は顎を撫でた。「そういうの、高畑には似合わない感じがするけど」

「男と女のことについては、『絶対』は絶対にないんだぜ。どんな不思議な組み合わせだってあり得る」

「ぴんとこないな」

「修行が足りないんだよ、お前は」柴が右手を握り締め、大友の胸を軽く小突いた。

「あれだけ取り調べが得意なのに、何で男と女のことは分からないのかね」

「分かってたら、とっくに再婚してると思うけど」

「要するに……菜緒さんのことだろう？」柴がにやりと笑った。「亡くなった奥さんにそこまで義理を通すのは、大変なことだと思うよ。その一点に関してだけは、俺はお前を尊敬するね」

「それだけ？」

「それだけ」

同期だから柴がずけずけ言うのも当然なのだが、何だか落ちこむ。

もっとも、世間の多くの夫は、落第点を食らっているのだ。妻を愛する気持ちだけでも評価されるなら、それはそれで素晴らしいことではないのか？

4

自供から三日目。若居はすっかり、憑き物が落ちたようになっていた。肩が落ち、背中も軽く曲がって、完全にリラックスしている様子である。

こういう状況になれば、大友の方ではさほど苦労しない。できるだけ正確に過去の犯行を話させることだけを意識し、時折合いの手を入れるだけで十分なのだ。余計なことは言わず、できるだけ自分の言葉で説明させるようにする。

若居の記憶力は抜群で、犯行の日時や細かい手口を完璧に覚えていた。こういう能力があるなら、別の方向へ生かせばいいのに、とつくづく思う。罪を償って出所するまでの間に、将来設計をきちんと考えておくのは大事だ——そんな風に諭すのは、起訴されてからにしよう。

昼前、大友は一時休憩を告げた。若居が、すっかり冷え切ったお茶を一口で飲み干す。喉が潤うとまた表情が緩み、元々の人柄がかすかに滲み出るようだった。たぶん若居は、それほどのワルではない。仲間に引きずられて断れなかったり、たまたま判断ミスをしてしまったりで、今回のような結果に至った……麻衣を何とか助けようとしたことからも、どうしようもない悪人ではないと分かる。もちろん手法は間違っていたわけだが。

「ご両親との関係はどうなんですか」大友は思い切って訊ねてみた。

「ああ……」若居の顔がいきなり渋くなる。「それはもう、今さらしょうがないっす。高校生の頃からずっと、ろくに話もしてないんで」

「昔のことは、今回の一件の参考にはしないんですが、高校の時、何で万引きなんかしたんですか？　悪い仲間に引っ張られたんでしょう？」敢えて名前は出さなかった。もしかしたら、彼が自分で言ってくれるかもしれない。

「怪我してサッカーをやめて……どうしていいか分からなかったんですよ」

「高校生ですしね」大友はうなずいて同意した。

「サッカー部の仲間も、やめた人間には冷たかったんですよ。当たり前かな……怪我は自分の責任だし。他にも、怪我してるのに頑張ってる奴もいたから、こっちは根性なしに見えたんじゃないかな」

「怪我はしょうがないですけどねえ」

「とにかく……そういう時に声をかけられると、ふらっとくるんですよね」

「当時の仲間、ですね。万引きは、彼ら——彼に命じられてやったんじゃないですか？」大友は高木尚也を念頭において言った。

若居が一瞬黙りこむ。当時だけではなく今もか……高木は、若居がたかりのようなことをすると馬鹿にしていた。しかし若居にすれば、高木たちは今でも大事な仲間かもしれない。だから、昔のことも言えないと口を閉ざすのか……。

「その頃の仲間とは、今でもつき合いがあるんですか」

「ああ、まあ……地元だし」

「一つ、大事なことを聞きます」

「何ですか」若居がすっと背筋を伸ばす。

「本当に今回の件は、あなたが一人で全部やったんですか？　誰かが一緒だったんじゃないですか」

「一人です」若居が即座に言った。

「なるほど」大友はうなずき、少し手の内を明かすことにした。「あなたが完全黙秘している時、私は、あなたが誰かを庇っているんじゃないかと思ったんです。共犯が逮捕されないように、喋らないことに決めたとか……あなたの直接の逮捕容疑については、裁判になっても争いようがないでしょう。何しろ現行犯逮捕ですから……でもあれだけでは、共犯がいたかどうかは分からない。だから自分が黙ってしまえば、警察の手は共犯には届かない——そう考えたんじゃないですか」

「違いますよ」若居が即座に否定した。「全部俺一人でやった。誰かが一緒だと、金のことで揉めたりするし」

「それは、確かに……」

「俺は麻衣のためにやったんで。金は全部麻衣に渡すつもりだったから、誰かと分け合う余裕なんかなかったです」

「ということは、田原さんの名前が捜査線上に上がらないようにするために黙秘していた——そういうことなんですね」

若居が無言でうなずく。結構純粋な男なのかもしれない、と大友は思った。純粋過ぎるが故に、一度こじれると両親との関係も上手くいかなくなるのか。

「私がこういうことを言うのは筋違いかもしれませんが、ご両親と話してみたらどうですか?」

「どうせ刑務所に入るんだから、親なんて関係ない」若居が溜息をつく。

「刑務所を出てからの人生の方が、ずっと長いんですよ。これからも話す機会はあるんだから、言葉は悪いかもしれないけど、利用した方がいい……お父さん、この前倒れたんですよ」

若居がすっと顔を上げる。何か言おうとして口を開きかけたが、結局唇は引き結んでしまった。

「いや、大したことはありませんでした。救急車を呼んだんですけど、結局乗りませんでしたからね」

「……血圧が高いから」

そういうことはちゃんと分かっているわけか。両親に対して、完全に無関心というわけではないのだと、大友はほっとした。この家族は、やり直せるだろう。父親は自分で会社を経営しているのだから、出所後はそこで面倒を見られるはずだ——もちろん、父親がその気になればだが。

「親にとって、子どもはいつまで経っても子どもですから。子どもがいくつになっても、ちゃんと面倒をみようと思うものですよ。私の息子も中一ですけど、やっぱりまだ世話しないといけないと思いますからね。三十年ぐらいしたら、逆に息子の世話になっているかもしれないけど」

「息子さんがいるんですか？」若居が顔を上げる。

「ええ。中学生ぐらいだと、いろいろ難しいですね。友だち関係とか」

「ああ……俺もいろいろあったし」

「あるのが普通でしょうね」

「息子さんも？」

「息子はともかく、友だちの方が、ね。悪い連中とつき合いができてしまって、心配してるんです」

「……ああ」若居がどこかぼうっとした口調で言った。「そういうの、あるかも」

ここから若居の話を自然に引き出せれば、と思った。彼の「転落」のきっかけを掴みたい。悪い仲間の名前も全部割れているのだが、それもこちらから言うのではなく、彼の口から聞きたかった。

「中学生ぐらいだと、すぐに人に影響を受けますからね。特に、悪い方に引っ張られると、簡単に寄って行ってしまう」

無言。若居はいつの間にか両手を拳に握り、テーブルに置いていた。震えるほどではないが、何かを握り潰そうとしているように見える。

まだ無言。

「そういう友だちがいれば心配するけど、子どもだから何もできない」

何か雰囲気が違う……大友は警戒した。どんな言葉が、人の心にどんな影響を与えるか、明確な決まりはない。何の気なしに口にした台詞で、相手が気持ちを閉ざしてしまうこともよくあるのだ。こういう時は、いきなり話題を変えるのも手だが、大友は敢えて沈黙を守った。ややあって、若居が口を開く。

「子どもは……そうですね、何もできないだろうなあ」

「ねえ」大友は気さくに応じた。「正直、この話を息子から聞いて、困ってるんですよ。警察官として乗り出すのは大袈裟だし、かといって父親として何ができるかが分からない。学校に任せてしまうのも、無責任な感じがするでしょう」

「学校なんか、何もしてくれないし」若居がぽつりと言った。何となく、自分の過去を打ち明けているようにも聞こえる。

「まあ……そうかもしれませんね」

「自分で何とかしないと、駄目になるって分かってる。でも子どもだから、やれることには限界があるし」

「ええ」

「だから、ちょっとでも相手にしてくれる……優しくしてくれる人間に、なびく」

「あなたがそうだったんですか？」

「……昔の話だけど」若居が耳を引っ張った。

「今は、どんな人たちとつき合っているんですか」

若居がまた口をつぐむ。掌で、薄く髭の浮いた顎をそっと撫でた。唇が下に引っ張られ、表情が歪む。

言いたいことがあるのだ、と悟った。隠しているわけではなく、喋っていいかどうか迷っている。こういう時、助け舟を出していいタイプとそうでないタイプがあり……若居の場合は後者だろうと大友は判断していた。強引に供述を引き出そうとすると、反発するタイプ。焦る必要はない、と大友は自分に言い聞かせた。本件については完全自供しているのだから。

「つき合う相手は大事ですよね」

「それは……そうかもしれない」渋々とした調子で若居が認める。

「でも、人間関係は自分の意思だけで決まるわけじゃないから、面倒なんですね。どうしても逆らえないとか、断れないこともある」大友は両手を緩く組んでテーブルに置いた。

「警察なんか、その極端な例ですよ。組織の中の組織ですからね」

「警察と俺なんかを同じにしたらいけないと思うけど」若居が皮肉っぽく言った。

「あくまで喩えですよ……一つ、説教めいたことを言っていいですか」

「いいっすよ、別に」若居が少し投げやりな口調で言った。

「これは、あなたにとってもいい機会かもしれない」

「逮捕されたことが？」

「そうです。あなたが今どんな人とつき合っているか、私は知らない」少しだけ嘘をついた。「でも、あなたにいい影響を及ぼしているとは思えないんですよね。しばらく世間から隔絶されている間に、そういう人たちとの関係は切れるでしょう。それが、やり直すいい機会なんですよ」

「地元へ戻れば同じになるけど」若居が溜息をつく。

「場所を変えて、ゼロからやり直すのも手じゃないかな。これが、そういうチャンスだと考えれば……」

「そう上手くいくといいですけどね」若居が、聞き取れないほどの小声でつぶやく。

この話はそれきりになったが、何かが大友の胸に引っかかった。本件とは関係ないだろうが、若居は何を話したかったのか……強引にでも引き出すべきだったかもしれないと思いながら、大友は通常の取り調べに戻った——自分の仕事をこなすために。

若居は勾留期限切れのタイミングで窃盗で起訴され、すぐに再逮捕された。他の四件の余罪に対する裏づけ捜査が、間に合わなかったせいである。しかし大友は、起訴のタイミングで捜査本部から外れた。当初の目的通りに無事に自供させたのだから、お役御免、ということだ。

久々に優斗と夕食を摂りながら、大友は妙な虚しさを感じていた——いや、虚しさではなく、かすかな悔いだ。若居が話さなかった何かが、ずっと頭の片隅に引っかかっている。こんなことなら、もっと突っこんで、無理にでも話を聴いておけばよかった。しかし、今後大友が若居と会うことは二度とないのだから、後悔しても仕方がない。

「パパ、ちょっと！」

優斗に声をかけられ、大友は我に返った。かすかな熱さを感じて焦ると、テーブルに味噌汁が零れている。椀は手の中……持ち上げたままぼうっと考え事をしていて、味噌汁を零してしまったのだ。慌てて椀をテーブルに置くと、優斗がティッシュペーパーを一枚引き抜いて渡してくれた。急いでテーブルを拭き、他の被害を検《あらた》める。シャツに少し味噌汁が飛んで染みができていたが、すぐに洗えば落ちるだろう。

「何でぼうっとしてたの？」

「いや、ちょっと考え事で」

「ふうん」つまらなそうに言って、優斗が自分の味噌汁を飲む。

「大人は、考えることがたくさんあるんだよ」大友はつい言い訳した。

「それは分かるけど」

「そう言えば、深井君、どうだ？」

「最近、学校に来てないんだよね」優斗の顔が暗くなる。

「先生たちは知ってるのか？」

「うん……」優斗が箸を置いた。お茶を一口飲み、溜息をつく。「家にも行ったみたいなんだけど、やっぱり出てこないんだ」

「ご家族はどうしてるんだろう」

「それは分からないけど」

「一度、行ってみるか？」

「え？」

「僕が一緒に行くから、それで様子を見ておくとか」

「それは……ちょっとやり過ぎじゃない？」

「そうか」ここはあくまで東京なのだ、と思い出す。少年時代を長野で過ごした大友にとって、人の家を訪ねたり、誰かが来たりというのはごく普通のことだった。しかし東京では、なかなかそうもいかない。子どもが大きくなるに連れ、家と家の間の壁は高くなるばかりだ。

　食事を終えたところで電話が鳴る。聖子だった。まずいな……先日の見合いの件、結局何も言わずに放置している。急かされるのだろうと思ったら、予想通りだった。

「そんなに重く考えずに、一度ぐらい会ってみればいいのよ」

「だけど、見合いはヘビーですよ……」

「あなたが想像しているお見合いがどんなものかは知らないけど、別に相手と二人で食事をするだけでもいいのよ。昔みたいに、形式にこだわる必要はないんだから」

それではデートの斡旋《あっせん》ではないかと思ったが、大友は言葉を呑みこんだ。言い合いになって、聖子に勝てるわけがない。

何とか適当に誤魔化しているうちに、優斗は自室に引っこんでしまった。そのタイミングを逃さず、大友は聖子に相談を持ちかけた。子どもの友だちが悪い連中に引っ張られている。どうしたらいいのか——。

「放っておきなさい」聖子があっさりと言い切った。

「そういうわけにもいきませんよ」

「一義的には、家族の問題なのよ。それでどうしようもなければ、学校が手を出す。でも、あなたが口出しすべきじゃないわよ」

「そんなことでいいんですかね」

「あなたが出て行くと、話が複雑になるでしょう。警察官なんだから」

「親として、のつもりですけどね」

「親だけど、あなたは警察官でもあるんだから。周りがびっくりして、大袈裟になるわよ」

それは確かに……あくまで「友だちの親」として乗り出しても、優斗の同級生たちは、大友が警察官だと知っている。「警察沙汰になるようなことなのか」と噂を始めるのは目に見えていた。

「気になるのは分かるけど、余計な口出しはしない方がいいわよ。今はそういう時代なんだから」

「そうですね……」納得はできなかったが、大友は一応同意した。逆らうと、延々と聖子の説教を聞かされる羽目になる。

「そんなことより、お見合い。できるだけ早く、返事をちょうだいね」

返事する間もなく、聖子は電話を切ってしまった。娘の菜緒とは共通点がほとんどないのだが、一つだけあるとすればせっかちなところだ。まったく、相手をするだけでも疲れる。ふと、もしも自分が再婚したら聖子はどうなるのだろう、と考えた。優斗はあくまで聖子のたった一人の孫だが、自分は聖子にとっては赤の他人である。どんな風につき合いを続けていくべきか、想像がつかなかった。

また電話が鳴る。今度はスマートフォン……後山ではないかと思ったが、０９０から始まる見知らぬ電話番号だった。通話ボタンを押して耳に押し当てると、南大田署の刑事課長・須崎である。

「ああ……夜分に申し訳ない」

「いえ」何事かと警戒し、大友は低い声で答えた。

「あんたに直接電話するのがルール違反なのは分かってるんだが」

「いや、電話ぐらいは構いませんけど……どうしたんですか？」

「若居が、あんたに会いたいと言ってるんだ」

「若居が？　何事ですか？」

「話したいことがあると言ってるんだが、あんたが相手じゃないと駄目だとごねてるんだよ」

「今さらですか……」

別件の自白だろうか、と大友は訝った。それならいかにもありそうな話だ。実際、取り調べをしている最中にも感じていた疑問……余罪についてだったら、簡単に気持ちが固まらなかったのは理解できる。自分で自分を追いこむようなものだからだ。

「悪いが、ちょっと話を聴いてやってくれないか」

最初は横柄に思えた刑事課長も、ずいぶん下手に出るようになったものだ、と大友は驚いた。もっとも、彼にしても引け目はあるだろう。自分の部下が若居を自供に追いこめなかったのは間違いないのだから。

「今からですか？」

「いや、今から取り調べをすると問題がある。明日の朝一番でどうだろう？　こっちはそれで、今夜は若居を納得させるから」

「一つ、お願いがあります」

「何だ？」

「私は、勝手に動ける立場ではないので、刑事総務課に話を通してもらえますか？」

「ああ、分かった。それはこっちできちんとやっておく。とにかく、明日の朝一番でこっちへ来てくれないか」

「分かりました。それでは、八時半に……玉城係長は激怒してませんか？」

「ああ、宥《なだ》めるのに大変だよ。あいつはちょっと……使いにくい」

「できれば明日の朝、顔を合わせないようにしたいですね」

「裏口から入ってくれ」

冗談でしょう、と言おうとした時には、電話は切れていた。若居は何を考えているのか……完全に落とせなかったことが悔やまれる。やはり、攻めるべき時は一気に攻めるべきなのだ。

5

「あの……言わなかったことがあります」若居は最初から低姿勢だった。事実を隠していたせいで新たな罰を受けるのでは、と恐れるように。

「全部一気に話すのは難しいですよ」大友は笑みを浮かべてうなずきかけた。ここは、物わかりのいい刑事にならなくては。「自分のペースで話して下さい。窃盗事件の関係ですね？」

「一緒にやった人がいるんです」

「共犯、ですね」それなら、今まで話せなかったのも分かる。裏切りを決めるには、大変な覚悟が必要なのだ。

「はい」認めて、若居がすっと息を吸う。胸が膨らんだが、息を吐き出すと何だか体が萎《しぼ》んでしまったように見えた。

「名前から聞きましょう」

「藤垣《ふじがき》……藤垣玲人《れいと》」

クソ。大友は思わず心の中で悪態をついた。大友も藤垣玲人には、会って話を聴いていた。若居の地元の仲間である。決してこちらと目を合わせようとしない男で、それだけでも胡散臭かったが、追及を続ける材料もなかったのだ。ただし、若居の口から直接聴けたのは大きい。

「その人なら知ってますよ」

「マジですか」若居がはっと顔を上げる。

「関連捜査で会っています。何も知らないと言ってましたけどね」

「知らないというか……直接盗んだわけではないので」

「だったら共犯とは言えないでしょう」

「現場で待っていたんです」

「ああ、なるほど」大友はすぐに合点がいった。「窃盗自体——建物に侵入して金庫を盗み出すのは、あくまであなたの役目だった。藤垣は安全なところで待っていたんですね？」

「車を用意したんで……俺は免許を持っていないんです」

「藤垣は運搬役、のような感じですか」

「ええ」

「それは立派な共犯です」大友はうなずいた。「よく話してくれましたね」

「ええ……」若居がうつむいた。やがて顔を上げ、怒りに満ちた声で言った。「誘われたんです」

「そういうことですか」自分はあくまで「従犯」だと言うつもりだろうか。もちろん、自ら侵入して金を盗んでいるのだから、そういう言い逃れは通用しないが。「どうして話す気になったんですか」

「それは……」若居の喉仏が上下する。

「何かあったんですか？」

「取り調べの担当が変わって」

「玉城という人間ですね？」何かやらかしたのか、と大友は心配になった。後々問題になりかねない。

「ええ」

「彼が何か？」

「脅されました」

クソ、やっぱりそういう低レベルの話か。大友は軽い頭痛を覚えた。額を揉みながら「具体的には？」と訊ねる。

「怒鳴られて……まだ何か隠してるんじゃないかって、しつこく言われました。正直、ビビりました」

「でも実際、隠してはいたわけじゃないですか」

大友が指摘すると、若居の耳が赤くなる。

「だから……こんなところでムカついても、何もできないでしょう？　俺は逮捕されてるんだから。でも、あの玉城って人に恥をかかせる方法はあるわけですよ」

「僕に自供することで？」

「ちゃんと記録して下さいよ。恫喝されたから、信用できる人に話したって」

やはり計算高いのか、と大友は嫌な気分を抱えこんだ。若居が渋い表情で続ける。

「それに何か、損してるんじゃないかって思って」

「自分一人が罪を被るのは馬鹿馬鹿しいと？」

「ああ……まあ、そんな感じです」

若居が目を逸らす。まだ本当のことを語っていないのでは、と大友は訝ったが、敢えて突っこまない。今は、概要を知るのが大事だ。

「藤垣とは、昔からの知り合いですか」

「ええ」

「いつ頃から？」

「もう長い……中学時代からです」

「あなたより年上ですね？　三歳違いでしたっけ？」

「そうです」

藤垣もフリーターだった。仕事をしているよりもしていない時間の方が長い——そういう意味では、若居と似たようなものだ。

「彼の誘いで、都内の事業所に盗みに入るようになった……そういうことですね？」

「麻衣のために、まとまった金が必要だったんです。でも、どうやってそんなに金を稼げばいいかが分からなくて……藤垣さんが、いい金になる仕事があるからと言ってきたんですけど」

「盗みに入ることだった」

若居が無言でうなずく。一つ溜息をつくと、うつむいてしまった。

「ちょっと休憩しましょう」

大友の台詞に、若居がはっと顔を上げた。もう終わりなのかと不満気な様子である。

大友は、笑みを浮かべてうなずきかけてやった。

「ちょっと確認したいことがあるんです。すぐに戻りますから、休んでいて下さい」

大友はその場を君塚に任せ、取調室を飛び出した。行先は刑事課。部屋に入ると、いきなり玉城が立ち上がる。例によって顔は真っ赤。怒りのせいではなく、ひどい高血圧なのではと、大友は逆に心配になった。彼が文句を言い出す前に鬼頭を見つけ、声をかける。慌てて立ちあがった鬼頭に向けて、大友は手招きした。

「何すか？」廊下に出ても鬼頭は心配そうだった。大友と話していると、後で玉城にどやされるとでも思っているのかもしれない。

「藤垣という男に話を聴いたよな？　藤垣玲人」

「ああ、若居のダチでしょう？　奴がどうしたんですか？」

「共犯だった」

「マジすか」鬼頭が目を見開く。

「今、若居が自供したんだ」

「クソ、何だか怪しいと思ってたんですよ」

「今さらそんなことを言っても遅いよ」大友は苦笑した。「ただ、あの連中……一緒に組んで、まだ何かやってるかもしれないな」

「でも、川崎なんじゃないですか？」鬼頭が顎を撫でる。「向こうで何かやらかしていても、こっちでは手を出せないでしょう」

「いや、まだ東京で何かやっている可能性はある」

「どうしてそう言えるんですか」

「あるネタ元からの情報だ」岩尾組の河島。あの男は若居たちを、「川崎から追い出してやった」と言っていた。それで実際に若居は、東京だけで事件を繰り返していたのだし……ただ、まだ川崎に根を張り、何か怪しげなことをしているらしい高木のような男もいる。岩尾組も、そこまで細かく目は向かないということか。あるいは追い出したと言いつつ、高木を自分たちの商売の隠れ蓑にしている可能性もある。

ヤクザの言うことを百パーセント信じてはいけない。

「この件、課長に報告しておいてくれないか？　すぐに藤垣を引っ張らないといけない。僕はもう一度、若居に話を聴く」

「分かりました」

鬼頭が踵を返しかけたが、大友はすぐに呼び止めた。

「藤垣、確かに何か怪しかったよな」

「そうですね……具体的にどうこういう話じゃないけど、間違いなくワルでしょう。叩けば埃が出るんじゃないっすか」

「誰が叩くのかな。玉城係長？」

「それは――そうなるんじゃないですか？」

「できれば、他の人がやった方がいいけど」大友は鬼頭にうなずきかけた。「玉城係長は、また頭に血が昇っていると思うんだ。共犯についても、自分では割り出せなかったし」しかも若居を恫喝した……このことは言わずにおこうと思った。若居の復讐心を満足させてやるのは筋が違う気がするし、玉城をぶちのめすのは自分の仕事ではない。

「ああ、そうですね」鬼頭がうなずく。周囲を素早く見回し、「もしかしたら玉城さん、大したことないのかもしれないな」と小声で言った。

「そういうことは、言わない方がいい。玉城係長も神経質になっているはずだから」

「了解です」

鬼頭が刑事課に入ろうとした瞬間、玉城が出て来る。それで鬼頭が凍りつき、その場に立ちすくんだ。まさか玉城は、廊下トンビ――この場合は逆の廊下トンビだが――でこちらの会話を盗み聞きしていたわけじゃないだろうな、と不安になった。

だが玉城は何も言わなかった。無言で大友を睨みつけたがそれも一瞬で、すぐにトイレに向かって歩き出す。鬼頭が肩を二、三度上下させて息を吐き、今度は本当に刑事課に飛びこんだ。

所轄は所轄で濃い人間関係が面倒だと、大友は鬼頭に心底同情した。


午後遅く、藤垣は南大田署に引っ張られてきた。あくまで任意同行だが、既に観念している様子も窺えた。大友は取り調べの様子をたまに耳打ちしてもらうだけで、若居にも状況を教えず、藤垣との関係に絞って事情聴取を続けた。

「中学生の頃は、年上の頼りになる友だちという感じだったんですか？」

「そうですね……誰にも相手にされなくて、いじけていた頃だったから」

「でも、つき合いは一時は切れていた。あなたが高校に入った頃ですね？」

「そうです」若居がうなずく。「高校でサッカーを再開したんで……あの頃は、本気でやってましたから」

「でも、怪我で断念した。それでまた、藤垣との関係ができてしまったんですね？　その頃藤垣は何をしていましたか？」

「高校を出て、ぶらぶらしていて……今も同じだけど」

「最近も頻繁に会っていたんですか？」

「何だかんだで……お互いに暇だったし」

「あなたは暇じゃなかったでしょう。麻衣さんのこともあったし」

「ああ、でも、麻衣は看護師だから。忙しいんですよ」

「勤務時間も不規則だし」

若居がまたうなずく。会いたい時に会えないのは、かなりの苦痛だったのではないか。別れてしまってもおかしくなかったのに……そう、男と女のことはやはり分からない。

「あなた、河島という男を知ってますか？　地元のヤクザの」

若居の肩がぴくりと動いた。もちろん知っているはずだ――脅しにならないように、大友は慎重に話を進めた。

「彼にとってあなたたちは、自分の足元を荒らす邪魔な存在だったんでしょう。ヤクザの勝手な言い分だろうけど……彼は、あなたたちを川崎から追い出したと言っていました。そういうことなんですか？」

「まあ……そんな感じですかね」若居は妙に居心地が悪そうだった。

「衝突でもあったんですか？」

「いや、そういう感じじゃないんですけど……やっぱりヤクザは怖いですよ」若居が身を震わせた。「川崎では動きにくくなって」

「それで、東京であんなことをしたんですね？」

「……そうです」

大友はテーブルの上に身を乗り出した。若居がすっと身を引く。あくまで一定の距離を置いておきたいようだったが、疑問は抑え切れないらしい。椅子に背を押しつけたま、ぼそりと質問を発する。

「藤垣さんはどうですか？」

「それは、言わないのがルールなんだ」大友は表情を引き締めた。「共犯がいる時、相手の取り調べ状況を漏らすのはご法度なんですよ。昔は、そういう時に適当なことを言って、容疑者を揺さぶる刑事もいたらしいけど……向こうはもう白状した、お前もさっさと自供しろっていう感じですね」

「そうなんですか……」

「今は、そういうことは絶対に許されません。ただ、どうなっているか、状況は本当に分からないんですよ」小さな嘘をついた。「私はずっと、ここに詰めっ放しでしょう？」

「ああ……」

「あなたには感謝します。よく話してくれました。捜査が中途半端にならなくてよかったと思います」

「ええ」言いながら、若居は居心地悪そうだった。

「藤垣は、喋りそうな男ですか？　今まで逮捕歴はないようだけど」

「喋ると思います。藤垣さん、そんなに強くないから」

大友はさらに身を乗り出した。今度は若居は、大友の目を真っすぐ見てきた。何か、覚悟を決めた様子である。

「他にも共犯がいるんじゃないんですか？」大友は訊ねた。「あなたたちは、岩尾組の圧力で、川崎ではいろいろとやりにくくなった。東京で犯行を繰り返すのに、本当にあなたと藤垣だけでやったんですか？」

「それは間違いないです」

「絶対に？」

「絶対に」強く言って、若居がうなずく。

ということは……大友は、高木を頂点にしたグループがあるのだと思っていた。若居もその中の一人。グループ全体での犯行を疑っているのだが、取り敢えず若居は嘘をついている様子ではない。

「まだ喋っていないことがあるなら、今のうちに言っておいた方がいいですよ」あまり上手い台詞ではないなと思いながら、大友は言った。「その方が、お互いに面倒がなくていいでしょう。あなたは自分がやったことを反省しているはずだ。胸に秘めたものがあるなら、今のうちに話しておきましょう」

「それは……」若居が目を逸らす。久しぶりに見る弱気な、そして明らかに隠し事がある態度だった。

突然、若居が頭を抱える。指を髪に絡め、体を震わせ始めた。大友は腰を浮かしかけたが、その瞬間、若居がぱっと顔を上げる。目は血走り、涙が零れそうになっていた。

「若居さん？」

「藤垣さんはどうなんですか？　認めたんですか？」

「さっき申し上げたようにそれは言えないし、実際、私は知りません」

「喋ったんですか！」

若居が叫んで立ち上がる。あまりの勢いに、大友はその場で固まってしまった。同席している君塚も驚いたのか、こちらを見たまま立ち上がらない。

「若居さん？」大友は静かに声をかけた。「ちょっと落ち着きましょう……座って下さい」

若居が我に返ったようにはっと目を見開き、のろのろと椅子に腰を下ろした。折り畳み椅子ががたりと音を立て、若居の背中が丸まる。上目遣いに大友を見て、探るような視線を向けてきた。

「藤垣さんが喋れば……認めれば、俺も喋ります」

「どういうことですか？」

「藤垣さんが何も言わなければ、俺も喋りません」

「この事件に関して？」まだ余罪があるのだろうかと大友は訝った。

「今は言えません」若居が首を横に振る。

「今まで、きちんと話してくれたじゃないですか。話さない理由は何なんですか？　どうして藤垣さんのことをそんなに気にするんですか？」

「今は言えません」若居が繰り返す。

大友は言葉を変えて説得を続けたが、若居は心にシャッターを下ろしてしまったようだった。完全黙秘していた頃の記憶が蘇る。あの時と違うのは表情だ。明らかに不安が滲んでいる。藤垣との間に何があったのだろうか……他の犯罪だ、とぴんときた。もしかしたら、連続窃盗事件よりももっと重大な事件を隠している？　その共犯が藤垣だとか。

大友は説得を繰り返したが、若居の耳には届いていないようだった。いや、届いてはいるが、無視している。そう——若居は頑固な男なのだ。そうでなければ、逮捕されて十日以上も完全黙秘を貫くわけがない。

また面倒なことになった、と大友は唇を嚙み締めた。

「おかしな風に捻じれてきたな」夕方の捜査会議が終わった後で、須崎が首を捻った。

「そうですね。まだ別件があると思うんですが、確証が取れません。藤垣の方はどうなんですか？」若居が異常に気にしていたことだ。

「窃盗については認めたよ」唸るような声で須崎が言った。「結構あっさりしていたそうだ。そう言えば、前に奴に会いに行ったんだよな？　その時には、何も言ってなかったのか？」

「力不足でした」大友は素早く頭を下げた。玉城と言い争いをしている暇はないから、ここは自分が謝っておけばいい。「窃盗容疑に関しては自供したんですね？」

「ああ」須崎がうなずく。「これから逮捕状を執行する……もしかしたら、かなり大規模な窃盗団だったんじゃないのか？」

「可能性はありますね」大友は認めた。「そこは叩く意味があると思いますけど……」

「いずれにせよ、明日だ」須崎が壁の時計を見上げた。「今日はもう遅い。あまり長く叩いていると問題になるからな。明日の朝一番で聴取を再開する。若居のことは、大友、お前に任せる」

「分かりました」

大友は素早く一礼したが、玉城の視線が張りついてくるようで気になった。もういいではないか……事件はこれから大きくなる可能性があるのだから、そこに集中すればいい。いつまでも愚図愚図言っていたら、捜査が停滞してしまう。

捜査本部を出ようとして、大友は意外な誘いを受けた。須崎が「呑みに行くか」と唐突に切り出してきたのである。

「構いませんけど……」言いながら、大友は戸惑った。一対一だと面倒なことになりそうだ。「若い連中は連れていかなくていいですか？」

「いや、今日はあんたに話があるんだ」

既に面倒なことになっている、と覚悟した。須崎は、若居の自供後、すっかり大人しくなったが、最初の権幕を思い出すと不安だ。今になって、何か因縁をつけてくるとは思えないが、酒が入ると急に人格が変わる人もいる。

だが自分でＯＫを出してしまった以上、引き下がれない。大友は覚悟を決め、刑事課を出て優斗に「遅くなる」とメールを打った。


蒲田はやはり、ごちゃごちゃしていて懐が深い街だ。全ての飲食店を把握するのは不可能だろう。須崎が大友を連れて行った店は、ＪＲの駅の南側、線路沿いにチェーン店が並ぶ一角にあった。ビルの一階、牛丼屋の隣にある店で、オープンしたばかりなので客はほとんどいない。何とも雑多な雰囲気の店内……床は板張りで、天井では巨大な扇風機が回っている。壁にはフラッグや絵がべたべたと飾ってあり、地肌がほとんど見えないほどだった。大きな木製のテーブルが三つ、それにL字型のカウンター。大友たちはカウンターについたが、天板は細かい傷を抱えこみ、あまり手入れされていないのが分かった。正面には棚……酒の種類は豊富だ。

須崎は、マッカランをストレートで頼んだ。おやおや……通人かアルコール依存症か、どちらかだ。こういう時は、まず何か食べて胃壁を守ってやらねばならないのだが、その手のメニューはない。基本的に乾きものだけだった。仕方なく、大友はハイボールを頼んだ。「薄目で」と言おうかと思ったが、須崎がいきなり「男の呑みものじゃないね」とからかったので、何も言えなくなってしまった。

須崎は、ショットグラスで運ばれてきたマッカランを舐めるように呑んだ。大友は遠慮がちにハイボールを啜る。味自体は——非常によかった。誰が作っても同じように思えるハイボールだが、やはり味はバーテンの腕に左右されるのだろう。

おつまみはミックスナッツのみ。何となく、他の食べ物を頼みにくい雰囲気だった。

「ここは、南大田署の歴代刑事課長だけが使う店なんだ」低い声で打ち明ける。

「そうなんですか？」

「自分だけの店を持っておく方が、何かと便利なんだ。たまに、内密の打ち合わせや説教もあるだろう」

「ええ……」

須崎が、ミックスナッツの入った大きなボウルに手を突っこみ、一気に摑み出した。そのまま豪快に全部口に押しこむかと思いきや、左手にナッツを持ち、右手で選り分け始める。アーモンド、ピスタチオ、クルミ、ジャイアントコーン……それぞれをカウンターの上に揃えて並べ、その作業を終えたところで今度はピスタチオの殻を割り始めた。

そういう準備が終わったところで、左から順に摘んでいく。こんな食べ方をする人間を、大友は初めて見た。馬鹿馬鹿しくなり、自分は適当に摑んだのをまとめて食べる。別々の嚙みごたえ、味わいが混じり合って複雑な感じになったが、須崎のようにそれぞれのナッツの味を純粋に味わうのもありかもしれない、と思った。

「前にもちょっと話したが、玉城のこと、どう思う？　刑事総務課の人間として、という意味だが」

こういう話だったか、と大友は納得した。しかし、気をつけないと……変に言質を与えたくない。

「オフィシャルな立場では話せませんよ。だいたい、刑事総務課が査定するわけでもないんですから」

「だったら、刑事としてはどうだ？　同じ刑事として、あの手のタイプはどう見る？」

「私は刑事でもないんですが」大友は苦笑した。「玉城係長のようなタイプは、何度も見たことがあります。気負ってますよね。本人は、取り調べのエキスパートになりたいんでしょうけど」

本部で取り調べの中心になるのは、だいたい警部補だ。大友が知っている「取り調べの名人」も警部補が多い。一方で警部補は、出世の足掛かりでもある。警察組織全体の中で、警部補の割合は約三割。ここからさらに警部、警視、ノンキャリアの自分たちなら最高で警視正——そこまで行く人はほとんどいないが、警部補が最初の一歩になるのは間違いない。

「玉城係長は、現場と上に立つのと、どっちを目指しているんですかね」

「本人は、現場で行きたいと思ってるようだ」

「正直言って」大友は背筋を伸ばした。「あのやり方では、難しいと思います」

「そうか……あんたは何に気をつけてる？」

「できるだけ態度を変えないことです。そこが変わると、容疑者も不信感を持ちますから。質問の仕方や口調を微妙に変えることで、対応します」

「あんたが怒鳴る場面は想像できないね」

「はい。それはないです」大友は苦笑した。「そもそも、そういうことが似合わないと思ってますから」

「一度、玉城をあんたのサブにつけようと思ってるんだけどな。あんたの取り調べを見れば、学ぶことがあるだろう」

「冗談じゃないです」大友は顔の前で思い切り手を振った。「玉城係長が、そういうことに耐えられるとは思いません。プライド、高いですよね？」

「精一杯突っ張ってるから、ああなるんだよ」

いつの間にか、須崎のグラスは空になっていた。お代りかと思ったが、店員には声をかけずにチェイサーの水を舐めるように飲む。

「いずれにせよ、同席はやめた方がいいと思います」

「そうか……まだ学ぶチャンスはあると思うけどな」

「それでしたら、私以外の人間に……取り調べの名人はたくさんいますから。警視庁は人材豊富ですよ」

「俺はまだ、あいつを買ってるんだけどな。若くして警部補になった人間は、やっぱりそれなりに優秀なんだよ」

「試験が得意なだけかもしれません」

「そうじゃないことを祈る」須崎が暗い顔で首を横に振る。「いずれにせよ、貴重な人材なんだ。あんたも、何か気がついたことがあったら言ってやってくれ」

「ちょっと……恐れ多いですけどね」

「あんたでもビビるようなことがあるのか？」

「ビビりまくりですよ」大友は肩をすくめた。「基本的には用心して用心して、人にぶつからないように生きてますから」


翌朝、午前九時。捜査会議で今後の方針を決めた後、大友は若居と対峙した。何となく用心している様子で、椅子に腰を下ろす時にやけに慎重にしていた。大友はまずお茶を勧め、彼を何とかリラックスさせようとした。若居が湯呑に口をつけ、ゆっくりとお茶を飲み下すのを確認して、すぐに本題に入る。

「藤垣が自供しました」

「そうですか……」溜息。急に、顔に血の気が戻ったようだった。

「自供したんですから、約束通り話してもらえますね？」

「息子さん、どうしてますか？」

「え？」いきなり話が飛んで、大友は目を剝いた。

「息子さんというか、息子さんの友だちの話……悪い連中とつき合っていて困った、という話があったでしょう？」

「ええ」

「あの件、どうなりました？」

「いや、特に動きは……何か問題があったわけじゃないですから」

「そうですか……」

「私が動くと大袈裟になる、と人にも言われたんですよ」人とは「義母」だが、わざわざ若居に打ち明ける必要はない。「だから、しばらくは様子見でしょうね」

「何とかしてあげてくれませんか？」

「はい？」いきなり意外なことを言われ、大友は思わず聞き返した。「何とかって、どういうことですか」

「手遅れにならないうちに……今ならまだ引き返せると思うんです。気をつけないと、そのうち大変なことになる……中学生なら、まだ何とかなるんです」

「……それは、あなた自身の経験を言っているんですか？」

無言。しかし若居は素早くうなずいた。うなだれ、しばらくテーブルを凝視していたが、やがて顔を上げる。厳しい表情で、大友は睨みつけられているような気分になった。

「俺のことです。俺みたいになって欲しくないから」

「あなたは、十分素直に話したじゃないですか」かなり時間はかかったが。「反省すれば、いつでもやり直せますよ」

「そうじゃない」若居の声のトーンが上がってきた。「それだけじゃないんです」

「それだけじゃないって……」大友はにわかに緊張した。まだある——余罪だ。しかも、単純な窃盗事件ではないような気がする。大友は一呼吸置いて、ゆっくりと話し出した。

「別の事件のことですか?」

若居が無言でうなずく。いつの間にか、汗をかいていた。こめかみを流れ落ちた汗が、顎を伝って床に落ちる。取調室の温度は暑くもなく寒くもなく快適なのだが……体の奥から染み出した恐怖心が、汗になって噴き出たようだった。

「聞きますよ。あなたが話す気になってくれているなら」

「藤垣さんは、間違いなく自供したんですよね?」

「ええ。あなたに詳しい内容を教えることはできませんけど、今回の事業所連続窃盗事件に関しては、自分が計画したことだと認めています。実質的に、自分が主犯だと認めたも同然ですね」

「刑務所に入りますか?」

「それは、私には何とも言えません。有罪かどうか……それに量刑を決めるのは裁判所ですから」

「実刑ですよね？」

どうしてそこにこだわる？　意味が分からないと思ったが、大友はそこを指摘しなかった。

「申し訳ないですけど、警察官の立場としては何とも言えません。でも、彼が実刑判決を受けることが、そんなに重要なんですか？」

「出て来なければ……刑務所に入れれば安全なんだ」

「どういうことですか？」

「あの人は危険なんだ」

声が上ずってきた。握り締めた両手も震えている。大友はパニックの予感を抱いた。

「ちょっと落ち着きましょうか、若居さん」

「俺は人を埋めたんだ！」

若居の声が胡乱に響き、取調室に空しく木霊《こだま》するようだった。埋めた？　いったい何の話だ？

6

「どういうことだ！」須崎が立ち上がり、声を張り上げる。「殺しなのか？」

「現段階では、あくまで死体遺棄です」

大友が低い声で答えると、刑事たちが一斉に集まって来る。大勢に取り囲まれる格好になり、にわかに緊張感が高まった。

「本人の自供はこういうことです――藤垣から、死体を処理するように指示された。逆らえなくて、多摩川の河川敷に埋めた、と。藤垣も同行して、一緒に遺体を始末していますす」

「どっち側だ？」

須崎が焦った口調で訊ねる。東京か神奈川か――それによって対応がまったく違ってくる。

「東京側です。若居も、住所までは分からないそうですが……遺体が見つからないと確定できないでしょうね。多摩川の県境は複雑ですから」

「被害者は？」

「若居は、知らない人間だと言っています」

「そんな馬鹿な話があるか！」

須崎の言葉と同時に、「がこん」という金属音が響いた。デスクの脚を蹴飛ばしたのだと、大友はすぐに気づいた。

「信用できるのか？」爪先が痛むのか、顔をしかめたまま須崎が訊ねる。

「今のところ、疑う理由はないと思います」

「ちょっと待て……」須崎が目を閉じ、天井を仰ぐ。そのまま、天に向かって報告するように言った。「まずは、藤垣に確認だな。実際にそういう指示を出していたかどうか……それで自供が取れれば、まず間違いないだろう」

「穴掘りの準備はしなくていいですか」

「それは……両面睨みだ。大友は引き続き、若居を叩いてくれ。玉城は藤垣に確認。他の者は穴掘りの準備だ」

立ったまま、須崎が受話器を取り上げる。

「どちらへ？」大友は反射的に訊ねた。

「本部だ。捜査一課に連絡を入れておく」

「そうですね」待機の順番からして、柴たちの班が出てくるだろう。大友にとっては、心強いことだ。気心の知れた柴や敦美と一緒なら、何の心配もなく仕事に集中できる。

大友は一礼して刑事課を出た。一歩踏み出すごとに、頭が混乱してくるのを感じる。時折、ごく軽い犯罪で逮捕された容疑者が、別件の重要な犯罪を突然自白することがある。逮捕されて自由を奪われ、しかし考える時間だけはたっぷりある——そんな中で過去の行いを反省し、罪を告白する気になる人間はいるものだ。若居もそういう状況に追いこまれたのか。

これは、極めて慎重に運ばなければならない一件である。若居が嘘をついているとは思えないが、きちんと立件するには相当の手間が必要になるだろう。まずは遺体を発見すること。掘り起こし作業は素早く、そして確実に行わなければならない。

若居の取り調べを再開する前、大友は一度外へ出た。新鮮な空気を吸って、気持ちを入れ替える必要がある。とはいっても、目の前が環八なので、お世辞にも空気が綺麗とは言えないのだが。

出てすぐ、JR蒲田駅の方へ向かって歩き出す。角には煙草屋、その横には黄色い看板の中華料理店。あとはずらりと小さなマンションが建ち並んでいる。郵便局の前を通り過ぎると、歩道橋……そこを過ぎると緩やかな登り坂になり、道路は東海道線を越える。ずっと歩いて行くと長く留守にしてしまうので、大友は歩道橋の前で引き返し、署に戻ることにした。風は爽やか、ワイシャツに背広姿でちょうどいい気温で、散歩にも適している。もっとも大友は、とても散歩を楽しむ気持ちにはなれなかった。異例の展開を見せる事件の行く末を読めず、迷うばかりである。

帰りは裏道を通ることにした。郵便局横の道を右に折れると、急に住宅街の雰囲気が濃くなる。確かこの辺には税務署もあるのだが……何度か右左折を繰り返すうちに、大友はいつの間にか署の裏手に出ていた。背広の内ポケットの中でスマートフォンが鳴る

——慌てて引っ張り出すと、後山だった。

「たった今、捜査一課から報告が入ってきたんですが」

「蒲田の一件ですね？」

「あなたが落としたんでしょう？　どういうことなんですか」後山の口調には、かすかに咎めるような調子が滲んでいた。

「私がというより、向こうが勝手に喋ったんです。まったく突然、喋り出しました……報告が遅れてすみません」

「何かきっかけがあったんですか？」

「ちょっと思いつきませんが……本当に、いきなりだったので」

「詳しい状況を教えて下さい」

「ええと」大友は言い淀んだ。「話すのはやぶさかではないんですが、今は話しにくい状況です」

「どうしたんですか」後山が露骨に苛立った調子で迫る。「いつものあなたらしくないですよ」

「今、ちょっと外にいるんです。誰が聞いているか分かりませんから」大友はさらに声を潜めた。

「署ではないんですか」後山が疑わしげに訊ねる。

「頭を冷やす必要がありました。自分でも状況が呑みこめていないんです……ちょっと待って下さい、もうすぐ署に入りますから」

再び環八まで出て、大友は最後は署に駆けこんだ。中にいさえすれば、大丈夫……まだ特捜事件ではないのだから、煩い新聞記者連中が集まっているわけでもない。それでも、交通課の奥の廊下に引っこむまで、後山を待たせておいた。

「——お待たせしました」大友は、若居の突然の自供について早口に説明した。もっとも今は、まだきちんと説明できるほど状況は分かっていなかったが。

「一気に特捜になるかもしれませんね」後山が渋い口調で言った。

「ええ」

「それより今回の件ですが……あなた、一度引いたんじゃないんですか？　それがどうしてまた、南大田署にいるんですか」

「あ……すみません。その件も報告していませんでした」一昨日の夜に突然、南大田署の刑事課長に呼ばれ、再度出動したことを改めて説明する。「刑事総務課には話が通っていたんですが、参事官にまでは回っていなかったんですね」

「それは構わないんですよ」後山の声が急に穏やかになった。「あなたが自分の判断で現場に出たのは、大事なことです」

「勝手に動いたことになりますが……」

「あなたが判断して動いたことの方が、ずっと大事ですよ。これで私も一安心です」

「安心って……」大友は混乱した。何だか「これでお役御免」とでも言いたげな口調だった。「参事官、失礼ですが、異動ですか？」

「どうしてまた、そんなことを」後山が笑い出しそうな口調で言った。

「いや、何だか、これで最後みたいな言い方じゃないですか」

「異動の予定はありませんよ」後山が言い切った。「ご心配なく。とにかくこの件は、もう少し面倒を見て下さい。まだ動きそうじゃないですか？」

「そうですね」

電話を切り、大友は息を吐いた。何が何だか分からないが、逃げ出すわけにはいかない。一度手をつけた事件については、最後まできちんと責任を持つべきなのだ。


若居は、供述を覆さなかった。抜群の記憶力はこの一件でも同様で、死体遺棄の日時、場所について、しっかりと説明を続けた。

ただし、肝心の――一番重要な問題はあやふやなままである。

「遺体が誰なのか、本当に知らないんですか？」

「知りません。埋めるように言われただけなので」

「関わっているのは藤垣だけなんですか？　他の人間は絡んでいない？」

「それは……分かりません。本当に、藤垣さんから言われただけなので」

若居が遺体を埋めたのは、一月《ひとつき》前。まだ夏の気配が残る九月だった。夜中――午前一時半に突然、藤垣から電話がかかってきて、京急東門前駅のすぐ近くにあるショッピングセンターまで呼び出されたのだという。車を持っていない若居は、自宅から自転車を飛ばして指定の場所へ急行した。あいにくの雨……霧雨で煙る中、藤垣はショッピングセンターの裏手に自分のワンボックスカーを停めて待っていた。

藤垣は、若居の自転車を見て舌打ちした——若居はそれをはっきりと覚えていた。藤垣は嫌そうな表情を浮かべ、「処分しないといけないものがある」と言い出した。何のことか分からず黙っていると、藤垣はいきなりワンボックスカーのリアゲートを開け、そこにあった青いシートをめくった。

若い男の死体だった。だが若居は一瞬、それが死体だと分からなかった。Tシャツにジーンズという軽装で、手足を丸めるようにして横になっている姿は、寝ているようにしか見えなかったのだ。

「こいつを埋める」藤垣が淡々と言った。

「埋めるって……」若居はまだ事情が理解できず、かすれる声で訊ねるしかできなかった。

「死体なんだよ」

まさか……若居はしばらく、呼吸するのも忘れていた。気づいた時には目の前で星が散っているようで、頭ががんがん痛んでいた。慌てて深呼吸して、「死体って何ですか」と訊ねたが、藤垣は「黙って埋めればいいんだ」と凄むだけだった。

藤垣が気にしたのは、若居の自転車だった。その場に置いていけ、と言い出したが、若居は拒絶した。何しろ唯一の「足」である。カナダ製、ルイガノのクロスバイク——超高価なわけではないが、長年の愛車だったから、路上に放置しておくわけにはいかない。藤垣はぶつぶつ文句を言いながら三列目のシートを折り畳み、自転車を乗せた。大事なクロスバイクが死体と一緒に……と考えると吐きそうになったが、とても逆らえるような雰囲気ではなかった。

その後二人は都内に入り、多摩川を上流に遡った。その間、若居は何度か藤垣に話をするよう水を向けたが、藤垣は一言も話そうとしなかった。結果的に午前二時半頃、狛江付近にまで来て、多摩川の河川敷に穴を掘って遺体を埋めた。終わった頃には夜が明け始めていたという。

「狛江？」若居の説明を聴き終えて、大友は思わず首を捻った。多摩川の下流域の河川敷は、レクリエーション用に整備されている場所が多い。どこへ行っても野球場やサッカー場があって、遺体を埋めるような場所はないはずだ。「あの辺で穴掘りをするのは、大変なのでは？」

「いや、夜中は人がいないし、橋の下に入ると真っ暗で何も見えないから」

「橋の下に埋めたんですか？」

「中洲です」

「中洲か……」大友は顎を撫でた。

君塚が定位置のデスクを外れ、タブレット端末をテーブルに置いた。グーグルマップで、既に狛江付近を表示している。取り調べの相棒としては、なかなか気の利いた男だ。

「どの辺か、分かりますか？」

大友の問いかけに、若居の指が頼りなく画面上を彷徨い出した。が、すぐに画面の一点を指さす。世田谷通りの多摩水道橋の近く。すぐ近くに狛江高校がある。

「この近くの中洲です。あの頃は、川面が低くて……中洲まで入れました」

「車は？　どこまでいけたんですか」

「すぐ近くまでいけます。ガードレールがあるんだけど、そこを乗り越えるのはそれほど難しくない……」

「二人で遺体を運んだんですね？」

「ええ」言って、若居が身を震わせた。その時の感触を思い出したのだろう。

「まさか、遺体を直接担いで運んだわけじゃないですよね？」

「違います。二人で手足を持って……」若居が即座に否定した。「ビニールシートにくるんであって……でも、人の感触はあったんです。何とも言えない感触で……」若居が両手を顔の高さに上げ、じっと凝視した。まるで死の記憶が、そこにそのまま残っているとでもいうように。

「結局藤垣は、遺体について何も説明しなかったんですね？」

「帰りの車の中でも、一言も喋りませんでした」

「それであなたは、被害者が誰か、まったく知らなかった」

大友は何度目かになる同じ質問を繰り返した。若居が無言でこっくりとうなずく。

「もっとしつこく聞かなかったのはどうしてですか？　遺体を処理しろなんて、滅茶苦茶な要求でしょう」

「それは分かってますけど……」申し訳なさそうに若居が言った。

「そういう話なら、黙秘するのも分かりますよ」大友は一応、理解を示した。「窃盗とは、罪の重さが違いますからね」

刑法百九十条では「三年以下の懲役」だ。しかし、死体を冒瀆した罪はやはり重い。それに当然、自然死した遺体とは考えられない。「殺人」がくっついてくるはずだ。

「黙秘していたのは、罪の重さを考えたからですか？」

「……ええ」

「でもあなたは、正直に話してくれた。きっかけは何だったんですか？」

「藤垣さんが逮捕されたから」

「どういうことですか？」

「あの後……別れた後に、藤垣さんに脅されたんです。この件を喋ったら麻衣を殺すと……でも藤垣さんも逮捕されたから、そういう心配はなくなったでしょう」

「それで話す気になったんですか」

「こんなこと、ずっと隠しておけません。頭がおかしくなりそうでした」

大友は思わず腕組みをした。ありがちな脅しではある。しかし若居の麻衣に対する気持ちが本物なら、この脅しは確実に効く。若居が心底怯えて受け入れたであろうことは、想像に難くなかった。

しかし……まだ危機が去ったわけではない。今までの話を聞いた限りでは、他にも共犯者がいそうではないか。藤垣も、誰かに死体を押しつけられたような展開である。となると、この事件はさらに大きな広がりを持つことになるわけだ。

ただ、この時点で自分の推理を話す気にはなれなかった。若居を怯えさせてしまい、これ以上の供述を引き出すのが難しくなるだろう。若居は安心して喋っているのだから、しばらくはその気持ちを保ったままでいてもらいたい。

「以前にもこういうことはあったんですか？」

「まさか」若居が即座に否定した。「死体なんて……」途端にぶるぶると震え出す。今になって、恐怖が蘇ってきたようだった。

「いや、さすがに死体遺棄が何度もあったとは言いませんけど、他に無理難題を押しつけられたことは？」

「それは……はい、何度も」

「断り切れなかった？」

「無理です」若居の声に力はなかった。「藤垣さんとは長いつき合いです。断ったり逆らうなんて……あり得ません」

精神的に完全に支配されていたわけか。要するに若居は下っ端、藤垣の小間使いだった——しかし大友は、心の中で首を捻っていた。自分が会った印象では、藤垣はそこまで悪い感じではなかったのだ。むしろ若居と同じように、誰かの命を受けて動いているうちに、人生を終えるようなタイプ。

他の三人——若居が昔からつき合ってきた三人の顔を思い浮かべる。この連中が、今もつるんで悪さをしていたら……この殺人・死体遺棄事件も、実質的には五人による犯行なのかもしれない。

この五人の、グループとしての実態を明らかにする——大友の脳裏には、またも岩尾組の河島の顔が浮かんでいた。あの男が、知っていること全てを話したとは思えない。もう一度会って話を聴くべきだ……その前には、外堀を埋めなくてはならないのだが。

急激に話が進んでいる。こういう時には、「乗り遅れ」を恐れるだけではなく、自分で流れをコントロールしなくては。

夕方から行われた捜査会議は長引いた。若居の供述にまだ曖昧な点があったせいだが、それでも最後に、今夜中に遺体の捜索作業を行うことが決まった。既に暗くなっていたが、明日の朝を待てない——方針を決定したのは、本部の捜査一課長だった。本部からは捜査一課の連中が乗りこんでおり、その勢いに押された格好である。

穴掘りとなると、準備と人手が必要になる。須崎は所轄の他の課、本部の鑑識課、それに現場を管轄する署にも応援を求めた。本当は機動隊の連中の助けが欲しいところだな、と大友は思った。あの連中なら、体力任せに一気に現場を掘り起こして遺体を発見するだろう。だが、この人数でもそれほど時間はかからないのではないかと大友は想像した。若居の記憶力は確かで、遺棄場所もすぐに特定できるはずだ。

「まあ、何だな」柴が少しだけうんざりした表情を見せた。「こういう力仕事は苦手なんだけど、しょうがない」

「それは僕も右に同じくだ」

「お前みたいな優男《やさおとこ》には、スコップは似合わないよなあ」

「自分でも分かってるよ」

二人が話している間に、早くも敦美が準備を整えてきた。ジーンズの裾を、無骨な黒い長靴の中にたくしこみ、尻ポケットには軍手を突っこんでいる。

「これでヘルメットを被ってつるはしを持ったら完璧だな」

柴がからかうと、敦美がきっと睨みつける。それで柴は黙ってしまった。

「テツは、こういう道具は揃えてないの？」

「まさか」大友は苦笑した。

「でも、ロッカーにはいろいろ入れてるんでしょう」

「あれは変装のためだから」

刑事総務課のロッカーには、いつも服を何着か用意してある。替えのジャケット、コート、それにリバーシブルになるブルゾンが二枚。ついでにカツラも幾つか置いてあった。尾行や張り込みの際に、少しだけ服装や髪型を変えるだけで正体を隠せる。

「さっさと準備してきたら？」敦美が柴に言った。

「はいはい」溜息を漏らし、柴がその場を去って行った。

「大友！」

須崎に大声で呼ばれる。会議室の前方に歩を進めると、本部の捜査一課長と管理官、それに玉城も一緒だった。幹部勢揃いで何事かと思ったが、須崎の口から出てきたのは意外な一言だった。

「出かけるのはちょっと待ってくれ。これから検事が来るから、説明しないと……お前も同席してくれないか？」

「私がですか？」そこまでは自分の仕事ではないと思ったが、幹部連中は全員が真剣な表情である。

「相手が……」須崎が口籠る。

「海老沢検事ですか？」

「そうなんだ」須崎がうなずく。「やりにくい相手だろう？　また、ごちゃごちゃ言われる」

「私がちゃんと相手できるとは限りませんよ。ああいう人は、誰が対応しても難しいんじゃないですか？　だいたい、この件も海老沢検事が対応するんですか？　窃盗と死体遺棄では、まったく違うと思いますが」

「同一容疑者につき、引き続き同じ検事が対応する、ということになったようだ。海老沢検事は、若居のことを調べているからな」

「……分かりました。またあの感じなんですか？」

「どうかな。電話で話した感じでは、普通だったけど」須崎が左腕を持ち上げて時間を確認した。「とにかく、もう来るはずだ」

その言葉が終わるか終わらないうちに、海老沢が会議室に入って来た。怒ったような表情で、肩が吊り上っている。須崎は「普通」と言っていたが、前回会った時よりもテンションが一段高い。いきなり「どういう状況なんですか」と大声で質問を発した。

「先ほど電話で説明した通りです。その後状況に変化はありません」須崎が淡々とした口調で説明する。海老沢の興奮を抑えるために、敢えてそうしているのだろう。

海老沢が空いた席に腰を下ろしたので、他の面々も周囲に座った。たまたま、大友が真向かいになってしまう。他の連中が避けて、僕がそこにしか座れないようにしたな……と大友は恨めしく思った。まあ、この中では一番の下っ端だから仕方ないかもしれないが。大友は思わず、若居と自分の立場を重ね合わせていた。

「これからすぐに、遺体の発掘作業に入るんですね？」海老沢が確認した。

「ええ。夜になりますが、できるだけ早く見つけたいんです。仏さんに申し訳ないですからね」大友の脇に座った須崎が言った。

「分かりました。現場はお任せしますが、私も検察庁で待機していますので、逐一連絡を入れて下さい」

「いや、何もわざわざ待っていていただかなくても」須崎が遠慮がちに言った。

「これは重要な案件なんです。本当は私も現場で立ち会いたいところだ。しかし、そうやって警察の邪魔をするような、図々しい人間ではないですから」

どうせならスコップを持って参加してくれないだろうか、と大友は思った。海老沢は自分と同じような優男で、力仕事では役にたちそうになかったが、人数は多い方がいい。

「これは極めて重要な案件です」海老沢が繰り返す。「絶対に早く遺体を見つけて、容疑を固めましょう……かなり複雑な事件になりそうじゃないですか？」

須崎に促され、大友は口を開いた。

「若居は、藤垣に命じられて死体を遺棄しただけ、と言っています。若居の証言を聞いた限りでは、藤垣も自分で人を殺したわけではなく、誰かに頼まれて遺体の処理を引き受けただけのようです。実際には、もっと多くの人間が、この事件にかかわっているようです」

「藤垣は何と言っているんですか？」

海老沢の質問が宙に浮く。しばし沈黙が続いた後、玉城が口を開いた。藤垣の取り調べは、彼に任されているのだ。

「今のところ、この件に関しては完全黙秘です」

「窃盗事件については、喋っているんでしょう？」

「ええ」玉城が渋い表情で認めた。

「ちょっと詰めが甘いんじゃないですか」海老沢が厳しく指摘する。「もう少し厳しく締め上げるべきだ。ことは殺人なんですよ」

「厳しい取り調べはご法度ですよ」答える玉城の顔は引き攣っていた。「ちゃんと手順に従ってやらないと、後で問題になります」

何を言っているのだ、と大友は唖然とした。厳しい調べで若居を取り逃がしたのは玉城本人ではないか。それに海老沢の態度も妙である。何故こんなに焦るのか……。

「この件では、藤垣が主犯、若居が従犯という感じでしょう。藤垣を厳しく攻めないと、犯行の全体像は把握できません……現場には、誰を連れて行くんですか」

「若居を連れていきます」須崎が即座に言った。「若居は全面自供していますし、遺体を埋めた場所も覚えている。藤垣は、連れていっても役に立たないでしょう」

「では、藤垣はここへ残したままで、取り調べを続けて下さい。遺体が発見されたら、何時でもいいからその情報をぶつけて、反応を見るんです。顔色を見れば……」

「そういうのは、よく分かっています」苛々した口調で玉城が言った。「こっちは、取り調べが商売なんで」

海老沢の顔が、一瞬真っ赤になった。あくまで検事は警察の捜査を指導する立場だが、こういう会議では、その一線が消えてしまうこともままある。しかしすぐに、海老沢の顔から赤みが抜けた。あっという間に頭に血が昇るが、冷静になるのも早いタイプのようだ。

「とにかく今晩中に、ある程度目処をつけたい」海老沢が宣言した。「夜に大変ですが、そこは頑張って下さい」

「藤垣の取り調べをあまり長く引っ張ると、問題になりますよ」須崎が指摘する。「朝から、ずっと取り調べを続けてきましたから」

「これは別件です」海老沢が言い切った。「窃盗事件とは別で考えないと」

警察側の人間が全員黙りこんだ。取り調べに関しては、最近とみに世間の目が厳しくなっている。長時間、あるいは夜間の取り調べに関しては、弁護士が遠慮なく突っこんでくるのだ。そういうことは検事の方が強く意識していて、警察の暴走を止める立場なのだが……。

「では、準備が整い次第、すぐに出発します」話を打ち切ろうとするように、須崎が強い口調で言った。

「若居は現場に連れて行くんですね？」海老沢が念押しする。

「当然です。さっきもそう申し上げました」須崎が眉根に皺を寄せながら言った。

「厳しくやって下さい」

「いや、現場では、そういうわけには……」須崎が、戸惑いがちに言った。「現場を確認させるだけですので」

「時間がないでしょう」海老沢が腕時計を人差し指で叩いた。「時には厳しく叩くのも大事なことです」

　大友は、思わず須崎と顔を見合わせた。この焦りは何なのだろう。

「検事、現場のことはお任せ願えますか」捜査一課長が割って入った。さすがに課長は貫禄が違う……海老沢も無言でうなずくだけだった。

　これで解放されるかと大友は立ち上がったが、すぐにまた海老沢に摑まった。

「若居は、どんな様子なんですか」

「改心はしてると思います。おそらく、遺体は供述通りに発見されますよ」

「若居と藤垣は、仲間……同じグループの人間なんでしょうね」

「たぶんそうだと思いますが、実態についてはまだ調査が必要です」

「そこも並行してやって下さい」

「すみませんが、私は捜査の方針を判断する立場ではありません」大友はさっと一礼した。

「若居の供述は信用できるんですか」海老沢はやけにしつこかった。

「それは、間も無く証明されると思います」

「若居を甘くみたらいけませんよ」海老沢の言葉は、アドバイスというより忠告だった。

「逮捕されてから十日も、徹底して黙秘を貫いた人間です。そう簡単に、ホトケになるとは思えない」

「黙っていたのには理由があるんですよ」

大友は麻衣の件、そして若居と藤垣の関係を話した。海老沢は、まるで大友に恨みでもあるような目つきでじっと凝視している。何だか気味が悪くなってきた……検事が仕事熱心なのはありがたい限りだが、海老沢の場合、度を越している。この検事についてはやはりもう少し背景を探っておかないといけないな、と大友は思った。後山はどこまで調べてくれるだろうか。

「いずれにせよ、遺体の掘り起こしが最優先です」海老沢がようやく話を締めにかかった。

「承知しています」

大友はまた一礼した。顔を上げると、海老沢がじっと睨みつけてくる。何か、怒らせるようなことを言っただろうか……訳が分からず、目を逸らすしかなかった。

7

「クソったれが」河川敷を歩きながら、柴がぶつぶつと文句を零した。「知ってるか？この辺の河川敷、東京と神奈川の境界線が複雑に入り組んでるんだよ。もうちょっと向こうにずれていたら、神奈川県だったんだ」

「関係ないでしょう。そもそもこっちで身柄を押えているんだし」スコップを肩に担いだ敦美が反論した。

「まあ、そうだけどさ」柴はあくまで納得できない様子だった。「犯人の身柄は押えているから面倒なことはないだろうけど……こういう力仕事は給料のうちに入ってないよな」

「はいはい、文句言わない」

敦美が柴の背中をどやした。柴がバランスを崩し、前のめりになってたたらを踏んでしまう。大友は少し離れたところを歩きながら、二人のやりとりを聞くともなく聞いていた。いつも通りという感じで……この二人に関しては、仲がいいのか悪いのかよく分からない。

横を歩く若居は、明らかに緊張していた。手錠に腰縄で自由を奪われているせいかもしれない。あるいは、久しぶりに吸う外の空気のせいか。何しろ、ここで遺体が発見されれば、彼は新たな破滅に直面するのだ。

暗かった。東京と神奈川をつなぐ大動脈の一つ、世田谷通りが頭上を走っているのだが、その灯りは河川敷までは十分には届かない。しかも大友たちが歩いているところは、鬱蒼と言っていいほど、草木が生い茂っている。先頭を行く連中は、人の背丈ほどもある雑草に邪魔され、前進するのにかなり難儀している様子だった。これは……と大友は目を細めた。わざわざ埋める必要もなかったのではないか？　こんなに草が生い茂った場所なら、遺体を置いておくだけでもしばらくは見つからなかったはずだ。ここへ立ち入る人間がいるとも思えない。

「ここを掘るのは、相当大変だったのでは？」大友は思わず若居に訊ねた。

「大変でした」若居が認める。「草を引っこ抜かないと地面が見えなくて。掘り始めても、根っこが引っかかって、なかなか掘れなかったんです」

「よく、二時間か三時間で済んだね」

「あの時は必死だったんだと思います。終わってから気がついたんですけど、マメが破れて、両手が血だらけになってました」

「相当深い？」

「そんなに深くないと思います。深く掘るのは、時間がなくて無理でした」

歩いていると背が高い草が顔を叩き、むき出しの手を傷つける。ここを出る頃には、あちこちが傷だらけになっているだろう。それにしても、暗い。多摩水道橋を渡る車のヘッドライトが時に闇を切り裂くだけで、東京では珍しい、ほぼ完全な暗闇がその場を支配していた。

こんなところに死体を遺棄するとは……浅はかな考えに、大友は驚きっぱなしだった。もっと目立たない場所はいくらでもあるはずなのに、どうしてここだったのか。確かに、川崎から第一京浜で東京に入った蒲田付近の河川敷は、あまりにも整備され過ぎている。軟式野球場の一角に遺体を埋めるわけにもいかないわけで、場所を探してどんどん多摩川を遡るうちに、ここに辿りついたのだろう。もっと上流に行けば、より目立たない場所があったかもしれないが、いつまでも死体を積んでドライブしている訳にはいかなかったのだろう。藤垣も焦っていたはずだ。もしかしたら、遺棄当日——若居を呼び出す直前に、誰かから死体を押しつけられたのかもしれない。

誰か——高木の顔が脳裏に浮かぶ。

大友は、歩きにくそうに何とか前進する若居に訊ねた。

「この件には、本当は高木が絡んでいるんじゃないですか？　彼も、あなたの仲間でしょう」

「それは知らないんです」若居がすぐに否定した。「最近、会っていないので」

小さな嘘。いや、嘘をついているのは若居か、高木か。高木は「若居にたかられて困っている」と零していたのだが……。

「藤垣と高木は？　よく会っていたんじゃないですか」

「それも分かりません」

「最近は、藤垣だけが相棒という感じですか」

「ええ、まあ……」

「高木がやってる『ブルーライン』という店は知ってますか？」

「ああ、名前は……名前だけは」若居の声には力がなかった。

「あの店、本当に古着を扱っているだけなんですかね」

「どうでしょう」若居が言葉を濁す。「行ったことがないんで」

「行かない方がいい店なんじゃないかな」大友は指摘した。「やばいブツを扱ってる可能性がある……古着屋っていうのは、あくまで表向きじゃないかな」

無言。若居は久しぶりに、沈黙の行に入ってしまったようだった。高木の名前がキーワードになったかのようである。

突然、河川敷の一角が明るくなる。と同時に、発電機が唸る音が響き始めた。若居がびくりと身を震わせ、立ち止まる。留置管理課の警察官に背中を押され、すぐに歩き始めたが、何となく足元がおぼつかない。明らかに緊張し、しかも怯えている感じだった。自分が埋めた遺体と対面することを考えれば、当然だろう。

「大丈夫ですよ」大友は励ました。「あなたが言った通りなら、すぐに遺体は見つかるはずです」

刑事たちは、大友の前方二十メートルほどのところに集まっている。その周辺だけが明るく照らし出され、闇の中に浮き上がっているようだった。捜査一課の管理官が指示を与えると、刑事たちの姿が一斉に見えなくなった。屈みこんで下草を払い、穴掘りの準備を始めているのだと分かった。柴がその輪から離れ、大友の方へ近づいて来る。

「ちょっと、近くで正確に確認してもらう」若居に声をかけ、留置管理課の警察官と一緒に、穴掘りの現場の方へ歩いて行った。

一人取り残された大友は、全体をぐるりと見回した。堤防道路の上には、何台もの警察車両。まずいな……と焦る。この辺は、民家からは結構離れているのだが——一番近い民家との間には狛江高校があって目隠しになっている——これだけ多くの警察車両が集まっていては、何が起きたのかと疑問に思う人も出てくるだろう。いずれ間違いなく野次馬が集まり、騒ぎになる。遺体の発掘現場がブルーシートで覆われても、それだけでは不十分だ。まず、若居を人目につかない場所へ隔離する必要がある。野次馬から見て若居が犯人だと分かるはずもないが、用心に越したことはない。当面は発掘現場に立ち会うだろうが、問題はその後だ。

予想通り、若居が留置管理課の職員に連れられて、こちらへ戻って来た。若居を隔離することを誰かに相談しないと……須崎か本部の管理官がいいのだが、今は連絡を取りにくい。堤防道路まで戻って、パトカーに押しこめておいてもいいが、それでは現場に戻るまで時間がかかる。次善の策として、大友は橋の下を選んだ。留置管理課の職員は不審気な表情を浮かべたが、「あそこの方が目立たない」という理由で押し切る。

橋の下に入ると、さらに暗くなった。堤防道路の上をジョギングしている人はいるのだが、ここまで降りてくる人間はいない。大友はほっと一息ついたが、今度は寒さが気になり始めた。背広だけでは、風に耐えるのが難しい。

「寒くないですか？」

若居が無言でうなずいたが、実際には寒そうに震えている。誰かが靴だけはきちんと履かせていたが……逮捕されると、普通は素足にサンダルである。しかし、草むらに分け入ることを考えて、今回は特別に靴を履かせたのだろう。実際サンダルでは、彼の足は傷だらけになってしまっていたはずだ。

「いい靴が台無しですね」

大友の指摘に、若居が苦笑する。彼の靴は、使いこまれた黒いアウトドアタイプのブーツだった。今は泥だらけになり、しかも濡れている。きちんと泥を落として磨いてやらないと、ダメージを受けるんだけどな……と大友は心配になった。ただ、元々アンティーク加工を施したものかもしれない。

大友はふいに身震いした。実際、寒いのだ。自分は耐えられるかもしれないが、長袖のTシャツ一枚の若居は、風邪を引いてしまうかもしれない。

「何か、上に羽織るものはないですか」大友は留置管理課の職員に訊ねた。「ウィンドブレーカーでも何でもいいんですけど」

穴掘り作業をしている警察官は、全員がウィンドブレーカーを着ている。その余りがあるのではないだろうか。

「探してきますけど、一人で大丈夫ですか？」

「もちろん」

大友は腰縄を受け取った。若居が逃げ出す心配はないと思ったが、手首に絡めたうえでしっかりと握る。若居自身は、自分の近くにいる人間が一人減ったことも、何とも思っていないようだった。完全にホトケになって——諦めているのは間違いない。

若居は肩をすぼめていた。自分の体を抱きしめたい様子だったが、両手の自由が奪われているのでそれもできない。大友は一瞬、自分の上着を貸そうかとも思ったが、そうすると腰縄を手放さねばならない。それは絶対にやってはいけないルール違反だ。

静かだった。頭上を車が行き交う音が聞こえるぐらいで、刑事たちが雑草を払い、土を掘り起こす音はかすかにしか聞こえてこない。柴はぶつぶつ文句を言っているだろう。敦美が無言で、柴の三倍ぐらい働いているのは間違いなく、それを考えると思わず笑みが溢れてしまった。

ふと、気配が変わった。殺気……嫌な風が首を撫でていく。ふり向こうと思った瞬間、大友は頭に激しい衝撃を受けた。不気味な音が響き、大友が最後に感じたのは、手から荒縄がすり抜ける感覚だった。


「テツ！　おい、テツ！」

声と同時に、ぴしゃぴしゃという音で目が覚める。大友は瞬時に上体を起こすと同時に、激しい頭痛と目眩に見舞われた。クソ、何なんだ……。

「柴……」呼びかけてみたものの、かすれて妙な声しか出ない。

「起きられるか？」

「ちょっと待ってくれ」大友はゆっくりと頭を振った。頭の中で誰かが鐘を鳴らしている。恐る恐る後頭部に手を伸ばすと、ぶよぶよとした感触がある。しかし手を確認すると、血はついていなかった。これなら大丈夫だ、と自分に言い聞かせる。

柴の手を借りて、慎重に立ち上がった。何とか周囲の様子を確認しようと、首《こうべ》を巡らす。堤防道路の上から、覆面パトカーが消えていた。サイレンのヒステリカルな響き、それに遠くで瞬く赤色灯……穴掘りの現場はまだ照明で照らし出されていたが、刑事たちの姿はほとんどなかった。

「何なんだ？」

「若居がいなくなった」

「何だって？」

瞬時に、大友はミスを悟った。もしかしたら、警察官人生で最大のミス……そもそも、若居と一緒にいたのが自分一人というのが、大きな間違いだった。寒さに同情していなければ、こんなことにはならなかったはずだ。

「申し訳ない……」

「今、若居を乗せているらしいワンボックスカーを追跡中だ。すぐ捕まるよ」柴が慰めてくれた。

「若居が自分から逃げたんじゃないよな？」大友は、また後頭部を触った。若居の自由は奪われていたわけで、大友の後頭部を殴れたわけがない。

「誰かに襲われたんだろう」

「そんな呑気で大丈夫なのか？」柴の声が楽天的なのが気になった。

「若居が一人で逃げたならマジでやばいけど、これは不可抗力みたいなものじゃないか」

「そういう問題じゃない！」叫んでしまい、また頭痛に襲われる。思わず屈みこみ、歯を食いしばった。

「心配するな。絶対に捕まえられる。ほとんどタイムラグなしで捜索を始めたから」

「僕も捜す」

「馬鹿言うな」柴が諫めた。「動ける状態じゃないぞ」

「そんなにひどいのか？」大友は自分の顔を両手で擦った。そう言えば何だか、感覚が鈍い……。

「いいから、少し覆面パトの中で休んでろ」

柴が大友の腕を引っ張って歩き出した。堤防道路の手前まで来ると、坂がほぼ垂直に見える。ここを歩いて登れるとは思えなかったが、柴の手を借りて何とか登り切った。

覆面パトカーに入ると、悪いことに隣に捜査一課長がいた。

「何やってるんだ、お前」

「……すみません」言い訳は一切できない。大友は、鼓動とリズムを合わせて痛む後頭部を摩《さす》りながら謝った。

「何が起きたか、覚えてるか？」

「いきなり後ろから殴られました」

「現場の封鎖が甘かったな……とにかく、若居をすぐに確保できれば、この件は公表しない」一課長が冷たく言い放った。

「それで大丈夫なんですか？」

「全体の責任になるからな……若居にもっと人をつけておくべきだったし、現場の封鎖も緩かった。俺は、こんなことで責任を取るつもりはない」

「遺体はどうなりました？」いきなり逃げを打つのか、と訝りながら訊ねる。

「今はそれどころじゃない」渋い口調で一課長が言った。「若居の確保が最優先だ」

「捜します」

大友はドアに手をかけたが、すぐに「やめろ」と止められた。それを無視して車を出て、運転席に滑りこむ。エンジンをかけると、一課長が声を尖らせた。

「お前、車を運転できるような状況じゃないだろう」

大友は首を振って、何とか意識を鮮明に保とうとした。しかし頭痛は去らないし、何だか目の前の光景が二重に見える。まずいな……と判断して、大友はエンジンを止めた。

「南大田七から各局、不審車両、発見」無線から緊迫した声が流れた。

一課長が後部座席から身を乗り出し、無線を摑んだ。

「詳細、報告しろ」

「都営狛江団地前、緑地公園脇でワンボックスカーを発見。ナンバー、確認できず……急発進した！」

「追跡だ！」

命じておいてから、捜査一課長が大友に「運転できるか？」と訊ねた。先ほどとは打って変わってだが……仕方がない。まさか一課長に運転させて、自分は後部座席で休んでいるわけにはいかない。大友はエンジンをかけ、覆面パトカーを発進させた。

「場所、分かるか？」

「何とかします」

確か狛江の中心部に、大規模な団地があったはずだ。そこまで行けば、他のパトカーも見つかるだろう。

細い堤防道路から降りて、狭い住宅地の中を走っていく。運転に集中しているうちに、次第に頭痛が薄れてきた。

「襲ったのは誰だ？」

「分かりませんが……」大友は言葉を濁した。「もしかしたら、若居の仲間かもしれません」

「何者なんだ」

「昔から……若居が中学生の時からの、悪い仲間です。窃盗の共犯で逮捕された藤垣もその一人ですよ」

「何なんだ？　証拠隠滅か？」

「その可能性はあります」

あまりにも乱暴な手段だが……たまたま現場に出ていた仲間を拉致して、口封じをしようとした？　アメリカ辺りでもこんな荒っぽい手口は滅多にないだろう。大友は唇を噛み締め、ひたすら運転に専念した。狛江は小さな自治体で、基本的には住宅が広がっているだけである。それ故か道路も細く、運転するだけで神経を遣う。

やがて、大友は公園の前に出た。パトカーが二台停まり、赤色灯の光を振りまいている。向かいにある団地のベランダに、何人か人がいるのが見えた。パトカーが集まってきたので、何事かと思って見に出たのだろう。

大友は痛みをこらえて外へ飛び出した。予感がする……仮に若居を拉致したのが問題のワンボックスカーだとしても、そのまま若居を連れて逃げ去ったとは考えにくい。ぎりぎりで逃げ出し、追われているのも分かっているわけで、もしかしたら諦めて若居をこの公園に置き去りにして自分たちは逃げたのではないかと思えた。

公園に足を踏み入れる。意外に広そうな公園で、闇の中でも芝生が広がっているのは見えた。

「テツ！」叫ぶような敦美の声。振り向くと彼女が、タッチラインぎりぎりを走るラグビー選手のような勢いで突進してくるところだった。ぎりぎりのところで立ち止まると、「何してんの、あんた」と非難する。「ふらふらしてるじゃない」

「僕のミスで逃げられたんだから、何とかしないと」

「この公園だと思う？」

「分からないけど……」大友は目を凝らし、暗闇の中に沈む公園の様子を何とか把握しようと努めた。子ども向けの運動公園のようで、中央に小高い丘、その周辺にアスレチック器具が設置してある。コンクリート製のトンネルは、誰かを閉じこめる――あるいは死体を隠すのに、いかにも適した感じだ。

大友は小走りにそちらに向かい、トンネルを覗きこんだ。いない……風洞になって、風が吹きつけてくるだけだった。

「ここ全体を捜すには、もっと人手が必要よ」敦美が言った。

「そうだな」

「トイレもそうだし、用具置き場みたいな小屋もあるし」

「用具置き場か……」そういうところには、鍵がかかっているのではないか？　しかし、調べてみる価値はある。「見てみよう」

「そうね……ちょっと待って」駆け出そうとした敦美が立ち止まる。「何か臭わない？」

「いや」大友は鼻をひくつかせたが何の臭いもしない。もしかしたら、嗅覚にもダメージを受けているのではないだろうか。

「焦げ臭いわよ……あの小屋じゃない？」

言うなり、敦美が駆け出した。向かうのは用具置き場。大友も慌てて後を追った。その瞬間、用具置き場から煙が漂い出しているのに気づく。

「火事だ！」

大友は叫んだ。それが引き金になったのか、他の覆面パトカーから制服警官が消火器を持って飛び出してくる。とはいえ、車に備えつけの小さなものなので、火を消すには頼りない……一課長も車から飛び出して来て、大友たちに合流した。

いち早く小屋に到着した敦美が、ドアに手をかける。木製のドアだが、触れた瞬間に弾かれたように手を離してしまった。既に熱が回っているのだ。大友はベルトを外し、ドアノブにぐるりと回してきつく締め上げた。そのまま思い切り引っ張ったが、ドアは動かない。

敦美が、小さな窓ガラスに肘を叩きこんだ。煙と炎が噴き出して、彼女は反射的に屈みこんで避けた。クソ……大友はもう一度、思い切り力を入れてベルトを引っ張った。ベルトが音を立てて切れるのと、金属が折れるような甲高い小さな音が響くのと、同時だった。

ドアが大きく開き、煙が噴き出してくる。大友は腕を顔の前に回して、何とか煙を避け、中に飛びこもうとした。

「大友、待て！」一課長が叫ぶ。

それを無視して、大友は小屋の中に飛びこんだ。熱が襲う。煙でほとんど中は見えない。しかも何かに蹴つまずいて、思い切り転んでしまった。火の元は……小屋の奥で、炎が大きく広がりつつあった。何も見えない……大友は慌てて、腹ばいになったまま後退した。そこでまた、何かに引っかかる。柔らかい……人間の体だ。

大友は中腰の姿勢になり、何とか相手の体を摑んだ。どこを摑んだか分からないまま、後退しながら思い切り引っ張る。クソ、動かない……呼吸が苦しくなってきて、目も痛んだ。このままだと、巻き添えを食って間違いなく死ぬ。

しかしそこで、急に楽になった。横に敦美がいる。声に出して動きを揃えることはできないが、そこは阿吽《あうん》の呼吸だ。一度引いて、一度休む。それを何回か繰り返すうちに、ようやく小屋の外に出た。大友は激しく咳こんだが、敦美は平然としている。顔が煤《すす》で汚れていたが、気にすることもなく、小屋から引っ張り出した人間を、さらに安全なところまで引きずっていった。

「若居！」大友は、苦しく息をつきながら、叫んだ。若居はぴくりとも動かない。まさかもう、死んでしまったのか……四つん這いのまま、若居に近づく。当然手錠もそのままで、腰縄は地面に伸びていた。首筋に手を当ててみると、確実に脈拍を感じる。大丈夫だ、死んではいない。

大友はその場で大の字になった。芝生のちくちくした感触が、背広越しに背中を刺激する。湿った空気が顔にまとわりついて不快だった——雨の最初の一滴が顔に落ちる。その頃には、さらに援軍の刑事たちが到着していた。中には、どこで調達してきたのか、大きな消火器を持っている人間もいる。果敢に小屋に突っこんでいくと、消火剤を噴霧した。あれで間に合うかどうか……大友は何とか上体を起こし、そこから立ち上がった。敦美は何ともない様子で、若居の脇に跪き、手首を摑んで脈を確認している。

「大丈夫だと思う」

自分を納得させるように言って、今度は若居の頰を叩き始めた。結構な勢いで、男でも怯《ひる》んでしまうような平手打ちだったが、若居は反応しない――完全に気を失っている。敦美が、思い切り手を振り上げた。大友が「待った」と引き止める前に、鋭い打撃音が響く。電気ショックでも受けたように、若居がいきなり上体を起こした。何事が起きたのかと周囲を見回したが、状況が把握できていないようで、目をぱちぱちさせるだけだった。

「大丈夫ですか？」大友は若居の正面で跪いた。

「ああ……ああ、はい」若居が左の頰を押さえた。焼き殺される寸前だったことより、敦美の平手打ちの方がダメージが大きかったようだ。

「誰があなたをここへ連れて来たんですか」大友は訊ねた。

「……分かりません」

「高木じゃないのか？」

「見てない……」

若居はだいぶ混乱しているようだった。この場で追及を続けても、答えは出てこないだろう。大友は諦め、話を変えた。

「どこか、痛むところは？」

「いや、何だか分からない……」

「痛いか痛くないかも分からない？」

「はい……」

その時、小屋の方で小さな爆発音がした。爆弾までしかけたわけではないだろうが、油などが保存してあったのかもしれない。それに引火したか……若居がびくりと肩を震わせる。

煙が充満し、少し離れたこの場所でも息苦しくなってきた。遠くで消防車のサイレンが響き始めた。小屋の火は、間もなく消えるはずだ……若居を拉致した人間は、一体何がやりたかったのだろう。

8

「大失態だぞ！」一課長が声を張り上げた。

午後十一時半、南大田署の捜査本部。へとへとになって集まった面々は、声もない。

「一時的とはいえ、容疑者を拉致された上に、殺されかけた。俺はこの業界に三十三年いるが、こんなことは初めてだ！」

吐き出すと多少は気が晴れたのか、一課長が唇を引き結んで押し黙る。ふっと一つ息を吐くと、「事態は複雑になっている」と分かり切った事実を告げた。

若居の件で、現場に出ていた刑事の半分はワンボックスカーの追跡に駆り出されたものの、残り半分は掘り起こしに戻って、すぐに遺体を発見したのだった。半ば腐敗した、成年男性――おそらく二十代――の遺体。身分証明書の類は持っておらず、身元は分からない。ただ、そこを調べるのは難しくないのではないか、と大友は楽観的に考えていた。若居はともかく、藤垣は遺体が誰なのか知っている可能性がある。

「見つかった遺体の身元確認と同時に、若居を拉致した人間の割り出しを急ぐ――いや、こっちが優先だな」

課長の言う「大失態」の一つがこれだ。追跡していた刑事たちは、結局ワンボックスカーに振り切られてしまったのだ。ナンバーは割れていない――隠していたようだ――ので、そこからの追跡は難しい。大友は、藤垣のワンボックスカーを想定していた。藤垣は逮捕されていても、他の仲間が車だけ使った可能性もある。

今、発言して許されるだろうか……迷ったが、大友は思い切って右手を上げた。一課長が凄まじい形相で睨みつけたが、結局は発言を許す。しかし煙を吸っていた大友は、喋り出す前に咳きこんでしまった。何とか抑えて話し始めたが、声はがらがらだ。

「若居は、遺体を遺棄する際に、藤垣のワンボックスカーを使ったと言っています。藤垣本人は逮捕されていますが、若居が普段つき合っていた連中がこのワンボックスカーを使った可能性があります。まず、このワンボックスカーの捜索が必要かと……」

「お前の推理はどうなんだ？　どうして若居が拉致されたと思う？」

一課長の問いかけに、大友は一瞬口をつぐんだ。まだ考えがまとまらない。材料が散らばり過ぎていて、論理的につなげないのだ。

「若居がいたグループが、この犯行――殺しに関わっていた可能性はあると思います。

若居が自供したので、証拠隠滅のために若居を殺そうとした——」証拠隠滅というのは、一課長も口にしていた。

「ちょっと待て」

一課長の血相が変わった。何かヘマをしたかと、大友は緊張して背筋をピンと伸ばした。

「もしもそうだとしたら、若居が死体遺棄について自供したことが、どうして表に漏れたんだ？」

ざわついていた会議室の中が、一気に凍りつく。言われてみればその通りだ。若居の自供に関する情報は、警察関係者以外の人間が知る由もない——情報漏洩。もしもそうなら最悪のパターンだと、大友は目の前が真っ暗になる思いだった。

「この件については、余計なことは決して言わないように」一課長が釘を刺した。「情報が漏れた可能性はあるが、そこは今は詮索しない。問題は二件の事件を無事に解決することだ。余計なことを考えずに、捜査に専念するように——以上だ」

普段なら、ここで刑事たちが「おう」と呼応して一斉に立ち上がるところだ。しかし今日ばかりは、刑事たちは完全に沈黙している。「詮索しない」という課長の言葉は、まったく頭に染みなかったのだろう。当たり前だ。もしかしたら、横に座っている人間が情報を漏らした張本人かもしれない——そう考えたら、落ち着かない気分になるのが当然である。

大友も同じだ。情報漏洩などは考えたくない。例えば……犯行グループが南大田署を監視していて、動き出した大友たちを尾行して「穴掘り」が始まるのを嗅ぎつけた。そこに若居がいるのを見て、咄嗟《とっさ》に拉致を計画する――あり得ない。中途半端なワルたちにはできない作戦行動だ。

何とか、漏洩ではないと推理したかった。だが考えれば考えるほど、誰かが情報を漏らしたとしか考えられなくなってくる。

意気が上がらないまま、刑事たちは部屋を出て行った。柴と敦美がすっと寄って来る。

「顔ぐらい洗ったら？」煤で汚れた敦美の顔を見て、大友は言った。

「ああ」敦美が人差し指で頬を擦る。黒くなった指先を見て顔をしかめたが、そのまま無視した。「別に、これで死ぬわけじゃないし。それよりテツ、大丈夫なの？」

「だいぶ煙を吸ったけど、何とか」

「慣れないことをするなよ」柴が茶化す。「そういう力仕事は、お前の担当じゃないんだからさ」

「目の前で小屋が燃えてたんだから、放っておけないだろう」

「若居の容体は？」敦美が目を細めて訊ねる。

「大したことはない。軽い火傷、それに手足に擦過傷」大友は答えた。

「手足ね……縛られてたのかな」柴が顎を撫でながら言った。

「たぶん、そうだと思う。手錠をかけられていても、完全に自由を奪われたわけじゃないだろうから」

「用意周到だったわけね」敦美がうなずく。「やっぱり、事前に情報が漏れていたとしか考えられない」

「その件は後にしよう」大友は一課長に倣うことにした。今考えても仕方がない。仲間を疑い始めたら、捜査そのものが滞ってしまう。「とにかく、調べることはいくらでもあるんだから」

「弁護士じゃないか？」柴が言った。「外部の人間で若居に会ってるのは、接見した弁護士ぐらいだろう」

「そうだな……」大友は顎を撫でた。「でも今は、そこにこだわり過ぎると本筋の捜査が進まなくなる」

「まあ、肝心の若居と藤垣はこっちの手にあるんだから、何とかなるだろう」

「ああ」柴は楽天的だったが、その気持ちは大友には沁みてこなかった。


翌朝、大友は若居が一時入院した病院に赴いた。面会はできるが、話ができるかどうかは分からない……それでも、顔だけでも見ておきたかった。


若居は起きていた。が、ダメージは明白である。額と右手には包帯。右の頬は赤くなり、目は充血していた。髪はぼさぼさで、何だか呆然としているようだった。

「話はできますか」大友は椅子を引いてベッド脇に腰かけた。

若居が目をしばしばさせたが、言葉は出てこなかった。喉をやられているのか？　大友は思わず低い声で訊ねた。

「喉、痛いんですか？」

「いえ……」若居が声を絞り出すように言った。大声は出せないようだが、取り敢えず会話はできるだろう。

「怪我の具合は？」

「いろいろ……」

「それは見れば分かりますよ。一番大事な話だけ、確認します。あなたを拉致したのは誰ですか？」

無言。またも何度も瞬きする。その態度に、大友はかすかに苛立ちを覚えた。

「高木じゃないんですか」

「……分かりません」

「車に乗せられたんでしょう？　その時点で相手が誰か、分かるでしょう。それとも、目隠しでもされていたんですか」

無言で首を縦に振る。髪が枕に触れ、かさかさと音を立てた。大友は、苛立ちが加速するのを意識する。都合が悪くて黙っているというより、何かを恐れている感じ……。

「病院にいる限りは安全です。警察官も配置していますから、誰かに襲われる心配もない。ここで話してもらう分には、絶対に安全なんです」

しかし若居は口を開かなかった。最初に完全黙秘していた時の様子に近い。それで大友はピンときた。

「麻衣さんのことですか？　彼女の身に危険が及ぶ可能性があるとか？」

若居は何も言わなかったが、包帯からはみ出た耳が赤く染まるのが分かった。それで大友には、何となく事の真相が見えてきた。

「高木なんでしょう？　あの男が自由でいる限り、麻衣さんが危険だ。だから喋れないんですか？　それは筋違いですよ」大友は口調を強めた。「高木を排除するには、逮捕してしまうのが一番です。高木がやったならやったと、言って下さい」

「……分かりません」

「分からない？」大友は声を張り上げた。「だったら、車はどうですか？　犯行に使われたのはワンボックスカーです。もしかしたら、藤垣の車じゃないかと思うんですが……それだったら、あなたも覚えているでしょう。死体遺棄に使った車だ」

「目隠しをされていたから……」

「嘘ですね」大友は決めつけた。「あの小屋で発見された時、あなたは目隠しも猿轡《さるぐつわ》もされていなかった」

「小屋の中で外れたんです。嘘じゃないです」若居の声に必死さが滲む。

そう言われると、大友も言葉に詰まる。昨夜は若居を救助し、火を消すことで精一杯だった。しかし、助け出した若居が目隠しされていなかったのは覚えている。小屋の中を検証すれば、何か証拠が見つかるだろうか……結構激しく燃えていたのだが。

「どうして高木を庇うんですか」

「庇うなんて……」

「あの男が怖い？」

大友の質問に、若居の目の色が暗くなった。河島が指摘していたが、高木は切れると何をするか、分からないような男なのだろう。迂闊に情報を漏らして、恨まれるのを避けようとしているのか……大友は話題を変えた。

「私が、あなたと同時に襲われたのは分かっていますか？」

「はい」

「それで、あなただけが拉致された？　目隠しされて？」

「そうです」

「すぐに車に連れこまれたんですね？　車は近くにいたんですか？」

「だと思います。堤防の斜面を登ったのは分かるので……何度か滑りました」

「その時にはもう、目隠しされていたんですね」

「そうです」

「犯人と何か話しましたか？」

「いえ……」

「向こうも話しかけてこなかった？」

「無言でした」

ようやく会話が転がり始めたが、中身はない。大友は苛立ちを抱えたまま話を続けたが、長続きはしなかった。ほどなく看護師が入ってきて、追い出されてしまったのだ。

仕方なく南大田署へ行った大友は、捜査本部のある会議室に詰め、手帳を広げた。近くに鬼頭がいるのに気づき、手招きで呼び寄せる。

「若居たちのグループなんだけど……あの連中が怪しくないか？」

「怪しいも何も、実際に犯罪者じゃないですか」

「藤垣以外の連中について、だ。一番怪しいのは高木だけど……連中を叩いてみないか？」

「いいですけど、上と相談しないでいいですか？」

「もちろん相談するけど、その前に説得力のある材料を揃えたいんだ。あのグループの相関関係図、作れないかな？」

「ああ……」鬼頭が顎を撫でる。「上下関係とかですか？　でも、それが分かるほどには、俺たちは連中のことを理解してませんよね」

「もう少し調べてみないと駄目か……」大友は顎を撫でた。

「神奈川県警の連中は、どこまで摑んでいるんですかね」

「そんなに詳しくは分からないんじゃないかな」そこで大友は、河島の顔を思い出した。あの男なら——岩尾組の連中なら、若居たちのグループの実態を警察よりも詳しく知っているかもしれない。

「実は、マル暴と会ったんだ」大友は声を低くして打ち明けた。

「この前の話ですか？」鬼頭が目を見開く。「でも大友さん、そっちの専門じゃないでしょう」

「たまたまだったんだけど、貴重な情報が手に入った」大友は、若居たちと岩尾組のせめぎ合いについて説明した。

「なるほどね」鬼頭が顎を撫でながらうなずく。「確かに、敵のことは敵に聞け、かもしれませんね」

「もう一度会ってみようかと思う。向こうだって、全部話したとは限らないし」

「一緒に行きますか？」

「それも上に相談してからにしよう。まず、五人の関係をちゃんと把握しないと」

大友は手帳に名前を書き出した。

・若居智仁
・藤垣玲人
・高木尚也
・安藤《あんどう》美智雄《みちお》
・畑悠二《はたゆうじ》

「安藤と畑も、下っ端っていう感じですよね」

「だから、この五人の中で高木がトップにいるのは間違いないと思うんだ」

「若居は、この中でも一番下っ端じゃないですかね」

「たぶんそうだと思う」

「この連中、ずっと昔から知り合いなんですよね？」

「かれこれ十年ぐらいかな……最初は、若居が中学生の頃からだから」

「もしかしたら若居って、十年間ずっと下っ端だったんですか？　だったらきついなあ」

確かに——実際若居は、死体遺棄事件、それに事業所の窃盗事件について、藤垣のリードで動くだけだった。言われるままに犯行を繰り返し、最悪の結果に終わる……若居の意思の弱さ故の不幸とも言えるのだが。

「高木をパクったらどうですかね」鬼頭が気楽な調子で言った。

「容疑がないよ」

「そんなの、何とでも……」

「そこはきちんとやらないと駄目だ」大友は厳しく指摘した。

「じゃあ、取り敢えず任意で事情聴取でも。容疑がなくても、それなら何とかなるでしょう」

「高木に対して、あまりいい印象がないんだな」

「あるわけないですよ」鬼頭がきっぱりと言い切った。「いい加減な野郎じゃないですか。あの店――『ブルーライン』でしたっけ？　あそこを叩けば、絶対に何か出てきますよ」

「そんなに分かりやすいことはないと思うけど。高木もそこまで馬鹿じゃないだろう。岩尾組にも目をつけられていることは分かってるはずだし」

「そうですね……」鬼頭が指先でテーブルを叩く。「何だか、上手く進みませんね」

「捜査はこういうものだよ」

事件は激しく動いているが、大友にとって捜査はまだ「仕込み」の状態である……ふいに、会うべき人間に思い至った。「仕込み」なら準備が大切である。敵を知るために、じっくりと外堀を埋めておく。

「午前中、ちょっと本部に行ってくる」

「刑事総務課の仕事ですか？」

「いや、あくまでこの捜査本部の仕事だ……それより、まだ特捜に格上げされないのかな？」

「どうですかね」鬼頭が首を捻る。「俺たち下っ端は、そこまで聞かされていないので」

下っ端という点では自分も若居と同じだ。しかし自分には、若居の気持ちが分かるのだろうか。

荒熊という男と、これまできちんと話したことはない。いろいろと噂は耳に入っていたのだが、改めて会ってみて、その噂はほとんど事実だと大友は実感した。ヤクザばりの容貌、荒っぽい態度、相手を呑みこむ迫力――。

がっしりした巨体を包む濃紺のダブルの背広。足元も噂通り、編み上げのブーツである。勤め人の服装としては滅茶苦茶だが、何となく様になっているのが不思議だ。凶悪な顔は、チンピラなら泣いて逃げ出すだろう。同じ警察官だと分かっていても、気圧されてしまう。もう五十代半ばのはずだが、迫力は十分だった。

「噂通りのいい男だな」ニヤニヤしながら荒熊が言った。

「恐縮です」

「恐縮、は変な感じだが」荒熊が豪快に笑った。名前と容貌、態度が完全に合致した男である。

「まあ、ゆっくりしてくれよ」

と言われても、組織犯罪対策部の部屋にいるとどうにも落ち着かない。捜査一課や刑事総務課とは違う、独特のぴりぴりした空気が流れているのだ。知り合いもいないし、自分はいかにも場違いな感じがする。

「神奈川県警の話で申し訳ないんですが」さっさと話してしまおうと、大友は切り出した。

「ああ、そういう話だったな」

「岩尾組の河島という男なんですが……ちょっと話を聴きました」

「ほう。刑事総務課の人間が、ヤクザの捜査に手を出したのか？」荒熊が目を細める。

気弱な人間だったら、それだけで土下座して謝ってしまいそうな表情だった。

「いや、別件捜査の途中なんですけどね。信頼できる男なんですか？」

「古い言い回しだけど、インテリヤクザという感じだな」荒熊がうなずいた。「知恵は回るが、そんなに根性のある奴じゃない。ただ、空気は読める」

「と言いますと？」

「サツに嘘をつくようなことはないよ。言えないことに関しては『言えない』とはっきり断言する」

「自分に都合のいいように、適当に話をねじ曲げるようなことはないですか？」

「それはないな」荒熊がうなずく。「いったい何の話を聴いたんだ？」

「川崎に、ちょっと悪い若い連中がいまして、そいつらを追い出した話です」

「ああ」荒熊の唇が皮肉っぽく歪んだ。「いかにもありそうな話だな」

「そうなんですか？」

「一時、半グレの連中が幅を利かせていたことがあるだろう？」

「ええ」

「奴らは滅茶苦茶だった」

「ヤクザ以上に？」

「ヤクザは、実はそんなに無茶をしないんだよ。どこまでやれば警察が本気で動き出すか、よく分かっているから。でも半グレの連中は加減を知らないから、ヤクの関係や暴力沙汰で、ずいぶん繁華街を荒らし回ったんだよ。ヤクザも怖がらずに、逆にヤクザ連中の方が萎縮している感じもあった。だけどいつの間にか、ヤクザが抑えこみに成功した」

「警察だって、ちゃんと半グレの連中がやった事件を挙げたじゃないですか」

「事件があれば、捜査はきちんとやるさ」荒熊が腕組みをした。スーツの生地が張り裂けそうな腕の太さが目立つ。「実際うちでも、六本木を寝ぐらにしていた半グレの連中を挙げたことがあるだろう？」

「例の人違い事件ですよね？」

「ああ」荒熊の表情が引き締まった。

もう四年か五年前になるだろうか……六本木のビルに入ったバーに数人の男が乱入、そこで飲んでいた男性にいきなり殴りかかって殺害した事件だった。しかも人違い。死んだのはあまりマスコミに露出していない劇団員だった。犯人たちが狙っていたのは、対立する別のグループのリーダーだったが、たまたま顔が似ていたこと、誤った情報が流れていたのが悲劇の原因だった。四人が逮捕され、この一件をきっかけに、そのグループはほぼ解体されたはずである。

「東京以外でも、半グレの連中はいたんですか？」

「もちろん。ただし暴力団と違って、きちんとした組織になっていないから、実態は摑みにくかった。最終的には、組織と資金源がしっかりしているヤクザの方が強かったよ。時間をかけて自分たちの縄張りから追い出したり、逆に囲い込んだりしてな」

「暴力団に入れた、ということですか？」

「そういうこともあった。ただ、暴力団に組み入れられた半グレの連中は、大抵途中で逃げ出しているけどな。半グレの連中は、組織の縛りもなくて好き勝手にやってたんだろうが、ヤクザの場合はそうもいかないからな」

「上下関係についていけなくなったわけですね？」

「警察と同じじゃないかね」荒熊がまた声を上げて笑う。「最近の若い連中は、上下関係の厳しさに弱いから」

「そうですね」大友は話を合わせた。刑事総務課にいると、研修などで若い刑事たちと話す機会も多いのだが、いつも何となく頼りない感じを抱いてしまう。要領はいいのだが、芯が弱いというか……もっともそんな風に感じるのは、自分が年を取った証拠かもしれない。

「何か、厄介なことになってるのか」荒熊がぐっと身を乗り出す。

「厄介というか、相手が川崎の人間なので。神奈川県警も、あまり協力してくれないんですよ」大友は、窃盗事件からの流れを説明した。

「向こうの人間を分捕ったみたいなものだからな。そりゃあ、神奈川県警にすればむっとするだろう」

「こっちも、ちょっと無礼なところがあったようです」

「警視庁は、基本的に傲慢だからな」荒熊がうなずいて同意する。「それでお前さんとしては、川崎の半グレグループの実態について知りたい、と」

「そうなんです。今回の事件は、仲間割れという感じもするんですよね」

「分かった。ちょいと裏から手を回して調べてみよう」荒熊がうなずく。

「助かります」大友は素直に頭を下げた。「何ぶん、不慣れな事件なので」

「誰でも、専門以外のことについては弱いもんさ。ま、俺に任せておけよ。状況が摑めたら、まとめて教えてやる」

「ありがとうございます」

「なに、俺らの仕事はお互い様だ。しかしお前さん、得な性格だな」

「そうですか？」

「頼まれると嫌と言えないんだよなあ」荒熊が苦笑した。「本当は、かなり無理な話なんだぜ？　そもそもお前さんは刑事総務課の人間だし、非公式に話を持ってこられても、簡単に『うん』とは言えない」

「そうですよね」大友は苦笑した。「無理なお願いなのは承知しています」

「イケメンは、こういう時にも得なわけだ。俺が女だったら、すぐに股を開いてるところだぜ」

それだけは願い下げだ、と大友は無言でまた苦笑した。

9

署に戻ると、大友は一瞬足が止まってしまった。庁舎の前の道路に、新聞社の車が停まっている。それも一台ではない。二台、三台——どうやら昨夜の件を感づかれたようである。庁舎に入ると、副署長席のところに記者たちがたむろしているのが見えた。かすかな違和感がある……ここにいるべき記者がいないのだ。東日の沢登《さわと》有香《ゆか》。社会部の遊軍で、必ずしも事件記者ではないのだが、とにかく事件が好きで、すぐに首を突っこんでくる。こういう謎の多い事件は、いかにも彼女の興味を惹きそうなのだが。

一日でだいぶ捜査は進んだ。死体遺棄事件が絡んできたので、捜査本部は特捜本部に格上げになったが——それで使える予算にだいぶ差がつく——大友には直接関係ない話である。予算関係で頭を悩ませるのは、上層部の仕事だ。

夜の捜査会議は長引いた。報告すべきこと、検討すべきことが多過ぎる。大友の手帳のページは、あっという間に黒く埋まっていった。

若居はまだ入院中だが、明日には退院予定。その後の取り調べは、やはり大友が担当することになった。一方藤垣は、死体遺棄に関しては完全黙秘。藤垣の車を押収して調べたが、遺留物などは見つからなかった。それはそうだろう……既に一か月前の出来事である。藤垣も、証拠隠滅は入念にやっているはずだ。

若居の拉致事件に関しては、ほとんど進展がなかった。刑事たちが、しばらく怪しい車を追跡していたのだが、ナンバーが隠されていたので、車種が分かるだけで所有者が確定できていない。ただ、藤垣の車とは別のようだった。車種も色も違う——そもそも藤垣は逮捕されているわけだし。

若居が拉致された小屋からは、いくつか証拠らしきものが見つかった。焼け焦げたライター。熱で捻じれたペットボトル——おそらくこのペットボトルに、油が入っていたのだろう。ということは、犯人はそれなりに準備をしてきたわけだ。突発的な犯行ではないらしいと分かったが、犯人がいつから準備していたかは分からない。大友はまた、情報漏れについて考えざるを得なくなった……元々小屋になかったはずのタオルなども見つかっている。「目隠しされた」という若居の証言は嘘ではなかったようだ。

鬼頭たちが高木に会いに行ったのだが、「ブルーライン」は閉まっていた。一人暮らしのマンションにも不在。事情を察して逃亡したのかもしれないが、そこにもやはり情報漏れの疑惑がつきまとう。他の二人も不在。ただちに逮捕状を請求できる状況ではないが、疑いは強まる。

死体遺棄事件に関しても、捜査は進んでいなかった。解剖は終わり、胸と腹に刺し傷が見つかったことから、刃物で刺されたことが死因ではないかと類推された。ただし、身元につながる材料はなし。藤垣も「知らない」という証言を貫いた。

年齢は二十代前半から三十歳ぐらいまでの間。身長百七十センチ前後、体重は七十キロ程度と見られていたが、死後一か月ほどが経っているようで、正確なところは分からない。行方不明者との照合作業が行われているが、今のところ一致はなかった。それはそうだよな、と大友は考える。行方不明になったからといって、家族からの捜索願がすぐに出されるとは限らないのだ。特に東京の場合は――区部では、二世帯に一世帯が単身世帯というデータがある。その中には、普通に学校へ通ったり、会社勤めをしていない人も少なくないはずだ。しかも家族と同居していなければ、いなくなっても誰も気づかないということもあり得る。神奈川や埼玉、千葉などの首都圏でも、状況はさほど変わらないだろう。何となく、被害者はそういう人物ではないかと大友は予想した。

複雑な事件ではあるが、筋がそれほど多いわけではない。窃盗事件については、特に問題なく処理できるだろう。藤垣も、この件では容疑を認めているのだ。

残った問題は死体遺棄事件、そしてその前段となる殺人事件だ。遺棄事件については若居の自供がとっかかりにはなる。藤垣を落とすのも、不可能ではないだろう。難しいのは、若居が拉致された事件だ。ついでに、僕に対する暴行、公務執行妨害事件もあるんだけどな……大友は後頭部に手をやった。瘤ができただけで済んだが、一歩間違えば死んでいた。大友は一度撃たれて死にかけたことがあるが、そういう状況には慣れるものではない。後頭部に衝撃が走り、意識が消えた瞬間の様子を思い出すと、思わず身震いしてしまった。

「テツ」声をかけられ顔を上げると、敦美が目の前に座るところだった。

「ああ」大友は彼女にうなずきかけ、手帳を閉じた。

「メモに、何か重要な手がかりでも？」

「考えを整理しただけだよ」大友はまた手帳を開き、「二つの筋」を説明した。

「そう、そんなに難しい話じゃないのよね」敦美が、部屋の前方をちらりと見た。会議室の中で、幹部たちが集まる場所。「上の連中は、難しく考え過ぎてるのよ」

「ああ。多分、事件の筋はシンプルだと思う……君、半グレの連中とかかわったことはあるか？」

「私は、ないわね」

「連中はかなりの無理……ヤクザでもやらないような暴走をするみたいだね」

「聞いたことはあるわ」

敦美が素早くうなずく。髪が揺れた瞬間、大友は彼女の左のこめかみに小さな傷ができているのに気づいた。

「そこ」大友は自分のこめかみを指差した。「公園で怪我したやつ？」

「ああ」敦美が掌でこめかみを覆った。「忘れてたわ」

「結構な傷になってるけど……」

「これぐらい、大したことはないわよ」

「もうちょっと、自分の体に気をつけたら？　心配する人もいるだろう」余計なことを言ってしまった、と大友ははっと口をつぐんだ。大友は柴ほど彼女を苦手にしているわけではないが、完全にコントロールできているわけではない。

「こんなところに絆創膏を貼ってたら、かえってみっともないでしょう。昔のおばあちゃんみたいじゃない？」

「それはそうだ」大友はうなずき、手帳に視線を落とした。

「だいたい、これぐらいで心配するような人とはつき合わないわよ」

微妙な言い方だ、と大友は思った。まるで、今彼女がつき合ってる人は、豪快で些細な怪我など気にしない、とでも言っているようではないか。やはり、結婚話は本当かもしれない。気のおけない相手を、敦美もついに見つけたのか。

「それで、テツの作戦は？」

大友は、河島へ突っこむ方針を説明した。そのために、荒熊に調査を依頼していることも。

「ああ、荒熊さんね」敦美がうなずく。「あの人、顔が広いから、情報はすぐに集まると思うわ」

「そうだね。外堀がある程度埋まってから、動き始めようと思う。所轄の若い連中は、もう川崎に飛んでると思うけど」

「それはいいけど……テツ、しばらく動きにくくなるかもしれないわよ」

「ああ……」大友は思わず顔を歪めた。「覚悟はしてる」

昨日のヘマ——一時的にも容疑者を拉致されたことで、本部の監察官室からは厳しく追及されている。既に刑事課長の須崎が事情聴取を受けたが、大友も午後から話を聴かれることが決まっていた。というより、監察官が所轄に入って、昨日の遺体掘り起こしを担当していた人間から順番に事情聴取している。本当は、大友が真っ先に話を聴かれるのが筋なのだが、何故か遅れていた。それこそ、監察官室は「外堀を埋める」作業に入っているのかもしれない。もしも謹慎ということにでもなったら、せっかく立てた計画も撤回せざるを得ないだろう。

須崎が会議室に入って来た。さっと周囲を見回し、大友と目が合うと、そそくさとうなずきかけてくる。大友は慌てて手帳を閉じて背広の内ポケットに落としこみ、立ち上がった。素早く歩み寄ると、須崎が耳元で囁く。

「心配するな。とにかく頭を下げて、謝っておけ」

「どういうことですか？」

「地均《じなら》しはしておいた。余計な言い訳や説明はするな。頭を下げておけば、弾に当たらずに済む」

弾がどうのこうのという話は、撃たれた経験のある自分にとっては洒落にならない。大友は唾を呑み下したが、喉に引っかかる感じが不快だった。

「分かりました」返事をしたが、言葉がかすれてしまう。

「まあ、緊張するな」

須崎が大友の肩を軽く叩いた。それで、古傷に痛みが走るような感触がある……少し神経質になり過ぎだ、と大友は自分を諌めた。


監察官の藤村《ふじむら》とは初対面だった。普段、監察官と対峙するようなことはないから当然だが……面会場所が窓のない、狭い会議室だったので、さらに緊張感が増す。大友は音を立てて椅子を引き、我ながらぎこちないと思いながら何とか腰を下ろした。

「昨日の一件について、事情を伺うことになる」言葉は丁寧だが、上から押しつけるような口調だった。「容疑者を拉致されるという、大変な不祥事だ。余すところなく、正直に証言して欲しい」

「まことに申し訳ありませんでした」大友は馬鹿丁寧に言って頭を下げた。「とにかく謝っておけ」という須崎のアドバイスに素直に従うことにする。

「謝罪は後で結構です。まず、現場で君が襲われた時の状況から、正確に話してくれ」

大友は、蘇ってくる昨夜の恐怖を何とか抑えながら事情を説明した。ただし、襲われた瞬間のことははっきり言えない。覚えていないから、こればかりはしょうがないのだ。

「情けが裏目に出たわけか」

「昨夜は結構冷えました。風邪でもひかれると、後でまた問題になると思いましたので」

「それはいい判断だが、問題は、そもそも監視担当が二人だけだったことだな。容疑者を連れ出す時には、もっと監視の目を厳しくしなければならない」

「ご指摘の通りです」

「そこはミスだと認めるな？」

言い訳したくなった。若居の監視方法を指示していたのは自分ではない……ただし須崎のアドバイスに従って、「申し訳ありませんでした」とまた頭を下げた。

「まあ……こういうのは、個人の責任に帰するわけにはいかないからな」藤村が渋い表情で言った。「事情は了解した。処分は追って通達するが、マスコミには気をつけてくれ。もう署に集まってる」

「見ました。勘づかれたんですか？」

「火事が起きてるからな」藤村がうなずいた。「近所の住人らしき人がＳＮＳに書きこんでいるし、何かあったことはマスコミの連中も勘づいたようだ」

「分かりました」

「君が取材対象になるとは思えないが、もしもマスコミからの接触があっても、一言も喋ってはいけない。広報を通すように、とだけ言ってくれ」

「了解しました」

「君は……」藤村が渋い表情を浮かべる。「いい後ろ盾がいるんだな」

認めるわけにも否定するわけにもいかず、大友は曖昧な表情を浮かべて素早くうなずいた。後山との関係は、公式には「ないこと」になっている。

「私としては、あまりいい気持ちではないが」

「申し訳ありません」頭を下げるのは何回目だろう、と大友は情けなくなった。そもそも今の話題で謝るのが正しいのかどうか。

しかし、事情聴取は三十分ほどで終了した。間違いなく処分は受ける。おそらく戒告――減給も覚悟しておいた方がいいかもしれない。ただし、それで落ちこんでいる暇はない。目の前には仕事が山積しているのだ。

気持ちを入れ替えるために、大友は署の外に出た。少し遅い――もう午後一時を過ぎているが、気分転換に昼食を摂っておこう。ＪＲでも京急でも、蒲田駅の方へ行けば、いくらでも食事ができる店がある。嫌な思いをした後だから、がっつりと肉でも食べておこうかと思った。あるいは気持ちをクールダウンさせるために、冷たい蕎麦――いや、ここは前向きに肉にしよう。ＪＲ蒲田駅寄りにステーキハウスがあったのを思い出し、そちらに足を向けた。

歩き出してしばらくすると、スマートフォンが鳴った。画面を見た瞬間、無視しなければ、と思う。今一番、話したくない相手……電話番号は登録してある。「危険人物」と名前をつけた、東日の沢登有香。とにかくしつこい記者なので、できるだけ話をしたくないのだ。大友は、素っ気なく対応するのが苦手な人間なので、最初から話さない方がいい。

とはいえ、今回は電話に出てしまった。ここで出ないと、ねちねちとした内容のメッセージが残り、その後も何度も電話がかかってくるだろう。最初にがつんと言っておけば、それで何とかなるはずだ。

一つ深呼吸して、電話に出る。大友はいきなり「ノーコメント」と言った。

「はい？」有香が不審気に言った。

「いや、だからノーコメント」

「何言ってるんですか？　何かあったんですか？」

とぼけているのか？　大友は疑ったが、どうもそういう様子でもない。

「ええと……ご用件は何でしょうか」

「ご挨拶です」有香がさらりと言った。

異動か？　結婚退職か？　どちらにしても自分には好ましいことだと思いながら、大友は「ええ」と相槌を打った。声が弾まないように気をつけながら。

「来月からデスクになります」

「ということは？」

「現場を離れるんです」

ああ……警察官という仕事柄、新聞社の社内の様子についても少しは知っている。日本の記者は意外に「寿命」が短く、四十歳を過ぎると取材現場を離れ、本社で記者の面倒を見る「デスク」になることが多い。取材の指示をしたり、原稿に目を通したりというのが仕事で、基本的には内勤である。彼女もそんな歳になるのか……と驚いたが、考えてみれば知り合ってからだいぶ長い歳月が流れている。

「というわけで、ご挨拶です」

「それはどうも、ご丁寧に」

「大友さんからは、結局まともなネタは一回も貰ったことがないですね」いきなりの恨み節が出た。

「それは、この仕事では喋れないことばかりですから。僕も馘が怖いので」

「大友さんは、そういうことをあまり気にしないのかと思っていました」

「仕事は辞められませんよ。家庭がありますからね」

「そうですね……優斗君、元気ですか？」

「お陰さまで」何だか変な会話だな、と落ち着かない気分になった。

「本当は、一度ちゃんとご挨拶しないといけないんですけど……もうデスクダイヤに入ってしまっているんで、身動きが取れないんです」

「無理することはないですよ」挨拶に来られても困る。

「あなたには、別の人間をつけます」

「まさか」大友は思わず立ち止まってしまった。「どうして僕に？　ネタが欲しいなら、ちゃんと幹部に食いこんだ方がいいですよ」

「大友さんには、何かあるんですよ。事件を引き寄せる何かが……だから、常に監視は必要なんです」

「冗談じゃない」大友は硬い声で言った。「困ります」

「若い、可愛い子をつけますけど」

「そういう問題じゃない」

沈黙……しかしそれは長くは続かなかった。気を取り直したように、有香が声を上げる。

「残念ですけど、いつまでも現場にいられないのが、日本の記者の宿命なんですよね」

「でしょうね」こちらとしてはありがたいことに。

「でも、必ず変化があるんですよね。社会に出て、仕事を辞めるまで四十年……その間、ずっと変わらずに働ける人なんて、ほとんどいないんでしょうね」

「それはそうでしょう」

有香の言葉が妙に沁みた。そう……自分の人生は一度、大きく変わっている。妻の菜緒を亡くし、捜査一課から刑事総務課へ異動した時だ。以来、十年近く。このまま警察官生活が終わるとは考えられない――考えたくなかった。

必ずまた、変化の時が来るのだ。それを有香の言葉で意識させられるのもどうかと思うが。

10

その日の夕方、荒熊から電話がかかってきた。

「早いですね」大友は素直に驚いた。内密の話は夜するものではないかと思っていたのだが、荒熊は本当に、電話をかけるだけで情報を収集してしまったようだ。

「この手の仕事は、ぽんぽんとリズムよくやらないと駄目なんだ。後回しにすると、忘れるからな……それより、監察から苛められたんだって？」

「いや、通常の事情聴取です」

「もしも減給になったら、その分俺が奢ってやるよ。脛《すね》に傷の一つや二つある方が、警察官としては正しい姿なんだ。ビビって何もしないような奴は最低だぞ」

今回の件は完全に自分のミスなのだが……それは言わずにおいた。すぐに気持ちを切り替え、本題に入る。

「それで、例の件ですが」

「おっと、失礼。メモの用意は？」

「大丈夫です」本当は、メモを取るまでもないのだが……念のために手帳を広げる。人の名前などは、正確に記録しておかねばならない。

「若居がいたグループは、もう十五年ぐらい、だらだらと続いているんだな」

「そんなに長くですか？」

「高木……今はその男がトップにいるのは間違いないが、このグループ自体、高木が始めたわけじゃない。最初に仲間を集めた人間は、もう死んでいる」

「死んだ？」大友は声を張り上げた。途端に、会議室中の視線が突き刺さる。「まさか、殺されたんじゃないでしょうね」

「いや、バイク事故だ。疑わしい状況はない」

「本当ですか？」偽装工作の可能性もあるのではと思い、大友は思わず言ってしまった。「その事故は都内で起きている。我が警視庁の交通部が、何かあったら見逃すわけがないだろう」

「そう願いたいですね」

「疑い出せばきりがない」荒熊がぴしゃりと言った。「間違いなく事故死という前提で話を進めるぞ」

「ええ」

「初代リーダーは、真中《まなか》という男だ。真中涼《りょう》。涼しいの『涼』だ。高木の高校の先輩——ええと、五歳年上だな」

「それぐらい離れていると、普通は接点がないですけどね」

「接点はサッカーだったみたいだ。それとバイク。十五年ぐらい前の川崎の事情はよく分からんが、暴走族のようなものはあったんじゃないかな」

「そこから発展したグループですか」

「そういうこと。ただし凶悪化したのは、高木が実権を握ってからだな。奴は相当のワルだったらしい。補導・逮捕歴がないのが不思議なぐらいで、神奈川県警の少年課では有名な男だったらしいぞ」

「確かに……そんな感じはあります」

「何人もの人間が出入りして、相当怪しいことをしていたんだが、神奈川県警は最終的に尻尾を摑めなかった」

「ところが、岩尾組は摑んだ……」

「ワルにはワルなりの情報網があるんだよ」荒熊が軽く笑う。「これは岩尾組側の言い分だから、どこまで本当かは分からない。しかし四年ほど前に、高木たちのグループは、危険ドラッグに手を出していたらしい。社会的に問題になり始めた時期だが、まだ警察も必死で対応していたわけじゃない。儲けるにはいい時期だったんじゃないか」

　ドラッグ関係は常に、売る人間、使う人間と警察側の追いかけっこになる。そして警察は、常に後手に回るのだ。

「ただし、手を広げ過ぎた。同じ時期、岩尾組も危険ドラッグに手を出していたらしいんだが、高木たちはその縄張りにも手を出していた」

「岩尾組自体が、危険ドラッグを扱っていたと認めたんですか」

「まさか」荒熊が即座に否定した。「奴らが、そんなに簡単にやばいことを認めるわけがない。そこはそれ、阿吽の呼吸で話を聴くんだよ。具体的なことは言わなくても、間違いない。岩尾組にすれば、ふざけた話だったわけだよ」

「それで、川崎から排除しようとしたわけですね」

「それも連中の――河島の言い分だな？」

「ええ」

「まあ、信じていいだろう。奴らにすれば、川崎を掃除した感覚だろうな」

「排除って、どうやったんですかね？　大規模な乱闘騒ぎにでもなったら、それこそ警察沙汰になるでしょう」

「ヤクザは、そういう方法を幾つも持ってるんだよ。要は、危険ドラッグが売れないようにすればいい。高木たちの店を割り出して、その前で客に嫌がらせする。あるいは高木たちが扱っているよりずっと安く売る――つまりは営業妨害だ」

「そんなことで逃げ出したんですか？」

「財布の口を閉ざされたようなものだろう。それに、ヤクザが本気で自分たちを潰しにくると分かれば、高木のような人間でもビビるさ」

「意外に根性がない感じですね」

「そこはプロと素人の差だ。とにかく、一時的に高木たちは川崎を出て行かざるを得なくなった」

「いや、それは変じゃないですか」大友は反論した。「今は、高木たちのグループは全員が川崎に住んでますよ。特に高木なんか、商売までしてる」

「それに関して、お前さんはどう推理する？」

「それは……」大友は口をつぐんだ。岩尾組のチェックが甘くなって、その隙をついて高木たちが商売を始めたとは思えない。噂も流れるだろうし、店を開けば絶対に岩尾組には分かるだろう。それなのに、高木は平然と「ブルーライン」を経営している……。

「まさか、岩尾組公認ですか？」

「俺はそう睨んだぜ。連中は絶対に認めないだろうが」

「つまり、高木は岩尾組の手下になったということですか？」

「もちろん、高木も他の仲間も、暴力団員とは認定されていない。言ってみれば周辺企業というところだろうな。独立して金は稼いでいるかもしれないが、岩尾組に対する金の流れは絶対にあるはずだ」

「ということは、若居や藤垣も危険ドラッグに手を出していたんでしょうか？　そんな感じでもないんですけど……実際、そういうのとは関係なく、窃盗事件を起こしています」

「その窃盗事件について、岩尾組が関係しているかどうかは分からん」荒熊が認めた。「ただ、高木とかいう男がやっている店な……あれは、岩尾組の息がかかっている可能性がある」

「神奈川県警は、その件を知っているんですか？」

「内偵はしている。確証は摑めていないようだが」

　ということは、自分たちは、神奈川県警が張っている網の中に飛びこんでしまったことになる。

「いずれにせよ、神奈川県警はあまりいい思いはしてないでしょうね」

「そんなことは気にするな」荒熊がぴしりと言った。「手をこまねいているうちにこうなっちまったんだから、文句を言う資格はない。こっちが勝手に手を突っこんだんじゃないからな。気にしないで、思い切ってやれ」

「分かりました」

「高木グループの人間関係は、ややこしい。きちんとした組織じゃないから、どんな人間がどれぐらいの間加わっていたのか、はっきりしたことは本人たちにも分からないと思う」

「でしょうね」高木が真面目に記録をつけていたとは思えない。

「今は五人と考えて間違いないだろう。しかし、今回の遺体は気になるな」

「仲間割れとかじゃないでしょうね」

「その可能性も考えておいた方がいい。というより、それなら別に問題はないんじゃないか」荒熊が鼻を鳴らした。「阿呆どもが仲間割れして殺しあっても、社会的には問題ない――むしろいいことだ。ワルが減るんだから」

「私は、そういう風には割り切れません」

「どう考えるかは、個人の自由だ」

「ええ。ただ、仲間割れによる殺人という説は、まだ推せません」大友は反論した。「どうして」

「若居が、遺体に見覚えがないと言っているんです。被害者が仲間だったら、本人が手を下していないにしても、すぐに分かったはずですが」

「なるほど」荒熊が言ったが、大友の言葉を信じていないのは明らかだった。「今の段階では、そういう供述なわけだ。だがな、若居の言うことを全面的に信じていいのか？」

「ホトケになってるとは思いますよ」全面自供。

「俺は、何度も騙された。ワルは、人を騙すことをなんとも思っていないからな」

「分かります」

簡単に人を信用してはいけない……そんなことは警察官の基本の基本だ。ただし大友は、若居は信用できると思っていた。こちらを騙そうとしているわけではない。まだ言えない——決心がつかないことがあるのだ。それをはっきり口にしてくれないと、危機は去らない。明日、若居が退院したら、その辺のことをきっちり頭に叩きこまないと。

そう考えた瞬間、大友はある危機にまったく対処していないことに気づいた。まずい……スマートフォンを握ったまま立ち上がる。荒熊は、大友が一言も喋っていないのに、何か変化があったことに鋭く気づいた。

「どうした」

「守らなければならない人がいるんですよ」

麻衣。

第三部　隠された過去

1

交代制勤務の人間を摑まえるのは、結構難しい。

大友はまず、先日聞いた麻衣の携帯電話の番号にかけてみたが、すぐに留守番電話に切り替わってしまった。仕事中か……午後七時過ぎだから、夜中まで勤務を続ける準夜勤か、泊まり勤務の可能性もある。泊まりなら、少なくとも明日の朝までは安全だが……心配で、病院に直接確認の電話を入れてみた。

麻衣は日勤で、五時過ぎには交代し、もう帰宅しているはずだと告げられる。そうなると、電話が通じないことがにわかに不安になった……もう一度電話をかけたが、やはり出ない。メッセージを残したが、それだけでは心配だった。直接安全を確認するために、南大田署を飛び出す。JR蒲田駅まで出て、ロータリーを回りこんで駅舎に入ろうとした瞬間、スマートフォンが鳴った。麻衣。大友は一旦駅から離れ、交番の前まで戻ってから電話に出た。交番に詰めていた若い警官と目が合う——昨夜の掘り起しに動員されていた制服組の一人だと気づき、大友は一礼して交番の中に入った。ここなら安心して、大きな声で喋れる。若い警官が席を譲ろうと立ち上がったが、大友は手で制した。

「大友です」

「あの……田原ですけど、電話いただきました？」麻衣が心配そうに切り出した。

「すみません、何度もかけて。今、どこにいますか？」

「家に帰る途中ですけど……病院です」

「病院？　日勤じゃないんですか？」

「父の病院です」

大友はすっと息を吸って、「失礼しました」と謝った。先が見えない中での見舞い——彼女の精神状態は必ずしもよくないだろう。

「病院を出たところですか？」

「ええ」

「これから家まで、どうやって帰りますか？」

「バスですけど……」麻衣の声に疑わしげな調子が滲む。「何か問題でもあるんですか」

「バス停の近くは、暗くないですか？　人気《ひとけ》はありますか？」

「どういうことですか？」麻衣が露骨に不機嫌に言った。

「ちょっとあなたにお話ししたいことがあるんです。これから会えませんか？」直接安全を確認したかった。

「構いませんけど、何なんですか？」

「それは、会った時にお話しします。病院の近くで、どこか屋内で待てる場所はありますか？」

交番の警官にうなずきかけて、大友は駅の構内へ向かった。

「隣のビルにスターバックスが……」

「そこで待っていて下さい。動かないで」

スマートフォンを切り、大友はダッシュした。後頭部の痛みが一瞬蘇ったが、無視して自分を叱咤する。走れ……今は一秒も無駄にできない。


ＪＲ川崎駅の西口は、東口とはがらりと雰囲気が変わる。東口が昔ながらの繁華街なら、西口は真新しいモダンな大都市。高層ビルが建ち並ぶ無機質な感じは、東口とはまったく別の街のようだ。

そこを、大友はまた走った。四分間、東海道線に揺られた後のダッシュ——まるでインターバル走のようだと思いながら、必死で脚を回転させる。麻衣が店に入っていれば安全だが、病院から店までのわずかな距離も不安だった。コンコースから直に続くデッキを、人混みを避けながら通り抜け、ミューザ川崎の二階部分にある回廊まで一気に……回廊を抜けたところでマンションに突き当たり、そこからさらに階段を駆け下りる。

脚も肺も悲鳴を上げ始めたが、無視して走り続けた。ようやく病院の隣のスターバックスに飛びこんだ時には、息は完全に上がり、額に汗が滲んでいた。

若い客でごった返す店内……麻衣は入口のすぐ横のテーブル席に陣取っていた。クリームの類がごちゃごちゃと乗った飲み物が、目の前にある。大友は大きく息をついて、敢えてゆっくり麻衣に近づいた。

麻衣が顔を上げ、眉を寄せる。大友は彼女の前に座り、肩を上下させて深呼吸した。

「何を飲んでるんですか？」かすれがちな声で訊ねる。

「チョコレートクランチフラペチーノですけど」

「ちょっと……待って下さい」大友は椅子の背に手をかけて立ち上がった。膝が笑っている。いい加減、本格的にトレーニングを始めないと、そのうち体力的に刑事失格と言われそうだ。

飲み物を用意してもらう時間が惜しく、大友はレジ前にある商品ケースから、出来合いのコーヒーのパックを摑み出した。すぐに金を払って席に戻る。ストローを突き刺すのももどかしく、一気に中身を吸い上げた。甘ったるいコーヒーは、コーヒーらしさ皆無なのだが、それでも喉の渇きを癒す役には立った。本当は、大量の水が欲しいところだが。

「あの、いったい何なんですか」困惑気味に麻衣が訊ねる。

「何か変わったことはありませんか？」

「別にないですけど……いったい何があったんですか」

大友は慎重に言葉を選んだ。若居が拉致され、殺されかけたことは、まだニュースにはなっていない。若居の家族は知っているが、それが麻衣の耳にまで入っているとは思えなかった。

「昨夜、ちょっとした事件がありました」

「はい？」麻衣の顔から血の気が引く。「若居さんですか？」

「そうです。今、入院中ですけど、大したことはありません」

「怪我したんですか？」麻衣が両手をテーブルに勢いよく叩きつけた。

「軽傷です。ちょっとした火傷ですから」

「火傷って……」麻衣がゆっくりと体を後ろへ引き戻す。小声で「逮捕されているのに、火傷するようなことがあるんですか？」と訊ねた。

「極めて異例の事態なんです」ようやく呼吸が落ち着くのを感じながら大友は言った。

「ただし、ここではちょっと話しにくいんです。人前では……ニュースになっていない話ですから」

「悪いこと、なんですよね」麻衣の表情が一気に暗くなる。

「ええ。いい話ではありません。あなたの身の安全についても……心配なので飛んできたんです」

「そんなこと急に言われても、信じられません」麻衣の口調がさらに硬くなる。

「今日、誰かに後をつけられたりしませんでしたか？」

「まさか。ずっと仕事だったんですよ」

「病院へ行く前とか、仕事が終わった後とかでは？」

「ない……ですけど」麻衣の口調が揺らぐ。指摘されると、自信がなくなったようだった。「何で私が、誰かにつけられないといけないんですか」

「若居さんがつき合っていた連中の関係です」言って大友は、周囲を見回した。誰に聞かれているか、分かったものではない。今のところ、警察が存在を摑んでいる若居のグループは全部で五人。自由の身でいるのはそのうち三人で、大友は全員の顔を記憶しているが、他に仲間がいる可能性もある。三人が三人とも所在不明なのも不安だった。

「とにかく、身の周りには用心して下さい」

「そういうの、警察は言うだけでフォローはしてくれないんですか」今度は露骨な怒りを見せる。

「できる限りのことはします。地元の警察にも協力を依頼しますから」

「いったい何が危ないんですか？　どうして危ないんですか」

「若居さんは、今でも危険な連中とつながりがありました」どこまで話していいか分からず、大友は言葉を選んだ。「その連中は、若居さんが自分たちを裏切ったと考えています。それで、あなたにも危害を加える可能性がある」

「そんな」麻衣が目を細め、唇を嚙み締めた。「危害って……」

「身辺には十分注意して下さい。特に準夜勤の時には……終わるのは何時ですか？」

「夜中の十二時です」

「そういう時には誰かと一緒に帰るか、タクシーを使うかしてもらって……とにかく今日は、家までお送りします。後で所轄にも相談しておきますから」とはいえ、大友の一存で勝手に話を進めるわけにはいかない。南大田署の特捜本部に話を通し、捜査共助課経由で神奈川県警に話を下ろして、さらに所轄に指示を下す——どんなにスムーズに話が通っても、警戒態勢が整うのは明日……だったら、本筋とは別に、非公式に話を進めておくのも手だ。

「取り敢えず、一本電話をかけさせて下さい。飲み物、もったいないから飲んでいてもらえますか」

　普段は、店の中でスマートフォンを使うことなどないのだが、今日はそのルールを破ることにした。相手は鷹栖。予想通り、鷹栖の返事は「速攻で行きます」だった。

　鷹栖は二十分後にやって来た。所轄の上の独身寮に住んでいるとはいえ、相当速い。最初の指示通りに、店の外へ着くと電話を入れてきた。

「着きましたよ」

「分かった。これから店を出るから、俺たちを尾行してくれ」

「了解っす」

軽い口調……経験の少ない制服組の鷹栖が、どれだけちゃんと尾行できるかは疑問だ。しかし仮にも警察官だし、誰もいないよりはましだろう。電話を切り、麻衣に声をかける。

「出ます。家に帰りますから」

麻衣が無言でうなずく。緊張して、顔が強張っていた。大友はまず、手鏡と櫛を取り出した。それを見て、麻衣が目を見開く。男が手鏡を持っているのが信じられないようだ。一々説明する気になれず、大友は無言のまま手鏡を覗きこんで髪型を変えた。いつもの緩い七三からオールバックへ。そして伊達眼鏡もかける。

「どうですか?」かすかに笑みを浮かべて見せた。

「何か……雰囲気変わりましたね」

「別人に見えますか?」

「ええ」

「それならOKです」

本当は服も変えたいところだが、さすがに今日は準備がない。

「何でそんなことをしてるんですか?」

「念のためです。僕だと分からないようにしたいので」

納得した様子ではなかったが、麻衣がうなずいた。それを合図に、大友は空になった彼女のカップを片づけ、自分が先に立って店を出た。すぐに鷹栖を見つける。さすがに鷹栖は、軽く変装していても大友だと気づいたようだった。目配せだけして、大友は麻衣が出て来るのを待つ。事前に打ち合わせしておいた通り、麻衣がせかせかした足取りで大友を追い抜き、先行する。歩く時は麻衣を先頭に、大友、鷹栖と続いて行く隊列だ。

　バス停での待ち時間は五分。この時間には人が少ない路線なのか、三人の他に、乗客は二人だけだった。麻衣は後ろ側の二人がけの席に一人で座る。大友は最後尾のベンチシートの真ん中。鷹栖は運転席に近い前方で立ったままだった。にやけているのに気づいて、大友は不安になった。これは遊びではないのだ……スマートフォンを取り出し、ショートメッセージを送る。

『笑うな』

『笑ってません』とすぐに返事があった。画面から顔を上げて確認すると、やはり鷹栖はニヤニヤしていたが……この男の本筋は、やはり「おふざけ」なのではないかと心配だった。元々いい加減な人間が、警察という硬い組織に入っても、急に矯正されるわけではあるまい。

　バスに乗っていた時間は十分ほど。空いているので、ちょうどいい居眠りタイムになりそうなものだが、麻衣は緊張しているのか、ずっとぴしりと背筋を伸ばし続けていた。鷹栖はスマートフォンを見るふりをしながら、時折ちらちらと麻衣を見ている。一応、きちんと監視しようという意識はあるらしい。

　これも打ち合わせ通り、鷹栖が一番先にバスを降りる。続けて麻衣、最後に大友。麻衣を真ん中に挟む警戒態勢だ。バス停から麻衣の家までは歩いて三分ほど。暗い……街灯の灯りが乏しい住宅街なので、大友は不安になってきた。不安なのは麻衣も同じようで、背中が軽く丸まっている。

バス通りを百メートルほど歩いて路地を左へ曲がると、さらに暗くなる。川崎らしくなく、本当に田舎の雰囲気である。まだ夜が遅いわけでもないのに、歩いている人もほとんどおらず、暗さが身に沁みてくるようだった。

家まで百メートル……ここまで来れば大丈夫だろうと一安心した。前から人が歩いて来る……黒いパーカーのフードをすっぽりと被り、背中を丸めて——怪しい。大友は瞬時の判断で細い路地を左に折れた。一瞬後、麻衣が短く悲鳴を上げる。クソ、やっぱりそうか——慌てて駆け出したが、次の瞬間、今度は男の声で短く悲鳴が上がった。

麻衣は道路端に寄って、凍りついたように突っ立っていた。そのすぐ横で、鷹栖が男を組み敷いている。叫んでいるのは鷹栖だった。

「クソ野郎！　何してるんだ！」

相手はうつ伏せで、鷹栖が馬乗りになる格好。鷹栖が右手を振り上げ、相手の後頭部にパンチを見舞った。勢いで額がアスファルトを打ち、また短い悲鳴が上がる。

「鷹栖！　よせ！」大友は叫んで駆け出し、二発目を繰り出そうとする鷹栖の右腕を摑んだ。

「こいつですよ！」鷹栖はなおも相手を殴りつけようと、大友の腕を振り払おうとした。

「いい加減にしろよ」

大友が低い声で言うと、ようやく鷹栖の体から力が抜けた。ゆっくりと立ち上がり、ジャケットの裾を叩いて埃を落とす——汚れているようには見えなかったが。

大友は、倒れている男のフードを引っ張って強引に立たせた。鷹栖がすかさず男の左腕を摑んで、自由を奪う。

「大丈夫ですね？」

大友は麻衣に声をかけた。恐怖と緊張で固まっているだけで、怪我はないようだったが、本人がうなずくまで安心はできない。「大丈夫ですか？」ともう一度話しかけると、そこで初めて気づいたようにはっと顔を上げ、二度、勢いよくうなずいた。

「さて、安藤美智雄君」

この男にも一度会っている。ろくな話が聴けなかった……何しろ態度が悪い男で、話している最中、まったくこちらの目を見ようとしなかったのだ。今回もまったく同じ、鷹栖に腕を摑まれたままもがき続け、顔を上げようとしない。大友は鷹栖に目で合図した。鷹栖がすかさず後ろに回りこみ、安藤の右腕をカギ型に固める。肘と肩に強烈な力がかかり、安藤の体がくの字に折れ曲がった。

「やり過ぎだ」

大友が指摘すると鷹栖が力を抜き、安藤の体は直立した。

「彼女を襲おうとしたんですよ」鷹栖の息はまだ荒い。

「では、暴行の現行犯で逮捕だ」

「ああ？」安藤がいきなり凄んだ。「ふざけんなよ」

「警察官が現認しているんだ。言い逃れはできない」

「俺は何もしてねえよ」

「君は今まで、どこにいたのかな？」大友は低い声で訊ねた。「警察がずっと探していたんだけど、どこに隠れていたのかな？」

「隠れてねえよ。見つけられない警察が間抜けなんじゃないか？」

「侮辱すると、その分罪も重くなるぞ」

大友はスマートフォンを取り出し、地元の所轄に連絡を入れた。五分後、駆けつけた当直の制服警官に安藤を引き渡す。制服警官は鷹栖の先輩のようで、彼がこの場にいるのを不審に思った様子だったが、大友は「僕と一緒だったんだ」という説明を押し通した。知り合い同士が会っていて、たまたま犯行現場に出くわした——制服警官は信用していない様子だったが、取り敢えずこの説明は貫き通さなくてはいけない。鷹栖を厄介なことに巻きこむわけにはいかないのだ。

「申し訳ないですが、警察署に来てもらう必要があります」大友は、ようやく我を取り戻した麻衣に声をかけた。

「私がですか？」

「あなたは被害者ですから」

「何もされていませんけど……」

「相手は、あなたに襲いかかろうとしたでしょう?」大友は念押しした。「そういうことにしておきましょう。危険を排除するためです」

「そんなことしていいんですか?」麻衣はまだ心配そうな様子だった。「それって、無実の罪……」

「あの男には、どうせ他にもいろいろあるんですよ……とにかく、面倒なことにはしませんから。私も一緒に署に行きます」

大友は麻衣の腕を摑んだ。警察に行きたくないのは間違いなく本音だろう。逃してはいけない……という気持ちが行動に出た。麻衣がびくりと身を震わせて逃げようとしたので、慌てて腕を離した。

「とにかく、所轄まで一緒にお願いします。一気に決着をつけましょう」

果たしてそう上手くいくか——大友は援軍を呼ぶことにした。神奈川県警の管内で騒ぎを起こしているのは十分意識していたが、これが警視庁の事件であるのは間違いない。

下らない管轄争いになるかもしれないのは分かっている。それでもこれは自分の事件だ、という意識は強かった。

所轄は既に当直態勢に入っており、今夜は交通課長が当直責任者だった。刑事課長辺りの方が話の通りが早いのだが……大友はここで得意技の一つを出すことにした。馬鹿丁寧に、腰を低くして話す。

「お騒がせしてまことに申し訳ありません」まず深々と頭を下げる。

「いったいどういうこと？」既に髪が半分白くなっている交通課長は、大友に疑わしげな視線を向けてきた。

2

「逮捕した安藤は、警視庁で追っていた人間なんです」

「逮捕状《おふだ》は？」

「そこまで容疑は詰めていないんですが、今回は暴行の現行犯で」

「それで大丈夫なのか？」交通課長がさらに目を細めた。

「大丈夫です。川崎の人間を二人、うちが窃盗容疑で逮捕しているのはご存じですね？」

「ああ」

「今、死体遺棄容疑でさらに追及しています。間もなく再逮捕の予定なんですが、今夜逮捕した安藤という男も、それに絡んでいる可能性があります」

「死体遺棄？　つまり殺人だよな？」交通課長が、突然生き返ったように目を見開いた。

「そうなると思います」

「それも東京で？」

「……違うでしょうね」若居の証言を信用すれば、最初に死体が出現したのは川崎市内である。

「じゃあ、おたくらは単なる場所貸しか」

「そうなります」

「面倒なことだねえ」交通課長が苦笑する。「まあ、手続きだけはきちんとしてもらって。後で問題にならないようにね」

「承知してます」また深々と頭を下げる。

「それと、現場にうちの若い警官がいたようだが、それは？」また疑わしげな視線を向けてきた。

「ああ、昔からの知り合いなんですよ」大友はできるだけさらりと言った。「個人的な用事で、ちょっと会っていただけで」

「それでいきなり、そっちが追っていた野郎が女性を襲う現場に出くわした？」

「ええ」大友はさらりと言った。

「あんた、シナリオを書くなら、もうちょっと上手くやらないと」交通課長が咎めるような視線を向ける。

「失礼しました」大友は謝罪した。そう言えば……学生演劇をやっていた時に、自分でもシナリオを書いたことがある。今となってはあれは、「失敗だった」と認めざるを得ない。要するに嘘を作り出す才能がないのだ。

交通課長がにやりと笑った。上手く丸めこんだ、と信じるしかない。警察官人生三十年以上にはなるだろうこの課長が、簡単に騙されるはずもないが……。

特捜本部に連絡を入れておいたので、応援が来てくれた。大友にとってはラッキーなことに、柴と敦美。麻衣の世話を敦美に任せ、大友は柴と一緒に安藤を叩くことにした。

「奴は、本当に彼女を狙ってたのか？」柴は疑わしげだった。

「ナイフが出てきたんだ」

「おいおい、マジかよ。銃刀法違反もつけるか？」

「もちろん」

「よしよし」柴がニヤリと笑った。「それなら言い逃れはできないな。とにかく、少し痛い目に遭ってもらおうか」

「基本的には僕が調べる。サポートを頼めるかな」

「了解……おい、ちょっとずるい手を使わないか？」

「何を考えてる？」にわかに不安になった。柴は時に、違法すれすれの手を使って容疑者を追いこむことがあるのだ。

「別に、安藤をどうこうしようってわけじゃないぜ。奴の身柄はこっちにあるし、どうせ喋るよ。ろくな覚悟もない、中途半端な野郎なんだろう？」

「たぶん」

「問題は、田原さんの身の安全を確保することだ。残り二人……そいつらを騙したらどうだ？」

　それ以上の説明なしでも、柴の狙いはすぐに分かった。安藤から高木たちに連絡をさせ、何か喋らせる。例えば、「もう女は始末した」とか……いや、そういう嘘はすぐにばれるだろう。そう言うと、柴は渋い表情を浮かべながらも納得した。

「しかし、何かおかしくないか？　何で今さら、彼女に危害を加える必要があるのかね。若居を脅して黙らせるためなら分かるけど、奴はもう、自供してるんだから」

「ある意味、復讐かな……いや、それも変か」

「ああ、コスパが悪過ぎる。彼女を襲ってる暇があるなら、さっさとどこかへ逃げた方がいいだろう。何もわざわざ、危険な行動を重ねなくてもいいのにな」

「馬鹿なのかもしれないよ」

　一瞬間を置いて、柴が爆笑した。

「忘れてたよ。連中は確かに馬鹿だ」

「馬鹿は馬鹿なりに、いろいろ考えると思う。とにかく、叩いてみよう。叩けば必ず何かが出てくるはずだ」

所轄の取調室を貸してもらい、二人は安藤と対峙した。安藤は不貞腐れた様子で、体を斜めに倒し、しきりに顎を動かし続けている。普段は煙草を吸っているか、ガムをずっと噛んでいるのでは、と大友は想像した。丸顔が、坊主頭でさらに強調されている。左耳にはピアス。パーカーのフードが首の周りでぐしゃぐしゃになり、マフラーを巻いているようにも見えた。

「安藤！　ちゃんと話を聞け！」

背後に立った柴が、いきなり声を張り上げた。最初に脅しをかけるのは打ち合わせ通り。しかし安藤は柴の声が耳に入っていない様子で、まったく動じない。

「安藤さん」大友は両手を組み合わせてテーブルに置いた。「あなたは、女性に対する暴行容疑で逮捕されました。現行犯逮捕です。我々が現認していますから、言い逃れはできません」

「知らねえよ」声は意外に甲高く、細かった。

「だったら、死体遺棄についてはどうですか？」

安藤の眉がぴくりと動いた。腕組みをし、大友から必死に目を逸らす。しかしいきなり貧乏揺すりを始めてしまうほどで、動揺は隠せなかった。やはり「小者」だと大友は確信する。

「若居は、死体遺棄について自供しました。その自供通りに、昨夜遺体が見つかっています。あなたもそれに関与していたんじゃないんですか」

「知らないね」

「じゃあ、確認のために、これから遺体と対面してもらいます。おそらく、埋められて一か月ぐらい経っている遺体です。そういう遺体を、今まで見たことがありますか？」

安藤の貧乏揺すりが次第に大きくなってきた。今や体全体が左右に揺れている。

「では、早速出かけましょう」大友は立ち上がった。「遺体の解剖は終わっていますから、すぐに面会できます」

「……冗談じゃない」押し殺したような低い声で安藤が言った。

「何ですか？」大友はわざとらしく耳に手を当て、体を屈めた。「早く行かないと」

「ふざけんな！」安藤が爆発した。拳を作って立ち上がった瞬間、柴が背後から圧し潰すように両肩に手を置く。ゆっくりと上から体重をかけ、座らせる……安藤はほとんど抵抗もせず、再び椅子に腰を落ち着けた。

「何があったのか、全部喋ってもらいます」大友は宣言した。「複雑な事情がありそうですね。あなたが全部覚えているかどうかは分かりませんが、警察としては思い出してもらわないと困ります。若居が埋めた遺体は、誰ですか？」

「知らねえよ」

「あなたは関与していない？」

「俺は何もしてない」

「埋めてはいない、ということですね。殺して、死体の始末だけを若居と藤垣に押しつけたんですか？　分業制なんですか？」

「何も知らないね」安藤がうつむく。丸坊主にした頭の地肌に、汗が滲んで鈍く光る。

「喋りましょうよ。否認している方が無理がありますよ」

「何も言えない」

「言えない？　誰かに止められているんですか？　高木かな？」

安藤がぴくりと肩を震わせた。一瞬顔を上げて大友を睨んだが、すぐに目を伏せてしまう。追いこまれていると確信して、大友は畳みかけた。

「いい加減にしようか」意識して声を低く、太くする。役者の発声の基本、「腹から声を出す」だ。「高木が怖いのは分かるけど、彼も所詮チンピラだ。そしてチンピラ同士の義理なんて、警察には関係ない。人を殺して死体を埋める――そんなことは、絶対に許さない。どんなことがあっても喋ってもらう」

安藤の額が汗で光り始める。一筋の汗が垂れて、テーブルにポツリと落ちた。肩が震えている……もう少しで落ちる、と大友は確信した。

「今のうちなら――この状態でしっかり喋ってくれたら、情状酌量の余地もある。ここで協力しないなら、警察としては容赦しない。あんたの言い分は全部叩き潰す」

息を継いだ瞬間、安藤が「すみませんでした！」と叫ぶように言った。そのまま頭を下げると、額がテーブルにぶつかり、鈍い金属音が響く。自棄《やけ》になって自分の体を傷つけようとしたと思ったのか、柴が慌てて後ろから肩を掴んだ。しかし安藤はゆっくりと上体を起こし、潤んだ目で大友を見た。大友は無言で、柴に「大丈夫だ」と視線を送った。柴がうなずき返し、一歩下がる。大友は、ずっと組み合わせていた手を解き、両手を伏せてテーブルに置いた。安藤は落ちかけている——勝負はこれからだ。

しかし安藤は、「まだ言えない」と逃げ切った。さらには、弁護士を呼べと主張を始める。それで、全ては明日以降に持ち越しになった。警察としては、まずは彼の自供を得ること、そして未だ姿を見せない高木と畑悠二を捜すのがポイントだ。それに加えて、麻衣の身の安全も確保しなければならない。所轄に話を通し、彼女の自宅周辺のパトロールを強化してもらうことにした。これで一安心……あとは麻衣も安心させなければならない。

敦美がずっと彼女について話していたはずだが、麻衣はかえって不安を募らせたらしい。大友と柴が近づいていくのに気づくと、まず敦美が眉を密かに上げて見せた。「上手くいってない」の合図。続いて麻衣が顔を上げ、きつく唇を引き結んだ。今は、怖がっているというよりも怒っている。自分がどういう状況に追いこまれているか、まったく理解していない様子だった。暗闇の中を手探り。こういう時人の反応は二つに一つ——泣き出すか怒るかだ。

「警備をしっかりやってもらうように、所轄に頼みました。明日以降は、普通に仕事に出てもらって大丈夫です」

大友が請け合っても、麻衣はまったく安心した様子を見せなかった。壁に背中を預けたまま、足首を組み合わせ、神経質そうに爪を弄っている。

「田原さん」

声をかけると、ゆっくりと顔を上げる。しかし目は泳いでいた。口を開きかけたが、言葉は出てこない。敦美が、少しだけ横にどくと、表情がわずかに緩む。それまではほとんど、体がくっつかんばかりになっていたのだが、麻衣にとって快適なことではなかっただろう。人には誰でも、他人との快適な距離感がある。満員電車で気分が悪くなるのは、自分のプライベートな空間が侵されているからだ。

「若居さんは、いったい何をしていたんですか？　泥棒だけじゃないんですか？」大友を見上げて麻衣が不安気に訊ねる。

「残念ながら、もっとひどいことです」スターバックスでは、さすがに死体遺棄については喋れなかった。今ここで打ち明けるのがいいかどうかも分からない……しかしいつまでも黙ってはいられない。「若居さんは、死体遺棄事件にかかわっていると分かりました」

「死体……」麻衣の口から出た言葉が宙に溶ける。看護師という職業柄、死には慣れているはずだが、それとはまったく別の問題なのだろう。膝から力が抜け、そのままずるずると座りこんでしまいそうになる。敦美が素早く彼女の腕を摑み、体を支えてベンチに座らせる。柴が自動販売機でミネラルウォーターを買って麻衣に手渡した。麻衣はぼんやりとした表情のまま手を伸ばしたが、ボトルを掴み損ねてしまう。柴が慌てて拾い上げた。

「若居さんは、頼まれて死体遺棄をしたと自供しました。昨夜、その自供通りに遺体が発見されています。残念ですが、彼の犯行なのは間違いありません」

「そんな……」麻衣がうつむき、両手で額を支えた。髪がぱらりと垂れ、嗚咽とともに肩が揺れ始める。敦美が、少しだけ距離を開けて彼女の傍に座った。しかし、手を出そうとはしない。何かあればすぐに対応するが、そのタイミングは慎重に見計らう——豪快な性格に見えて、彼女の気遣いは細かい。

「今は、話す気になれないかもしれません。でも、是非教えて下さい」大友は彼女の前に跪いた。片膝をつくと、少しだけ目の高さが彼女よりも低くなる。「若居さんは、どういう連中とつき合っていたんですか？　あなたは本当に知らないんですか？」

「……知りません」彼女の声は空気に溶けてしまいそうだった。最初から知っていれば、つき合わなかったかもしれない。そもそも彼女の兄は、高校時代の若居の悪行を知っていたはずなのだが。

「殺されたのは、彼が普段つき合っていた人である可能性もあります。まだ身元が分かっていないんですよ」

「私は……何も知りません」麻衣が顔を上げた。涙で頬が濡れ、鼻をぐずぐず言わせている。嘘を言っている様子ではなかった。

「一緒にいて、何か様子がおかしかったりしたことはありませんか？」

「そんなこと……いつも普通でした」

「そわそわしていたり、夜中に急に出て行ったりとか……」

「ないです」麻衣の答えるペースが早くなってきた。一刻も早く、この苦行から解放されたいと焦っているのは明らかだった。

若居は、彼女の前では違う顔を見せていたのかもしれない。

そういうことはよくある。女だけは特別の存在だと思う男……だから裏ではどんなに悪いことをしていても、彼女の前では絶対にそれを見せない。おそらく彼女をどれだけ突いても、若居の裏の顔は見えてこないだろう。

「分かりました」大友は立ち上がった。膝がぎしぎしと嫌な音を立てる。「今日はこれで終わりにします。家までお送りします」

「結構です」麻衣がいきなり立ち上がった。無理やり作っているのは明らかだが毅然とした表情で、背筋もピンと伸びている。

「すみません、それでは我々も仕事にならないので」

麻衣が唇を嚙み締める。すぐにその場を立ち去らなかったのは、迷っているからだと分かった。敦美がすかさず彼女の腕を取る。麻衣がびくりと体を震わせたが、それでも敦美の手を振り払おうとはしなかった。敦美が、彼女の腕を摑んだまま歩き出す。すぐに振り返り、「任せておいて」とばかりに目礼した。

二人の姿が署の外に消えると、柴が長々と溜息を漏らす。

「何だか、可哀想だな。若居の野郎、正体を隠して彼女に接近したんだろう？　とんでもない話だ」

「でも、彼女を経済的に援助していたのは間違いない」

「盗んだ金で、な」柴の言葉には鋭い棘があった。「冗談じゃないよ。こんな話、美談にはならないぜ……だいたい、ちょっと気になることがあるんだ」

「と言うと？」

柴がベンチに腰を下ろした。結局麻衣が受け取らなかったミネラルウォーターのキャップを捻り取って、乱暴に飲み始める。水が少し溢れてシャツの中に入りこみ、短く悪態をついて首をすくめた。

「金のことなんだけどな」

「窃盗事件の関係か？」

「ああ」柴が手帳を広げる。「俺が口を出すことじゃないかもしれないけど、ちょっと小耳に挟んだんだ。被害額全体なんだけどな……今捜査本部が把握しているところでは、五件で三百八十万円になる。細かい数字は丸めたけど。二人でやったとして、分け前は五分五分かな？」

「若居の方が少ないかもしれない」

「その中で、若居が彼女に渡したのはいくらだろう」

柴の問いかけに、大友は記憶をひっくり返した。若居に聞いた話だと、百二十万円ぐらい……そこではっと気づいた。

「仮に分け前が半々だとして、七十万円ぐらい、宙に浮いている感じか……」

「そいつはどこにいったのかね」柴が肩をすくめる。「若居が自分の懐に入れた分もあるだろうけど、それだけかな」

「何が言いたい？」

「他の誰かのところに流れているんじゃないか？　例えば――」

「高木」

「そして、高木を通じてヤクザへ、とかさ」柴が水を一口飲んだ。「上納金みたいなシステムができていたかもしれない」

「なるほど……」相槌は打ってみたが、ヤクザへ、という説はぴんとこなかった。彼らに絡んでいるヤクザと言うと、まず岩尾組の存在が頭に浮かぶ。荒熊の説明を思い出す。岩尾組と高木たちの接近……今後の捜査で自分はどう噛んでいくべきか、大友は考えを巡らした。静寂が欲しいところだが、それを邪魔するように柴の携帯が鳴る。柴は相手の言葉に耳を傾けていたが、すぐに「分かった」と短く答えて電話を切った。

「俺たちは帰った方がいい。藤垣がやっと喋り始めたそうだ」

今夜はいつまでかかるのだろう……大友は激しい疲労を感じながら、ＪＲ蒲田駅から南大田署までの短い道のりを歩いた。既に午後十時過ぎ。こんな時間まで、取り調べをしているはずはないのだが……もしかしたら、藤垣が自ら「話すことがある」と言い出したのかもしれない。何しろ人一人の命がかかった事件なのだ。重圧に耐えかねて、黙秘を貫くのが難しくなったのかもしれない。あるいは若居のように、何か特別な事情を抱えているのだろうか。

「どうした」先を歩いている柴が振り向き、訊ねる。

「いや……」大友は歩調を早めて彼の横に並んだ。「ちょっと混乱しているだけだ」

「俺なんか、いつも混乱してるけど」柴が苦笑しながら言った。「別に、混乱してると何もできなくなるわけじゃないぜ。何とかなるもんだ」

「お前はそうかもしれないけど、僕は違う」

「もうちょっと気楽になれよ。すぐマジになり過ぎるのが、お前の悪い癖だぜ」

「それしか取り柄がないから」

「取り柄になる時も、マイナスになる時もあるよ」柴が肩をすくめる。

蒲田駅東口の交差点を右に折れて歩いて行く道は、繁華街というよりビジネス街の趣が強い。道路の両側に立ち並んでいるのはオフィスビルばかりで、証券会社、旅行会社、銀行に警備会社と、大都市の駅前ではごく一般的な看板が揃っている。しばらく歩くと環八にぶつかり、二人は歩道橋を使って反対側へ渡った。

署の前にテレビの中継車が何台か停まっていて、大友はぎょっとした。

「報道発表したのか？」思わず柴に訊ねる。

「ああ……正面から入っちゃ駄目だ」

「まさか、昨日若居が拉致された件まで公表したのか？」

「そうだよ」事も無げに柴が言う。「隠すとバレるっていうのは、間違いなく真理だからな。最初から全部言っちまえば、マスコミの連中なんてきつく追及してこないよ」

「まさか、僕の名前まで出たとか？」

「それはない」柴が苦笑した。「要するに、あの現場にいた人間全員の責任ということで、個人名は一切出ていない……さあ、裏口から入ろうぜ」

柴に導かれるまま、大友は署の手前の路地を入った。ここから少し歩くと、裏口に入れる。マスコミの連中も、そこまでは入りこめていないということか。

幸い、裏口は閑散としていた。駐車場になっているのだが、停まっているのは捜査車両ばかり。後は、裏口にある喫煙場所で煙草をふかしている人間が何人か。二人で同時に一礼してそこをパスし、すぐに二階へ向かう。

特捜本部は、人でごった返していた。話を聴くべき相手は……やはり捜査課長だろう。大友は部屋に入ってすぐに中を見渡し、刑事課長の須崎を探した。いた。前方の幹部席で、捜査一課の係長と何事か相談している。向こうも大友を見つけて、腰を浮かして手招きした。

大友は彼の前で「休め」の姿勢を取った。話し始める前に、須崎が一つ溜息をつく。

「お疲れですか？」

「同時多発的にいろいろ起きてるからな」

「処理能力の限界を超えてる感じですよね……それで、藤垣が供述を始めたと聞きました」

「それなんだが、結局黒幕は高木だったみたいだぞ」

「殺したのが高木ということですか？」

「いや、それは藤垣も知らないと言うんだが……」

嘘だ、と大友は瞬時に判断した。いきなり、死体があちこちたらい回しにされるなど、考えられない。高木から藤垣に、藤垣から若居に――あり得ない話だ。

「まあ、高木を庇ってるんだと思うけどな」

「藤垣も殺しに手を貸している可能性はないですか？」

「誰が嘘をついて、誰が本当のことを言っているか、今のところはまだ判断したくない」須崎が渋い表情を浮かべる。「明日から若居の取り調べを再開する。それはお前に任せるから、徹底的に叩いてくれ」

「若居はもう、全面自供していると思いますよ」

「いや、まだ言ってないことがあるかもしれない。絞れるだけ絞ってくれ」

「ええ……」相槌を打ちながら、大友は若居はもう空っぽだろうと思った。しかし、本人にとっては重要ではないことでも、実際には事件の肝になる可能性がある。やはり、さらに突いていかねばならないだろう。

「窃盗の件なんですが」

「それが何か？」

須崎がようやく腰を下ろした。大友の隣に立った柴が、すかさず「差額」のことを口にする。

「ああ、それな」須崎が両手で顔を拭った。「高木がハブになって、金を集めていたんじゃないのか？　あの川崎の店——何て言ったかな？」

「ブルーラインです」大友は助け舟を出した。

「そうそう、そのブルーラインがオープンしたのは、今年の八月だと分かった」

「まだ二か月しか経ってないんですね？」

「ああ。そして問題は、その開店資金がどこから出たか、だ。ブルーラインを開店する前、高木は特に仕事をしていなかった。つまり、金はなかったはずだ」

「でしょうね」

「盗んだ金を資金源に店を開いて、そこでさらに危険ドラッグを扱っていた可能性もあるな」

「危険ドラッグ、出たんですか？」大友は思わず一歩前に出た。

「いや、まだだ。というより、ガサもかけていない。今のところは容疑がないからな……ただし、明日には何とかする。藤垣の供述があるから、高木を死体遺棄の共犯と断定できると思うんだ」

「逮捕状まで請求できますか？」

「そこは頑張るさ。海老沢検事も、ここを勝負どころと読んでるからな」

「まさか、また来たんじゃないでしょうね？」大友は目を見開いた。そう言えば、若居が拉致された後は姿を見かけていなかったが……彼だったら大騒ぎしそうな一件なのに。

「今日の夕方にな。お前がちょうどいなかった時だ」須崎が皮肉っぽく言った。

「そう、ですね」

海老沢に関しては、やはり「張り切り過ぎている」としか言いようがない。もちろん、昨夜の一件は大きな躓《つまず》きだ――警察のミスのせいで、海老沢の立場も悪くなっている可能性がある。昨日までは「手柄」のために張り切っていたのが、今日になったら目的は「保身」に変わってしまった……十分あり得ることだ。

「検事、どんな様子でしたか？」

「頭から湯気が出ていた」須崎が真顔で言った。「相当かっかしてたな……そうそう、藤垣の自供の件、伝えておかないと」

「今からですか？」大友は反射的に腕時計を見た。十時二十分。もちろん、事件が動いている時には二十四時間動く必要があるが、検事まで巻きこむのはどうか。「いくら何でも遅くないですか？」

「検事本人のご希望でね。何か動きがあったら、いつでもいいから教えて欲しいとさ

「……」須崎が携帯を手にしたが、思い直して大友に訊ねた。「川崎の方はどうだったんだ？」

「容疑者――安藤をこちらに移送して、被害者の女性の警護は所轄に頼みました」

「神奈川県警に任せておいて大丈夫なのかね」冗談めかして言っているが、須崎の目は笑っていない。この男も、他県警を見下しているのは間違いなかった。警視庁の人間にはよくある思い上がりと勘違い。

「問題ないと思います。だいたい我々も、高木側の戦力を少しずつ削いでいるわけですから」

「あと二人か……」須崎がVサインを作った。「本当に、グループが五人かどうかも分からないが」

「そうですね。でも、高木がリーダーなのは間違いないですから、彼の行方を追うのが最優先だと思います。藤垣は何か言ってないんですか？」

「今のところは」

「高木を庇って、黙ってるんでしょうか」

「いや、それならそもそも、死体遺棄が高木の指示だとは言わないだろう」須崎が腕組みをした。「もう一押しで完全に落ちると思う。もう一人……安藤はどうなんだ？　喋りそうか？」

「まだ完全にはホトケになっていないと思います。ただ、逃げ切るほど根性のある男ではないでしょうね」それで言えば、若居はなかなかの根性の持ち主だったと言える。十日も完全黙秘を貫くのは、簡単なことではない。

「明日から、若居の取り調べをよろしく頼む。最優先事項は高木の身柄確保だ」

「分かりました」

「今日はゆっくり休んでくれ……もうそんな時間はないかもしれないが」

一礼して、大友はその場を離れた。会議室の後ろの方へ行き、コーヒーサーバーから紙コップにコーヒーを注ぐ。途中でなくなってしまい、コップは半分ほど満たされただけだったが……カップを抱えて、空いた席に座る。中身が半分ほどになったミネラルウォーターのボトルを持って、柴が横に陣取った。一つ溜息をついて、大友の紙コップを覗きこむ。

「不味そうだな」

「飲む前から言うなよ」大友は苦笑してコーヒーを一口飲んだが、その瞬間に苦笑すら引っこんでしまった。誰が用意したのか知らないが、とんでもなく濃い。これから徹夜するにはちょうどいいだろうが……。

「今夜、どうする？」柴が欠伸《あくび》をした。

「どうしようかな」大友は腕時計を見た。まだ終電までには間がある。しかし、これから町田まで戻って、明日の朝もう一度出直すことを考えるとげんなりした。

「俺は一度帰るけど」

方がいい」

「そうか」

「さっさと引き上げようぜ」水を一口飲み、柴が言った。「一度、気持ちを切り替えた方がいい」

「そうするか……」大友は目を瞑って何とかコーヒーを飲み干した。これで、今夜は眠れなくなるかもしれない。「そう言えば、高畑はどうするんだろう」

「帰るんじゃないかな。ここへ来ても用事はないし。もしかしたら、どこかへ泊まるかもしれない」柴が親指を突き立てた。「男は、案外近くにいたりして」

「あまりからかうなよ。本気で怒り出すからさ」

「そんな度胸はないよ」柴が身を震わせる。「ただ、いきなり結婚なんて言われたら、ショックが大きいだろう？　予め、心の準備をしておきたいだけだから」

「そんなにショックか？」大友は首を傾げた。

「だって、そういうイメージ、全然ないだろう。あいつが嫁に行くなんてさ」

「あるいは、嫁を貰う感じかもしれない。家庭的な男を見つけたとか」

「お前みたいに？」

「僕は、仕方なく家事をやってるだけだから」大友は苦笑して紙コップを握り潰し、近くのゴミ箱に投げ捨てた。やっぱり帰ろう。優斗は聖子の家に泊まる予定で、今夜は会えないだろうが、ある意味貴重な一人の時間になる。

これからは、こういう一人の時間も増えていくのかもしれない。寂しいような気楽なような、何とも言えない気分だった。

3

　後山は何らかの方法で自分を監視しているのだろうか、と大友は訝った。翌朝、ＪＲ蒲田駅を出て署に向かって歩き出した瞬間を見計らったように、スマートフォンが鳴ったのだ。駅から署までは、歩いて十分ほど。署に入れば、大友が仕事に忙殺されるのは後山にも分かっているはずで、その前にわずかに空いた時間を狙ってきたようだった。

「状況がだいぶ変化してきたようですね」

「神奈川県警の方、大丈夫でしょうか」この件はずっと引っかかっていた。もちろん、捜査共助課経由で正式に協力を依頼しているのだが、それだけで大丈夫なのか……今のところまだ、悪いニュースは聞いていないが。

「それは心配いりません」後山が請け合った。「田原麻衣さんは無事です」

「主犯の高木を逮捕しない限り、完全に安全とは言えないんですが」

「そこは、あなたたちが頑張らないといけないところでしょう」

「承知してます」

「ここはさらにネジを巻いて、今まで以上に頑張って下さい。たぶん、事態は最初に想定されたよりも複雑なんでしょうが、あなたなら解きほぐせると思います」

「一人でやることではないですが……」

「全て一人で背負うぐらいの気持ちでやらないと駄目ですよ」

いったいいつの時代の考えだ、と大友は訝った。たった一人の名刑事の推理で、複雑な事件が一気に解決する——実際には、昔もそんなことはほとんどなかっただろう。いつの時代も、刑事は組織の歯車の一つに過ぎない。

「気持ちはありますけど、実際には目の前の仕事をやるだけです」

「急ぎましょう」

後山の声は落ち着いていたが、あくまで平静を装っているだけなのはすぐに分かった。何故彼がここまで焦るのか……大友は前から疑問に思っていることを口にした。

「参事官、この事件に何か個人的な思い入れがあるんですか？」

「まさか」後山が即座に否定した。「私は、自分の責務を果たしているだけですよ」

「本当にそうですか？」

「何か、疑問でも？」後山の声は素っ気なかった。

「差し出がましいですが、この一件が終わったら、一度食事でもどうですか？」

「これはこれは」面白そうに後山が言った。「あなたの方からお誘いいただけるとは、珍しい」

「いや、本当に、あの——」

「そういう時間があればいいんですが」後山が大友の言葉を遮った。「難しいかもしれません。いずれ、事情はお話ししましょう。では、今はこれで……あなたの仕事を邪魔したら申し訳ないですから」

仕事の邪魔にはならない時間なのだが……電話を切って、大友はずっと立ち止まっていたのに気づいた。こんなことは滅多にない。いったいどうしたことか。

自分の中で、後山が非常に大きな存在なのだと改めて気づいた。キャリアと一般警官との関係――そんなものでは規定できない絆があると、今は確信していた。

若居はくたびれていた。頭には依然として包帯。病院で見た時には分からなかった顔の傷に、大友は改めて気づいた。椅子に座っているのもしんどそうで、しきりに姿勢を変えている。まだ話が聴ける状態ではないのでは、と大友は危惧した。

ただし、今日は別の服を着ている。

「着替えはどうしたんですか？」

「あ？　ええ……」ぼんやりした様子で、若居がシャツの襟を引っ張った。「親が……」

「差し入れしてくれたんですか？」

「まあ、そうです」

「和解したんですか？」

「和解って……そういう感じじゃないです。話してもいないし」

「でも、これが第一歩になるかもしれませんよ」言ってしまってから、大友は自分の言葉の不適切さに気づいた。若居は今や、単なる窃盗犯ではない。死体遺棄に関与し、もしかしたら殺人も――悪の面がどんどん表に出てきている息子に対して、あの両親が本当に援助の手を差し伸べるとは思えなかった。

大友は、君塚に目で合図した。君塚がすかさずミネラルウォーターのボトルを若居の目の前に置き、大友にうなずきかける。何度か一緒に取調室に入って、多少は気心が知れた、と大友は感じていた。彼が、玉城に対して反感――少なくとも嫌悪感を抱いているせいもあるだろう。共通の「敵」がいれば、手を握るのは難しくない。

「体調はどうですか」大友は無難に切り出した。

「ああ、まあ……」若居の声には元気がない。

「無理はしないようにしましょう。調子が悪ければ、すぐに中止します」

「はい……大丈夫です」今の話を、自分に有利に使うこともできたはずだ。体調不良を理由に、今日の取り調べは回避する――しかし若居はそうしなかった。面倒な話は早く済ませてしまおうと考えている様子である。

「どこが一番痛みますか」

「腕です」若居が右腕を持ち上げて見せたが、痛みに耐えかねたのか、すぐに下ろしてしまう。

「そこは気づかなかったな」長袖なので見えなかっただけか……。「火傷ですか」

「そうです。引き攣った感じで」

「とにかく、無理はしないようにしましょう」大友は壁の時計を見て、さらに自分の腕時計を確認した。「十一時五分、取り調べを始めます」

若居は今朝病院から出て来たので、取り調べの開始が遅れたのだった。若居がすっと背筋を伸ばし、身構える。

「まず最初に……安藤美智雄を逮捕しました。昨夜、あなたの恋人――田原麻衣さんを襲おうとしたんです」

若居の顔が引き攣り、椅子を蹴飛ばすようにして立ち上がった。背後ですぐに君塚も立って非常時に備えたが、若居はその場で立ち尽くし、拳を握りしめて身を震わせるだけだった。

「大丈夫です。麻衣さんは無事です」鷹栖の証言だと、安藤は麻衣の右腕を摑んで引っ張っただけだ。本当はその程度では、暴行罪を適用するのは難しい……別件逮捕のようで気分は良くなかったが、危機を回避するためだ。「無事ですから、安心して下さい」

若居がほうっと息を吐き、椅子にへたりこんだ。痛むはずの右手で頭を抱え、うなだれる。彼の頭頂部に向けて、大友は声をかけた。

「あなたに対する報復だと思います。指示を出しているのは、高木ではないですか？　高木がどこにいるか、心当たりはありませんか」

「それは……」

うつむいたまま若居が言葉を押し出したが、後が続かない。無理はできないと考え、大友は話題を変えた。

「あなた、盗んだ金は麻衣さんに渡したと言っていましたよね」

「そうです」若居がのろのろと顔を上げた。

「全部？」

沈黙。若居が唇を嚙んだ。それだけで大友は、若居が小さな嘘をついたと確信した。

「実は、あなたが盗んだと自供した額……それと、麻衣さんに渡した額の間に、大きな開きがあります。共犯の藤垣が手にした額を加えても、盗んだ総額にはまだ足りない。計算を間違えましたか？　そんなことはないでしょう。あなたは、相当優秀な記憶力の持ち主だ。だったら何故、額に差があるのか——あなた、嘘をつきましたね？」

若居の喉仏が上下する。目を見開き、大友を凝視した。大友は正面から彼の顔を見据え、次の言葉を待つ……出てこない。仕方なく、大友は自分で喋った。誘導尋問になりかねないが、できるだけ早く真相を引き出さないと。

「高木に金を渡していたんじゃないですか？　彼は自分の店を持っているけど、その資金源が謎です。元手がないと、店は開けないでしょう」

返事はない。しかし見ると、若居は怪我していない左手をきつく握っている。拳が小刻みに震えるほど力が入っていた。

「十年……」絞り出すような小さな声だった。

「何ですか」大友は思わず身を乗り出した。

「十年、我慢したんだ」低い声だが、芯が通っていた。

そこに全ての原因があるのか……大友は、目の前で苦しみに耐えている若居に対して、かすかな同情を覚えていた。

その日の夕方、大友たちは、南武線平間駅から歩いて五分ほどのところにある、古いアパートの前にいた。多摩川を渡るガス橋までも、徒歩五分ほどの場所。高木もどうせアジトを作るなら、ガス橋を渡って東京に入ればよかったのだ。何も、岩尾組の監視が厳しい川崎にいなくてもいいのに。どういう判断で、再び川崎で悪さを始めたのだろう。やはり岩尾組に実質的に組みこまれたのか……。

近くには真新しいマンションや一戸建てが建ち並んでいるが、建物の密集度は低い。高木のアパートは外壁が茶色いタイル張りの二階建てで、まったく同じ建物が二棟並んでいる右側の方だった。階段下にあるゴミ収集ボックスに、黒いスプレーで落書きがしてある。あまり柄のいい場所ではないようだった。道路を挟んでアパートの向かいには、百円ショップ。付近には、小中高校が固まっている。高木のようなワルが子どもたちに悪影響を与えないことを、大友は祈った。

現場に散った刑事は八人。捜査一課が中心になり、所轄からも応援が出ていた。大友も、高木の逮捕を見届ける義務があると考え、自分から手を挙げてこの現場に出てきていた。

アパート近くの駐車場に停めたワンボックスカーと覆面パトカーが、前線本部になっていた。捜査一課の管理官、牧原《まきはら》が自ら指揮を執るために、ワンボックスカーに乗りこんでいる。車内に二人切りなので、大友はかすかな息苦しさを感じた。すぐに、これまでほとんど面識のなかった牧原が、扱いにくい男だと確信した。

「だいたい、このクソ野郎のために俺たちが出てくるのは馬鹿馬鹿しくないか？　捜査一課はな、もっときちんとした事件、難しい事件を解決するために存在しているんだ。チンピラに毛の生えたような連中のために、俺らの貴重な時間が無駄になるのは我慢できない」

罵詈雑言のマシンガントーク……最初、大友は適当に相槌を打っていたのだが、すぐにほとんどが牧原の独り言なのだと気づいた。大友が何か言おうが言うまいが、無視して話し続ける。しかもやたらと「クソ」や「馬鹿」を挟んだ。服装はきちんとしている――仕立ての良さそうな濃いグレーの背広に、目に痛いほど真っ白なワイシャツ、きちんとえくぼを作った濃紺のソリッドタイ。しかも黒のストレートチップは、顔が映りこむほど磨きこんでいる。外観と中身が別の人間のようだった。

「クソチンピラが……どうせなら川崎で何かやらかせばよかったんだ。こんなチンケな連中は、神奈川県警に任せておけばいいんだよ。チンケな犯罪者はチンケな県警に任せる、それが分相応ってやつじゃないか？」

スライドドアが開き、柴が身を屈めながら乗りこんできた。背広の肩が黒くなり、髪が雨で光っている。先ほどから雨が降り出しているのだ。

「いませんね」柴が短く報告する。

「間違いないか？　クソ野郎は小汚いアパートに籠って息を凝らしてるんじゃないのか？」

「いや、間違いなくいません」柴は牧原の汚い言葉に慣れているのか、平然としていた。

「監視に移行しますか？」

「そうしろ。交代要員は後で手配するから、靴底にくっついたガムみたいに張りついてろ」

「了解です」

柴がすぐに車を出て行った。しかしドアを閉める前に、もう一度体を車内に突っこみ、傘を持ち出していった。それを見て、大友も牧原に告げる。

「私も見てきます」

「ああ」牧原が唸るように言った。

大友は、いつも持ち歩いている折り畳み式の傘を持ち出し、車の外に出て開いた。雨のせいもあり、すっかり夜のように暗くなっている。街灯の光に照らされ、大きな雨粒が宙に浮いて見えた。

柴に追いつき、並んで歩く。「勘づかれたかな」と柴がぽつりと言った。

「また？」

「いや、そう簡単にはこっちの動きは分からないだろうけど……何か変だよな」

大友は、また情報漏洩について考えていた。こちらの動きが漏れているという確証はない。だがこの前——若居が拉致されたことを考えると、どうしても心がざわめくのだった。

柴が無言になった。雨が強くなってきて、傘から垂れて彼の足元で跳ねる。大友の小さな折り畳み傘は頼りなく、防ぎ切れない雨が肩を濡らした。

「ここが高木のアジトなんだよな」柴が念押しした。「家は別にある」

「若居はそう言ってるし、家の方はもう確認している」大友は応じた。

「若居の言うことは信用できるのか？」

「僕は信用している」

「ずいぶん入れこんでるな」柴が皮肉っぽく言った。

「そういうわけじゃないけど……」大友は否定したものの、喋りながら自信が流れ出していくのを感じていた。若居は、どこか「出し惜しみ」している感じがある。素直に喋っているのは間違いないのだが、後から次々と話が出てくるところに、計算高さを感じるのだ。自分が有利になるよう、必死に状況を読んで話を小出しにしているような……。

「百パーセント相手を信じたら駄目だぜ」柴が釘を刺した。

「それは分かってるんだけどね」

どうにも釈然としない。うつむきがちに歩いていると、いつの間にか高木のアパートの前に着いていた。それほど大きな建物ではなく、それぞれの部屋は狭い１ＤＫ、あるいは１ＬＤＫという感じだろう。明らかに単身者向け。この辺りでの家賃の相場はどれぐらいだろう、と大友は考えた。

敦美がいた。夜に溶けこみそうな黒いレインコートを着ているが、大柄なのでやはり目立つ。柴は歩調を緩めず、アパートの裏の方に向かって行った。大友は敦美に歩み寄り、少し距離を置いて隣に立った。

「昨夜……田原さんはどうだった？」

「ちょっと厳しかった――落ち着かなかったわね」

「恋人の悪い面がどんどん出てくるんだから、前向きにはなれないよな」大友は溜息をついた。

「若居は、相当ずるいわよね」敦美がぽつりと言った。

「ずるい？」

大友は傘を少し傾けて、敦美の顔をちらりと見た。敦美は怒ったような表情を浮かべ、アパートを凝視している。若居の代わりにアパートを恨むことで、何とかストレスを発散させようとしているようだった。

「ずるいって、どういう意味だ？」

「もしかしたら若居は、普通の人になりたかったんじゃないかな」

「ああ……」大友は足元を見つめた。アスファルトを打つ雨は激しく、白い波紋ができている。「悪い道から、何とか抜け出したかったんだろうな」

「彼女と——麻衣さんとつき合うことになったのは、若居にとって千載一遇のチャンスだったかもしれないわね。彼女はまともな人だから。陽の当たるところを歩いている人だから。そういう人と一緒にいることで、自分もまともな道に行こうとした……でもそれって、ずるいわよね」

「自分の本当の姿を隠して、つき合っていたわけだからね」

「そう」敦美が素早くうなずく。「それはやっぱり、恋愛においては御法度でしょう。本当の自分を曝け出すのが恋愛なんだから。結婚して、初めて相手の正体に気づいてびっくりしてすぐに離婚、なんてこともあるけど……そういうの、馬鹿らしいでしょう」

「そうだね」相槌を打ちながら、敦美は何でこんなにむきになって力説しているのだろうと大友は訝った……自分の結婚と関係しているのか？

「自分の正体を隠して近づいて、相手を利用しようとしたなんて、許せないわよね」

「でも若居は、彼女に金を貢いでいた——盗んだ金だけどね」

「お金の問題じゃないのよ。とにかく、自分がまともな道に戻るために、彼女を利用しようとしたことが許せない。それは麻衣さんも分かっていて、だから落ちこんでいるのよ。彼女は恐怖じゃなくて、そういう裏切りにショックを受けている」

「何としてでもまともになりたかったんだよ、若居は。悪い連中とのつき合いを絶って、普通に生きていきたいと願っていた。十年も同じような暮らしをしてきたら、それはもう……本人がワルになり切れればいいけど、若居にはどこか、甘い部分があるんだろうな」

「同情はするけどね」敦美が肩をすくめる。「でも、やっていいことと悪いことがある。結局若居は、流されていただけなんだから」

「そうだな」

「根本的に問題があるのよ。たぶん、親との関係が原因だと思うけど……若居って、麻衣さんに母親的なことも求めていたみたい」

「そうなのか？」

「昨夜彼女に話を聴いたんだけど、甘え方がね……テツに話すのは恥ずかしいけど」

「別に、聞かなくてもいいよ」大友は苦笑した。「要するに甘えん坊だったわけだ」

「その辺は、私たちじゃなくて心理学者が分析すべきところだと思うけど」敦美がうなずく。「とにかく、若居はクズ野郎よ。麻衣さんもなかなか決心がつかないだろうけど、さっさと別れるべきだと思う」

「若居も実刑判決を受けるだろうから、必然的に別れるだろうね」

「そうじゃなくて」敦美が苛立たしげに言った。「刑務所に入って自然消滅じゃなくて、はっきりと自分の意思で別れるっていうこと。一度、ちゃんと面会に行って話し合うように勧めておいたわ」

　接見で別れ話をされても、若居も困るだろうが……敦美の言うことにも一理ある。要するに「けじめ」の問題なのだ。麻衣が気持ちを固めるのに、時間はかからないだろう。だが若居はどうか。あの男に立ち直る機会を与えなくていいのか？　現状では麻衣以外に頼れる人間がいない状態で、どうやって更生の機会を得るのだろう。喪失感が、また魂を腐らせてしまう可能性もある。

「いつまでも一緒にいると、目立つわよ」

二人でいるから目立つのではなく、敦美の存在そのものが目立つのだが……大友は彼女に軽く目礼して、その場を離れた。アパートを直接監視できるポイントは二か所。細い路地に面して建つアパートの両側だ。後は、そこへ入る大通りが二次的なチェックポイントになる。その三か所に、刑事が二人ずつ配置されていた。もちろん、敦美が言うように二人で固まって立っていると目立つので、微妙に離れている。この天気は、こちらにとってむしろ幸いだ、と大友は思った。雨が降っていると、人の注意力は散漫になる。足元を気にするあまり、前から誰かが突進してきても、ぶつかるまで気づかなかったりするものだ。

大友はアパートの前をゆっくり歩いて通り過ぎた。百円ショップの隣にコインランドリーがあるのに、改めて気づく。学生が多い街なのだろう。そういえば大友も、学生時代にはコインランドリーのお世話になっていた。ちょうどアパートを監視できる場所なので、中に入りこんでみる。コインランドリー特有の暖かさと洗剤の香りに全身を包まれ、タイムスリップしたような気分になった。雨が降る肌寒い夜だから、監視にはここが一番だ。

アパートに人の出入りはない。ドアを数える……十部屋。灯りがついているのは、そのうち五部屋だけだ。

「ああ、ここは暖かくていいな」

突然柴に声をかけられ、はっと顔を上げる。

「ついでに洗濯物を持ってくればよかった。今夜は長引きそうだからな」

「いきなり奴が帰って来たらどうするんだ？　洗濯物が回収できないぞ」

「そうか」柴が顔を歪めるようにして笑う。

「ちなみに、裏口は本当に心配しなくていいのか？」

「大丈夫だ。裏は民家だし」

「でも、奴の部屋は一階だろう？　ベランダから出入りできると思うけど」

「気にし過ぎじゃないか？」

しかし、言葉に出してしまうと妙に気になる。大友は「ちょっと見てくる」と言ってコインランドリーを出た。やはり心配なのか、柴もついて来る。

アパートの右側に細い通路があった。奥の民家に入る私道のようで、行き止まりが車庫になっている。その手前に、アパートと民家を隔てるブロック塀。塀とアパートそのものの間には、狭い隙間があった。体を横にすれば中に入れないこともない。大友は、その隙間に体を押しこめてみた。ベランダの手すりを避けるように横ばいを始めると、背中がブロック塀に擦れる。大友はいつも持ち歩いている手袋をはめた。手すり越しに腕を伸ばし、高木の部屋の窓ガラスに触る。左右に揺らしてみたが動かない。鍵はかかっているようだ……ということは、高木もここから入ろうとはしないだろう。鍵を持っていても、外から窓までは開けられない。ここは無視しておいていいか——そう思って柴のところへ戻る。

「窓は？」

「鍵がかかってる」

「そうか……おい」柴の声が突然尖った。「奴だ」

まさか。大友は慌てて、今入って来た私道の先を見た。高木。パーカーのフードを目深に被り、傘もさしていない。うつむいており、まだ大友たちに気づいていない様子だった。柴が無線に向かって、「アパートの横で発見」と短く報告する。

その声が聞こえたのか、高木がはっと顔を上げる。既に一度会っている大友は、顔を見られるのを恐れて視線を下に向けたが、高木はいち早く気づいてしまったようだった。「待て！」と叫んで柴が駆け出す。一瞬遅れて大友も続いた。柴の靴が跳ね上げる水が、街灯の灯りを受けて煌めく。

踵を返した高木の背中は、既に小さくなっていた。右か、左か——高木は右へ折れた。もちろんそちらにも、刑事が待ち構えている。いや……本当に？　高木は網をすり抜けて、大友たちの目の前に現れたのだ。監視の目が甘いとしか考えられない。

「高木！」柴が叫び、高木の後を追って右へ曲がる。大友もすぐ後に続いたが、距離は開く一方だった。

角を曲がったところで、立ち止まった高木に気づく。目の前で、敦美が両腕を大きく広げて立ちはだかっていた。高木は躊躇している様子だったが、それでも相手が女性なので何とか逃げられると甘く見たのか、突進していく。馬鹿な——高木が重傷を負う場面を想像して、大友は青くなった。

実際敦美は、あっさりと高木を制した——ように見えた。すれ違いざまに腕を摑んで振り回し、高木がバランスを崩したところで足払いをかける。高木は音を立てて背中からアスファルトに落ちたが、ひどいダメージは受けなかったようで、すぐさま立ち上がった。その時にはもう、右手にナイフを握っていた。姿勢を低く保ち、ナイフを腰だめに構えて敦美に対峙する。弱い街灯の光に刃が煌めいた。敦美は左足を少し前に出し、肘を軽く曲げた両手を突き出すように構える。格闘技で高木が敦美に敵うとは思えないが、刃物のあるなしは大きい。

「高木！」

柴が背後から低い声で呼びかける。高木が素早く振り向き、舌を突き出して唇を舐めた。フードはいつの間にか外れ、金髪がくっきりと見えている。焦りと緊張のためか、表情は引き攣っていたが、それでも追いこまれた様子はない。この余裕は何なんだ……危険ドラッグだ、と大友は判断した。目の輝きが怪しい。危険ドラッグにも様々な種類があるが、興奮剤と同様の効果が出るものもある。

「気をつけろ！」大友は二人に注意を呼びかけた。「ドラッグだ」

それだけで二人は事情を察したようだ。敦美の顔はさらに緊張感が増し、柴の背中が硬くなるのが分かる。後から駆けつけてきた刑事が、敦美の後ろでバックアップに入った。牧原も、早くも到着して大友の横に並んでいる。汚い言葉を吐かないといいが、と大友は心配になった。

「危険ドラッグを使っていると思います。興奮させるとまずいです」しかも元々、切れると怖い性格だ。

「ドラッグ野郎か。心底クソったれだな」牧原が言葉を押し出すように言った。「完全に制圧しろ。ドラッグを使っている野郎は、前後の見境がつかなくなっているからな」

それは分かっている……問題は、やれるかどうかだ。

「おら！」

高木は、まるで絡み付いた網を切り裂こうとするかのように、無茶苦茶にナイフを振り回している。これでは近づけない――突然、周囲がぱっと明るくなった。叫び声を聞いて何事かと思ったのだろう、高木がいる前の家で、玄関のドアがいきなり開いたのだ。子ども――中学生ぐらいの女の子が恐る恐る顔を出す。

「ドアを閉めて！」

大友は叫んだが、少しだけ遅かった。女の子がいる位置からは、高木の姿が見えなかったようだ。高木がいきなりダッシュして、玄関に飛びこむ。女の子の悲鳴が響くと同時に、ドアが閉まった――そこへ敦美が突進した。高木はまだ鍵をかけておらず、敦美が思い切って引っ張ると、ドアが全開になる。

大友は思わず息を呑んだ。高木は女の子の背後に立ち、左腕を首に回して締め上げ、右手に持ったナイフを耳の上に当てている。女の子はあまりのショックに動くのも忘れてしまったようで、高木のなすがままになっている。高木の方がだいぶ背が高いので、締めつけた腕で上に引っ張りあげられ、爪先立ちになってしまっていた。あれはまずい……踵が降りたら、首が締まってしまう。

「よし、動くな」

牧原が前に出た。朗々とした声はよく響いて頼もしい限りだが、高木を刺激するとまずい。

「管理官、私が――」大友は、説得役を買って出た。こういう状況なら、丁寧に喋れる自分の方が、相手を刺激せずに説得できるはずだ。

「いいから、俺に任せろ」

牧原が躊躇わず玄関に近づく。ドアを摑んで押えている敦美の横に立つと、「高木だな？」と声をかけた。

「落ち着いて話をしよう」

「失せろ！」

高木が叫ぶ。声は低く、パニックになっている様子ではなかった。薬物の影響があるのかないのか……しかし少女の頭に押しつけられたナイフの切っ先を見て、大友は最悪の事態を想定して動く必要性を感じた。

「いいか、そっちの言い分は聞く。だからその子を放せ。怪我したら詰まらないぞ」

「愛菜《まな》！」

家の奥から悲鳴が上がる。その声が、人質になった女の子――愛菜の恐怖に火を点けたようだった。細い悲鳴が上がり、ばたばたと暴れ始める。高木の右手がぶれ、ナイフが動いて、愛菜の頭を傷つけた。細く流れ出した血が耳を伝って床に垂れ、家の奥からまた女性の悲鳴が上がる。

「出て来ないで！」牧原が家の奥に向かって叫んだ。さらに高木にターゲットを決め、「人を傷つけるな」と警告した。高木が反応しないのを見て、「これ以上は駄目だぞ」と念押しする。高木はやはり無表情、動きもない。愛菜の首をしっかり締めつけたまま、ナイフもきつく握り締めていた。目が据わっていて、何をするか予想もつかない。いつの間にか、現場にいた刑事たちが全員その場に集まっている。大友は柴に目配せし、刑事たちの輪から抜け出た。

「裏だ」大友は短く言って駆け出した。柴がすぐ後に続く。

二人は民家の庭を抜け、驚いて顔を出した住民にバッジを示して謝りながら、裏手に回った。勝手口の鍵はかかっていなかったので、声をかけずにそのまま家の中に入りこんだ。

「クソ、銃があれば……」柴がつぶやく。

「あの状態じゃ撃てない」大友は指摘した。

「高畑がいるから何とかなるだろう」

「頼りにし過ぎだよ」

台所からリビングルームに入る。女性——愛菜の母親だろう——が悲鳴を上げかけたので、大友はバッジを示して唇の前で人差し指を立てた。彼女に歩み寄り、「警察です。ここから動かないで下さい」と小声で指示した。女性はがくがくとうなずいたが、状況を理解している様子ではない。柴が彼女の肩に手をかけ、ソファに座らせた。大友にうなずきかけると、先に立って廊下に出る。

高木の意識は、前にいる敦美と牧原に集中しているようで、背後に迫る大友たちに気づかない。その距離、約五メートル。ダッシュして襲いかかるには距離があり過ぎる。どうする……敦美と目が合う。敦美はうなずきもしなかったが、何度か激しく瞬きした。大友は彼女にうなずきかけ、「高木！」と声を張り上げた。

高木が一瞬振り向く。その隙に、玄関にいた若い刑事が突進し、愛菜と高木の間に身を入りこませた。愛菜を庇うように、高木に背を向ける格好——高木がナイフを振り上げる。大友が駆け出した瞬間、敦美が狭い空間に飛びこんだ。素早い左ストレート——自分の拳を傷めないために、掌底だ。額を直撃し、高木がのけぞる。まだナイフは離していないが、敦美は素早く高木の背後に回りこみ、右の手首を摑んだ。そのままぎりぎりと絞り上げるが、高木はまだナイフを握っている。敦美が渾身の力をこめた。高木の手首を両手で握っていたのだが、一瞬右手を外し、肘を摑んだ。そのまま肘を上に押し上げ——ぽきりと乾いた音が響き、高木が悲鳴を上げる。ナイフが廊下に落ちた。

「確保！」

敦美が叫ぶ。大友と柴は後ろから加勢し、柴が素早く高木の右手首に手錠をかけた。高木の右手は、誰かに下から引っ張られたようにだらりと垂れている。脱臼——あるいは肘を骨折したか。やり過ぎだと思ったが、緊急措置である。あそこでやらなければ、愛菜は間違いなく刺されていた。

「阿呆！」玄関の外から牧原が叫ぶ。

やはりやり過ぎたと判断したのだろうか……しかし牧原はまったく逆のことを言い出した。

「手ぬるいんだよ、お前らは。こういうクソ野郎の腕なんか、引っこ抜いてやればいいんだ。片腕がなくなれば、もう悪さはできないだろうが！」

敦美が肩を上下させながら、苦笑を浮かべた。その瞬間、愛菜が泣き始める。誰かがスウィッチを入れたように突然で、他の全ての音を圧してしまうような音量だった。

4

愛菜は、念のために病院に搬送された。母親がなかなか現状を把握できずにパニックになっていたので、敦美がつき添う。まだ仕事中で会社にいた父親とも連絡がつき、すぐに病院に向かってくれることになった。

高木は覆面パトカーで南大田署に搬送され、大友と柴は牧原と一緒にワンボックスカーに乗った。

「高木を病院に連れていかなくていいんですか」大友は訊ねた。あの右腕は重傷だ。

「放っておけ。あんなクソ野郎は、あのまま右腕が使えなくなった方がいいだろうが」

「それはやばいですよ、管理官」柴も苦言を呈する。「後で問題になりますって」

「何が問題だ？」助手席に座っていた牧原が振り向く。たった今人を殺してきたような、凄まじい形相だった。「お前らは何も見なかったことにしておけばいい。なかったことにすれば――」

「管理官、冷静にお願いします」大友は懇願――忠告した。本気で言っているかどうかは分からないが、容疑者を傷つけたら、後で問題にならないわけがない。

「分かってるよ」ひどく不機嫌に言って、牧原は前を向いてしまった。

大友はほっと胸を撫で下ろして、シートに背中を預けた。もう一人――畑悠二の行方がまだ分からないが、トップの高木を押さえたのだから、麻衣の安全も確保されたと言っていいだろう。

後は事件の全容を解き明かすだけ――大友は気合いを入れ直した。その「全容」は、まだ尻尾さえ見えていないのだが。


高木逮捕――直接の容疑は結局、「傷害」と「逮捕・監禁」。愛菜を人質に取って負傷させたのだから、これは当然だ。事態が急展開したので、捜査一課長も急遽特捜本部に姿を見せていた。

捜査は深夜まで続いた。一番大きな成果が挙がったのは、高木のアジトの家宅捜索である。大量の危険ドラッグが見つかり「ブルーライン」が古着屋を隠れ蓑にした危険ドラッグのショップだったことが、間接的にだが裏づけられた。

ただし、肝心の高木本人に対する取り調べがまだである。病院に運びこまれて診察を受けたところ、右肘の骨折に靭帯損傷、手首も脱臼していることが分かったのだ。長期入院が必要なほどではないが、取り敢えず病院で一晩過ごすことになった。明朝からは取り調べにかかれるだろう。

「高畑を怒らせるとマジでやばいな」柴が小声でささやく。

「今さら？」

「あそこまでやるとは思わなかったよ」

「日々鍛えてるみたいだからね」

「相手の男は大変だ」

「何の話？」

いきなり敦美の声が降ってきて、柴がびくりと身を震わせる。

「何でもない……怪我は？」

大友は立ち上がり、敦美に椅子を勧めた。敦美がへたりこむように腰を下ろす。掌を額に当て、長く吐息を漏らした。

「怪我はないけど、失敗が身に染みて。あの子……愛菜ちゃん、可哀想だったわ」

「愛菜ちゃんの怪我の具合は？」

「大したことはないのよ、縫うほどでもなかったし。でも、髪の毛がね」

「そうだっけ？」大友は首を捻った。そこまでは見ていなかったのだ。

「ここ、切れちゃって」敦美が顔の両側で手を上下に動かした。「綺麗に触覚を作ってたのよ」

「ああ」

「触覚って何だ？」柴が割りこんできた。

「知らないの？」敦美が非難するように言った。「顔の脇に、細長く髪が垂れ下がるようにして……アイドルの子とか、よくやってるじゃない」

「アイドルのことなんか知らねえよ。何でそんな変な髪型にするんだ？」

「顔が細く見えるらしいけど、本当にそうかどうかは分からないわね。愛菜ちゃん、そもそも顔はほっそりしてたし」

「しかし、危なかった」その場面を思い出し、大友は顔から血の気が引くのを感じた。「君も、無茶し過ぎだよ。怪我でもしたら、悲しむ人がいるんじゃないのか？」

「それぐらいで動じる人じゃないから。死ななければ、全然問題ないわ」

一瞬、大友も柴も黙りこんだ。恋人の存在を認めたわけだ……敦美が咳払いする。

「ちゃんと言うべき時が来たら、言うから」

「お……おう」柴が気圧されたように曖昧に言った。敦美が自らこの話を持ち出すとは思っていなかったのだろう。

三人のだらけた会話は、捜査会議の招集を告げる南大田署刑事課長・須崎の声で終わりになった。

状況が複雑になった上に、事態が一気に進展したので、捜査会議は長引いた。急に緊張感が増したのは、高木の取り調べを誰が担当するかが議題に上がった時である。牧原は捜査一課の警部補を指名したのだが、玉城が無理矢理割って入ったのだ。椅子を蹴倒す勢いで立ち上がり、「それは自分にやらせて下さい」と直訴する。

会議室の空気が凍りつき、大友は胃がしくしくと痛むのを感じた。この男は、どこまで自己主張が強いのだろう……牧原は玉城を一瞥したが、一課長がいる手前か、暴言は吐かなかった。代わりに一課長が、「予定通りにやる」と短く宣言する。

「この件には最初からかかわっているんです」玉城はまだ必死だった。「最後まで責任を取りたいんです」

「阿呆か」大友の隣に座った柴がつぶやく。「あいつ、今回の事件では貢献度ゼロだろうが。何を今さら」

「自分が最初に手をつけた事件だっていう意識は高いと思う」

「貢献してなければ、担当は外される。そんなのは当たり前だと思うけどね」柴が鼻を鳴らす。

当然、玉城の願いは受け入れられるわけもなく、捜査会議は終了した。大友はさっさと帰ろうと荷物をまとめたが、玉城に呼び止められた。鬱陶しいなと思いながら、無視するわけにもいかない。

「また上手くやりやがったな」玉城がねっとりとした口調で因縁をつけてきた。「いつもいいところで使ってもらって、どういうコネだ？」

「私のコネを知ったら、気絶しますよ」もう真面目に反論する気にもなれず、大友は冗談で切り返した。実際、後山との特殊な関係を「コネ」と言ってしまっていいかは分からないが。

「自分だけ、いい思いをするつもりか？」

「ちょっと、玉城警部補さんよ」柴が不機嫌な口調で割って入る。「何かあった時に、たまたまその場に居合わせるのも大事な能力なんだぜ。あんたにはそれがないだけじゃないのか」

「何だと」

玉城の顔から血の気が引く。それは柴の反論のせいではなく、敦美が彼の前に立ちはだかったせいかもしれない。敦美は彼の前に右腕を突き出し、ブラウスの袖をめくった。包帯が巻かれているのは、この前の公園の火事で負った軽い火傷の跡だ。

「私たちは体を張っています。だから、いろいろな場面に遭遇するんですよ。あなた、自分で身を張って頑張ることを忘れたんじゃないですか？　所轄に出てから、意識が甘くなったとか？」

玉城が反論できずに黙りこむ。大友は軽く一礼して、彼の脇をすり抜けた。柴と敦美も後に続く。ぱちん、と軽い音がしたので振り向くと、二人がハイタッチを交わしたところだった。こういうのも珍しい……普段は柴の方で、なるべく距離を置こうとしているのに。

「あいつ、変わったな。元々張り切りボーイではあったけど、所轄に来て天井が抜けたみたいだ」柴が鼻を鳴らす。「出世したいんだろうけど、焦る奴には結果はついてこないぜ」

「三課の知り合いに聞いたんだけど、彼、二人目の子どもが生まれたばかりらしいわ」敦美がつけ加える。「警部補に昇任して、家族も増えて……張り切る要素が揃っているのね」

「張り切るのは別に構わない」大友は言った。「僕たちに迷惑をかけなければね」

自宅にたどり着いたのは午後十一時。結局夕食を食べ損ねてしまい、腹は減っている。しかし明日の朝も早いから、今日はこのまま寝てしまおうか……冷蔵庫を覗くと、ラップのかかった握り飯が三つ、入っている。それに、普段はこんなところに入れない小さな片手鍋……不審に思って鍋を取り出し、中身を確認すると、どうやら豚汁らしい。人参の赤、こんにゃくの灰褐色などがごつごつと突き出ているのを見ると、かなり具沢山のようだ。いったいどうしたのだろうと訝りつつ、鍋をガス台に置くと、優斗が自分の部屋から出て来た。寝巻き代わりにしているジャージ姿だが、まだ寝ていたわけではないようだ。

「まだ寝なくていいのか？」

「明日、土曜日だよ」

「あ、そうか」慌てて壁のカレンダーを見る。特捜本部に組みこまれた時にありがちなことだが、曜日の感覚が狂ってしまう。「明日の予定は？」

「寝坊するだけ」優斗が素っ気なく言った。「パパは仕事？」

「ああ、悪いけど」

「別に悪くないよ」一人で大丈夫だし、という本音が透けて見える。

「ところで、この豚汁とお握りは？」

「作ってみたんだけど」

「マジか？」優斗もまだ、豚汁を作ったことはなかったはずだ。

「夜食用にね」

「実はこれが夕食なんだ。食べてない」

「体に悪いね」優斗が肩をすくめる。「温めようか？」

「自分でやれるよ」

苦笑しながらガスの火を点ける。ほどなく豚汁が温まってきて、甘い香りが漂い出した。大きな椀に注ぎ、冷蔵庫から握り飯と缶ビールを取り出して、夕飯の準備完了。何故か優斗も、ミネラルウォーターのボトルを片手にテーブルにつく。

大友はまず、豚汁に箸をつけた。脂身が多いところを使ったのか、表面に細かい油の粒がびっしりと浮いている。一口啜ると、野菜の甘みが強く出ているのに気づく。人参、大根、こんにゃく……ごぼうまで入っている。相当太く歯応えがあるが、一応ささがきにしようと努力した形跡は窺える。

「美味いよ」

言うと、優斗がにやりと笑った。握り飯は、冷蔵庫に入れないで欲しかったが……小さいのが三つで、大友の腹の空き具合にはちょうどよかった。

「あのさ」食べ終えてから缶ビールを開け、大友は急に思い出した。

「何？」

「深井君のことだけど……その後、何か変わった様子はないか？」

優斗が無言で首を横に振る。特に変化なし——彼にとっていいことではないだろう。

「今ちょっと忙しいんだけど、一段落したら深井君のご両親か、中学校の先生と話す必要があると思ったら、所轄の担当者にも相談する」

「どうしたの？」優斗が目を見開く。

「どうしたって？」

「何か、急にやる気になって」

「ちょっと考えたんだ……もしかしたら深井君のことは、実際にはそれほど大した問題じゃないかもしれない。中学生や高校生ぐらいの時に、悪いものに惹かれるのはごく自然だから。ほとんどの人は、一時的な病気のようなもので、すぐにそこから抜け出せる——もちろん、抜けられない人もいるんだけどね」

「分かるけど……」優斗が困ったように眉根を寄せた。「何で急にそんな話になったの？」

「そういうケースがあったんだ。その話を聞いて、ちょっと考えちゃってね。放っておくのはよくないと思った」

若居。

彼の人生は、中学生時代に高木たちと出会ってから、狂いっ放しだった。高木の感覚がどういうものだったかは、本人に聞いてみないと分からないが……高校生が中学生を遊び仲間に引き入れた意図は何だったのだろう。「手下」にしたかったのか。現在、若居が窃盗に手を染めてまで、高木に「上納金」を渡し続けたのは、まんまとその罠にはまっていたからかもしれない。

それが十年も続いていたのだ。時には暴力、時には金。そして非常に稀に、仲間としての愛情。様々な要素にがんじがらめにされ、若居は高木から離れられなくなっていた。その結果起きた、いくつもの悲劇。

若居は、自分がどうして転落したか、十分理解している。そして、そういう人間を少しでも減らしたいと真剣に考えた。それ故、大友に対して自供したのだ。優斗の話が自供を引き出したと考えると、少し気が重かったが……プライベートな問題を駆け引きの材料にするのは、あまり褒められたことではない。

頭の片隅に、玉城のことがあるのにも気づく。彼は過去に悪い仲間とつるんでいたわけではないが、「現在」がよくない。警察学校で幼稚ないじめを受けて、その結果、同期の人間たちを見返そうと、出世のために他人を平気で踏みつける攻撃的な人間になってしまったのだろう——辛い経験は、人の性格や生活を捻じ曲げる。

「ほんのちょっとしたことで、苦しみは長く続くかもしれないんだ」

大友の言葉に、優斗の顔が引き攣った。

「いや、本当にさ……だから、できるだけ早く引っぱり出してやらないといけない」

「大丈夫かな」

「何とかするよ。警察官としてじゃなくて、父兄の一人として」

自信はなかった。警察官としてなら、打つ手はいくらでもある。しかし父兄となると……自分は決して優秀な親ではない。他の父兄との関係にしても、きちんとしているとは言い難い。こういう時、菜緒がいてくれれば、としみじみ思う。彼女はコミュニケーションの達人だったのだ。初対面の人ともすぐに親交を結び、親しく会話ができる。初めて会った翌日には、旧知の友のように腹を割って話し合えたのだ。

「頑張って、としか言えないんだけど」

「お前も頑張らないと」

「僕が？」優斗が自分の鼻を指差した。

「今、深井君はクラスの中でどうなってる？」

「どうなってるも何も、あまり学校に出て来ないから」

「出て来たらどうなるかな。皆、扱いにくいんじゃないかな」

「ああ……そうかも」

「話しかけなかったり、もっと露骨に無視したり、最悪虐《いじ》めたり……ちゃんと学校に戻って来ても、深井君には一つバッテンがついたことになるだろう？　普通の真面目な生徒から見れば、『あいつは何だ』って話になるんじゃないかな」

「うん、たぶん」

「そういう時に、話しかけてあげるのも大事だと思うよ。本当は、悪い連中との関係を断つことよりも、その後の方がずっと難しいんだ」

まさに犯罪者と同じである。逮捕、起訴、裁判、服役……そういう司法の流れは決まっている。服役には「矯正」の意味もあるのだが、本当に大事なのは出所してからである。刑務所という特殊な場ではなく、普通の社会の中でどう生きていくか、他の人に受け入れられるかの方がよほど大事な問題なのだ。そのために保護司のような人たちが活躍しているのだが、最終的に受け入れるかどうかを決めるのは、その地域の人である。深井の場合は、学校の仲間たちだ。

「他の生徒たちが無視しても、お前はちゃんと話しかけるとか。昔からの友だちなんだから、できるだろう?」

「たぶん……」優斗は自信なげだった。深井と絡むことで、自分も色眼鏡で見られるとでも思っているのだろう。

「怖がってたら、何もできない。僕も、父兄として口出しするには、結構な勇気がいるんだぜ」

「そうなの?」

「父兄同士の関係も難しいしね。その辺は、生徒同士の人間関係と同じだよ。でも、ちょっと頑張ってみようか。お節介だと思われても、何もしないよりはずっとましだから」

話しているうちに、気持ちが前向きになってくる。地域の問題も、警察の仕事と同じかもしれない。いや、地域の人間としてしっかり問題に取り組めば、警察の仕事を助けることにもなるはずだ。

5

最大の謎は、翌日に解決した。

若居たちが埋めた遺体の身元が判明したのだ。ただし喋ったのは、高木ではない。翌朝一番で出頭してきた畑悠二が、被害者の名前を自ら明かしたのだ。

「川上高司《かわかみたかし》？」牧原が首を傾げる。「誰だ、そのクソ野郎は」

「管理官、一応被害者なんですから、クソ野郎っていうのは……」大友は反射的に牧原を諌めた。

「おっと、失礼」口ではそう言いながら、牧原は何とも思っていない様子だった。

「人定はまだできていません。これからです」

「そうか。で、その畑とかいうクソ野郎は、いつこっちに来るんだ？」

「間もなくだと思います」大友は自分の腕時計を見た。実は、朝から暇を持て余していたのである。若居の取り調べを再開しようと思っていたのだが、本人が朝から体調不良を訴え、病院に行ってしまったのだ。仕方なく特捜本部で電話取りをしていたところ、川崎の所轄から「畑出頭」の連絡を受けたのだった。

「ところで、このクソ野郎は何で出頭してきたのかね」

「高木がパクられたからじゃないんですか？　それで、隠れているのを諦めた……」

「高木が逮捕されたことは、広報を控えているからまだニュースになってないぞ。どうやって知ったのかね」

「例えば弁護士とか……」大友は言ったが、自信はなかった。昨夜、高木は弁護士を指名した。普通の人間は、逮捕されてもすぐに弁護士を指名できない。普段から弁護士とつき合いのあるような人間はほとんどいないからだ。とすると、高木は「顧問弁護士」をキープしていたのだろうか。いざ何かあったら、すぐに相談できるように……いや、そこまで用心深いとは思えない。

「被害者が何者なのか、まったく分からないのか？」

「前科はありません。免許証も……都内での登録はないですね」

「神奈川の人間か？」

「その可能性が高いと思います。高木たちも、向こうの人間ですからね」

「分かった」牧原が腕時計を覗く。「お前は、畑とかいうクソ野郎をぶっ叩いてくれ。血が出ないように、気をつけてな」

「分かってます」大友は苦笑せざるを得なかった。容疑者に暴力を振るう——今や、そんなことは絶対に御法度だ。いや、実際には何十年も前から、そんな荒っぽい取り調べをする刑事はいなくなっている。牧原だってそんなに年を取っているわけではないのに、この乱暴さはいったい何なのだろう。本当に手を上げるのではなく、単に乱暴な態度を装っているのかもしれないが、そんなことをして何の効果があるのか分からない。強面《こわもて》のポーズ？　しかしそもそも、牧原の顔は「強面」には縁遠い。見た目はなかなかの紳士である。

「とにかく、よろしく頼むわ」

「了解です……来たみたいですね」

開け放たれた会議室のドアの向こうで、一人の男が両側から腕を摑まれ、連行されている。これが畑……何と、この男もパーカーを着こんでいる。「ブルーライングループ」の連中にとって、パーカーはユニフォームなのだろうか。

「ろくでもない根性なしみたいだな」うなだれた姿をちらりと見て、牧原が吐き捨てる。

「だからこそ、出頭して来たんでしょう。こっちにとってはありがたい話ですよ」大友は立ち上がった。「では、ちょっと叩いてきます」

血が出ない程度に、という台詞は引っこめた。何も、牧原の調子に合わせる必要はない。僕には僕のやり方があるのだから。

畑は長いこと、きちんと床屋に行っていないようで、目にかかる前髪を鬱陶しそうにかき上げ続けていた。薄いパーカーを着ていても、がっしりとした体つきはよく分かる。ただし身長はそれほど高くないので、上から押し潰されたように見えた。大友はそこにも薬物――危険ドラッグではなく筋肉増強剤の存在を感じとっていた。

「川上高司というのは何者ですか？」大友は被害者の人定から入った。

「言えないね」

「君ね……」大友はわざとらしく溜息をついてみせた。「わざわざ出頭してきて、今さらそれはないと思うけど。時間の無駄だ」

「サツに命令されるのは――」

「いい加減にしようか」大友は畑の言葉を遮って、精一杯凄んだ。自分でも迫力がないことは分かっているが、ここは脅しも必要だ。「そうやっていい加減な態度をとっているうちに、どんどん心証が悪くなる。だいたい君は、高木に言われてやっただけじゃないのか？　高木が全ての中心にいたんだろう？」

　畑が眉根を寄せて、厳しい表情を浮かべる。かすかにうなずいたが、まだ話す覚悟は固まらないようだ。大友は身を引き、椅子に背中を押し当てる。しげしげと畑の様子を観察したが、本音は読めなかった。生意気にも「仮面」を被る技だけは身につけているようだ。大友は、その仮面をじりじりと剝がす作業を開始した。

「どうしてわざわざ出頭してきたんですか？　逮捕される前に、自分で出てこようと思った？」

「まあね」

「本当に？」

「その方が、情状酌量？　それがあるんだろう？」

「いい判断でしたよ」せこい計算をしていたわけか。「自主的に警察に顔を出した場合は、確かに情状酌量の余地があります。十分反省して、自ら罪を告白したことになりますから。その場合、検察に送る時に我々も意見を言えますし、起訴に際して検察官も考慮する——ただしそれは、事件について全て素直に話した場合だけです。話さないなら、一切情状酌量しません」一気に話して言葉を切る。依然として、畑は事情を理解していない様子だった。「つまり、裁判員も容赦しないということですよ」

「裁判員？」

「あなたにかかっている容疑はたくさんあります。今のところ、一番重い罪は死体遺棄ですが、我々は当然、殺人を想定しています。そうなると、裁判員裁判になる。裁判員制度を知ってますか？」

畑が大友を睨みつける。己の無知を馬鹿にされたとでも思っているようだった。

「裁判員は、任意に選ばれます。基本的に、法律に関しては素人の集まりだと考えていいでしょう。今までの裁判員裁判の結果を見ると、この制度が導入される以前よりも量刑が重くなる傾向がある。つまりあなたは、相当長い期間、刑務所で過ごすことになります。あるいは……」

死刑。大友は言葉を切った。沈黙が、事実の重さを語る最大の武器になることもある。畑の顔色が明らかに変わった。大友の嫌いな「脅し」なのだが、どうもこの連中には、論理的に言い聞かせても通用しないようだ。

「あなたと高木は、どういう関係なんですか？　いつからつき合ってるんですか」

「……高木さんは？」

「ああ、今頃病院で手当てを受けてるかな」大友は左腕を上げて腕時計を見た。

「手当て？」畑の顔が歪む。

「右腕を怪我したんだ。そういう話は聞いてない？」

「いや」畑の顔から血の気が引く。「何でそんなことに？」

「昨夜、中学生の女の子を人質にとって、民家に立てこもった。それで、うちの女性刑事にボコボコにされた」

「まさか……」

「しばらく右腕は使えないだろうね」大友はゆっくりと体重を前にかけた。「別に脅すつもりはないけど、彼はそうされても仕方のないことをした。中学生の女の子を人質に取るのは、最低じゃないかな。それに、本人も危険ドラッグを使っていた。君たちのアジトから、大量の危険ドラッグが見つかっているよ……つまり、君ももう身動きが取れない。どんな言い訳をしても手遅れだ。だからここで、素直に喋っておく方がいい。もう一度言うけど、ただ警察に出頭してきただけでは、君にとって何のプラスもないんだよ」

　畑が唾を呑み、喉仏がゆっくりと上下した。乾いた唇を急いで舐め、目を瞬かせる。

「俺はやってない」

「何を？」容疑が多過ぎて、そう言われても何のことかすぐには分からない。

「俺は殺してない」

「川上高司を？」

無言でうなずく。それまでと違い、ひどく慌てた動きだった。

「だったら、誰が殺したんだ？　高木か？」

またもうなずく。先ほどよりもさらに動きが早くなっている。大友は一つ息を吐いて両手を組み合わせ、腹に置いたまま畑を凝視する。きつい視線に気づいた瞬間、畑が目を逸らして体を揺らし始めた。

「落ち着いて」

大友の呼びかけは聞こえていない様子で、椅子がかたかたと音を立てる。パニックの気配を予想して、大友は腰を浮かしかけた。だが、椅子のがたつきは一瞬で停まり、畑が厳しい表情を浮かべて大友を見た。

「俺は殺してない」ゆっくりとした口調で繰り返す。「やったのは……高木さんだ」

「彼が一人で？」

素早くうなずく。また唇を舐め、一つ溜息をついた。

「君はその時、どうしていた？　どうして高木が一人でやったと断言できるんだ？」

「……見ていたから」

「見ていただけ？」

「俺はやってない！」いきなり声を張り上げる。「俺は何もしてない。手は出していない！」

「分かった」大友はうなずいた。取り敢えずの言い分は聴いた……裏を取るのはこれからだ。「それで、だ……君は見ていただけだということにしよう」

「だから、やってないって」嫌そうに畑が唇を歪める。「本当に見てただけだから」

「死体の処理を指示したのは？」

「……高木さん」

「それに関しては、君は何もやらなかった？」

「やってねえよ。そういうのは俺の仕事じゃねえし」

「若居や藤垣の仕事、か」

「こういうのは、下っ端がやるもんだから」

小さなグループの中に存在する、絶対にひっくり返せないヒエラルキー。小さいが故に、下にいる人間のプレッシャーは大きかったに違いない。愚痴を零せる「同僚」もいなかったわけだから。若居はそれに十年耐えた。

「だったら、こういうことですね？　高木が一人で川上高司という人間を殺し、あなたと高木が指示して、若居と藤垣に死体を処理させた」

畑が無言でうなずく。「声に出して下さい」と大友が指示すると、「ああ」と投げやりに言った。いつの間にか体は、だらしなく斜めに傾いでいる。椅子の背に腕を引っかけそうな感じだった。

「もう一度聴きます。川上高司という人は何者ですか？」

畑の口から出た答えを、大友はにわかには信じられなかった。


大友は迷い、結局この話を牧原に報告したのは、午後も遅くなってからだった。

「しかし、どんなクソ野郎でも被害者は被害者だからな。関係者に告知しないわけにはいかない」牧原の表情も渋かった。

「戦争になるかもしれませんよ」

「大袈裟だ」牧原が笑い飛ばした。「所詮ヤクザだぞ？　今のヤクザには、報復するような度胸もねえよ。だいたい、阿呆どもは全員が留置場にいるんだぞ？　報復しようがねえだろうが。連中が警察に押しかけてくるとは思えないし」

「そうなんでしょうけどね……」同調しながらも、大友は納得できなかった。河島たちはいつ諦めるのか——いや、本当に諦めるだろうか。

「まず、非公式に話をしてみるのはどうでしょう」

「と言うと？」

「幹部に知り合いがいます」

「お前みたいな優男に、ヤクザの知り合いがいるのか」牧原が目を見開いた。

「たまたま出会ったんです……幹部ですから、その男に話しておくのは手だと思いますよ。家族は……」

「これから通告するが、どうなるかな」牧原の顔が歪む。「奴は横浜の出なんだが、家族にすれば、ヤクザ者になったどうしようもないクソ息子ということになる。死のうが生きようが知ったことじゃない、と言われるかもしれないぞ」

「そうですか……」ここにも、家族に見放された人間がいるのか。「とにかく、岩尾組の連中の耳にも、どこから入るか分かりません。先手を打ってこちらから話をして、釘を刺すのが一番だと思います」

「本当にお前がやるのか？　組対の応援を貰わなくていいか？」

一瞬、荒熊の顔が脳裏に浮かぶ。彼がいれば百人力だろう。しかしこれは、特捜本部で決着をつけねばならない話だ。大友は自分一人で話す、と押し通した。ただし万が一のために、頼れるボディガードは欲しい――そう言うと、牧原があっさり応じた。

「柴と高畑だな？」

「今名前を言おうとしていたんですが、どうして分かったんですか？」

「同期の三馬鹿トリオだろうが」牧原がにやりと笑う。「行ってこい。ついでに、しっかり情報を拾ってこいよ」

「もちろん、そのつもりです」大友は立ち上がって一礼した。両肩が上がってしまっているのを意識する。深呼吸してリラックスしようとしたが、どうしても肩は下がらなかった。まあ、いい……河島は、緊張感を持って会わなければいけない相手だ。

6

「何でヤクザと会うのにファミレスなんだよ」柴がぶつぶつ文句を言った。

「前にもそこで会ったんだ。一々場所を考えるのが面倒臭いから、同じ店にした」

「いいじゃない。私たちは近くで食事してればいいんだし」敦美が気楽な調子で言った。

「メシなんか食ってる余裕はないよ。何があるか分からないんだぜ」

「柴は、案外肝が据わってないわね」敦美がからかう。

「そういう問題じゃないだろう」柴が溜息をつく。よほど気に入らない様子だった。

　三人揃ってファミリーレストランに入る。今日も店長の脇谷がいるかと思ったが、既に勤務は終わったのか、レジのところで出迎えてくれたのは別の若い店員だった。この前二人で座った近くの喫煙席に腰を落ち着ける。夕食の時間帯は少し過ぎているが、店内はまだ賑わっていた。しかもここぞとばかりに煙草を吸う人が多いので、喫煙席は全体に白く染まっている。柴は平然としているが、敦美はいかにも迷惑そうな表情を浮かべていた。

　大友が座って一分も経たないうちに、河島が前に座る。まるで大友が腰を下ろすのを、店内のどこかで待っていたかのような素早さだった。そもそも、約束の時間までにはまだ五分ある。

「早いですね」

「遅れるのは嫌いなんでね」

「今日もスイーツですか？」

「もちろん」平然とした口調で言って、河島が店員を呼ぶベルを鳴らした。メニューを見もせず、クリームあんみつを頼む。この前はホットファッジサンデーだった……甘い物なら和洋関係なし、なのだろうか。大友はコーヒーにした。

店員が去ると、河島が煙草に火を点ける。煙たいが、汚染度七が八に変わったぐらいだと、大友は自分に我慢を強いた。

「おたくらにはお礼を言わないとな」河島が素っ気なく言った。

「何がですか」

河島がそっぽを向いて、煙草の煙を吐き出す。窓ガラスに当たって砕け、瞬く間に拡散した。

「俺らの目の上のたん瘤を、全員逮捕してくれて。お蔭でこっちは、面倒なことをしないで済んだよ」

あんみつとコーヒーが運ばれてきた。河島が顔を綻ばせ、店員に「ありがとう」と礼を言う。ファミレスで甘味を頼んで、店員に愛想を振りまくヤクザ……大友の価値観は混乱し始めていた。

河島があんみつを一口食べたところで、大友は早速切り出した。最初に爆弾を落としてしまおう。

「川上高司さんが殺されました」

「そうか」河島は慌てはしなかった。声が大きくなることもなかった。しかし目つきは急に凶暴になった。

大友はそっと息を吐いて、河島の視線を正面から受け止めた。自分の役目は何だ、ともう一度考える。しっかり事実を確認し、さらに報復など考えないように釘を刺すこと。そのためには、後ろへ引いても、攻撃的になってもいけない。ひたすら淡々といくだけだ。

「川上さんが殺されたのは、九月の十八日です。連休に入る前でした」

「ああ」河島は既に落ち着きを取り戻したようだった。

「遺体は、つい先日発見されました。多摩川の、東京側の河川敷に埋められていたんです」

「なるほど」

「腐敗が進んでいましたが、直接の原因は胸などを刺されたことによる失血死と見られています。何か所か骨折痕もありましたから、相当ひどい暴行を受けた後で、止めを刺された感じですね」

「ほう」河島があんみつにスプーンを突っこむ。しばらくこねくり回していたが、やがて飽きたようにスプーンを放り出した。真っ直ぐ大友の顔を見詰めたが、感情は一切読み取れない。

「川上高司さん、ご存じですね」

瞬時躊躇った後、河島が「ああ」と呻くように言って認める。大友は背筋を伸ばして深呼吸し、唇をきつく結んだ。

「以前あなたとこの店で会った時、若い組員が一人行方不明になった、と言ってましたね？　それがこの川上という男なんじゃないですか」

「そうだ」河島はあっさりと認めた。

「しかし、正式な組員ではなかった——うちの名簿には載っていませんでしたよ」

「どう解釈するかはそちらの自由だ。見習い中だったと思って貰えれば」

「確かに、若い人ですよね。まだ二十一歳だった」

どういう人生だ、と大友はずっと考えていた。横浜市内の高校を中退し、家族と衝突を繰り返した末に家出。その後家族との連絡は途絶え、横浜から川崎に流れて来て岩尾組に出入りするようになった——よくある話とはいえ、今回は考えただけで息苦しい。おそらく、若居の人生と重ね合わせて見てしまうからだ。挫折し、落ちこみ、近くに助けてくれる人もいなくなった時に、思いもかけない救いの手を差し伸べてくれる人間が現れたら……それがヤクザであろうが半グレであろうが、その手を摑み損ねると、二度と浮上できなくなるかもしれない——川上も若居も、本能的にそれを察知したのだろう。

だが仮に摑んでも、新たな地獄の始まりに過ぎない。しかも蟻地獄のようなもので、もがけばもがくほど、底に向かって落ちていく。

河島が、あんみつのカップを乱暴に傍にどけ、唐突に背広の右袖をぐいとめくった。自傷手首をひっくり返すと、細くなって消えかかっているものの、傷痕が認められた。自
――大友は目を細めた。肝が据わって見える河島が、自殺を試みたことがある？　河島はしばらく無言で手首を晒していたが、ほどなく袖を下ろした。

「大昔だ。三十年近く前の傷だ」

「ええ」

「当時、俺は悩み深き高校生でね。親との折り合いも悪かったし、周りに信用できる友だちもいなかった。その結果が、これだ」河島が右手首を持ち上げる。

「その時に助けてくれたのが岩尾組、ということですか」

「ボランティアみたいなものかね」河島が皮肉っぽく唇を歪めた。「自殺しようなんて気の弱い奴を、わざわざ拾うんだから」

「しかしあなたは、今や大幹部でしょう」

「必死にやってきたからな……あんたらは否定するだろうが、俺たちは間違いなく、社会から落ちこぼれた人間の受け皿になっている」

そうやって人間のクズをさらに増殖させていくわけだ――むっとしたが、大友はうなずくだけで否定も肯定もしなかった。

「川上も、同じようなものだった。家の複雑な事情があってね……だから、俺たちが──俺が助けてやった」

「彼は、スパイだったんですね」

指摘すると、河島の目が一本の線のようになる。だが露骨な怒りの言葉を吐くわけでもなく、否定するわけでもなく、その視線は大友の顔をしっかり見据えていた。

「あなたたちは一時、高木尚也たちのグループを川崎から追い出した。その話は、この前もしましたね」河島は何も言わなかったが、大友は気にせず続けた。「実際彼らは、一時は川崎から引っ越したり、あるいは川崎にいても息を潜めて何もしないようにしていた。でも、それはいつまでも続かなかったんですね。東京で窃盗事件を起こし、それで得た資金源で、高木は新しいビジネスを始めた。『ブルーライン』という古着屋を隠れ蓑にした、危険ドラッグのビジネスです。あなたたちに圧力をかけられてから結構時間が経っていましたから、もうほとぼりが冷めたと思ったんでしょう。甘い読みですね」

「まったく甘い」河島が即座に同意した。「所詮は素人だ」

「でしょうね……隠れ蓑といっても、そんなに大したものではありません。情報はすぐに漏れて、当然、あなたたちの耳にも入っていたでしょうね。それで組としては、実情はどうなのか、探る必要が生じた」

「情報を集めるのは、戦いの基本だからな」河島がうなずく。

「そのためにスパイとして送りこんだのが、川上さんですね。彼は若かったし、高木たちにも自然に馴染めるという判断だった」

「まだ甘ちゃんだったからな」河島が皮肉っぽく笑う。その笑顔はすぐに引っこみ、凶暴な目つきが蘇った。

「川上さんは一時、『ブルーライン』でも働いていたようです。でも高木は用心して、危険ドラッグには触らせないようにしていた。実際彼は、スパイとしては優秀ではなかったんでしょう。高木たちはすぐに、あなたたちとの関係を疑い出した。それで、九月十八日深夜――もしかしたら十九日になっていたかもしれません――に、高木が暴行を加えて岩尾組との関係を白状させ、その後怒りに任せて刺し殺してしまったんです」

「高木の野郎、な」河島が鼻を鳴らす。「奴はマジで危ない。いつかは人殺しぐらいすると思っていたよ」

「そういう予感があったなら、最初から警察に協力してもらいたかったですね。いくらでも打つ手はあった」

「犯罪を予防するのは、俺たちの仕事じゃないんでね」河島が腕組みをした。「とにかく……高木がやったんだな？」

「実は、高木からはまだ直接確認していません。仲間の証言です。ただ、事実関係は間違いないでしょうね。実際に手を出したのが高木一人か、あるいは別の人間も加わっていたか、違いはそれぐらいです。ただ、高木というのはなかなか傲慢な人間なんでしょうね。自分で遺体を始末せず、何とかするよう仲間に指示したんです。要するに、遺体を押しつけた。仕方なく彼らは東京側に運んで、多摩川の上流——狛江付近の河川敷に埋めました」

「そんなところに?」河島が目を見開く。「目立つだろう」

「狛江あたりだと、人の行き来がなくなる真夜中には真っ暗ですよ。二人がかりで大慌てで穴を掘ったから、時間もそれほどかからなかった」

「しかし、ばれた」

「遺体を隠すには、案外いい場所だったかもしれません。今回も、自供があって初めて分かったわけで、それがなければ、しばらく見つからなかった可能性があります」

「浮かばれない話だな」河島が眉をひそめる。

「ええ……しかし、犯人グループの身柄は全員確保しています。ちゃんと罪の責任は取ってもらいますよ——だから、あなたは動かないで下さい」

「動く?」河島が首を傾げる。

「犯人は捕まりましたけど、いつかは出所するかもしれない。それに犯人の関係者は、普通に生活しています。報復なんか、考えないで下さいよ」

「まさか」河島が乾いた笑い声を上げた。「俺たちは、それほど暇じゃない」

「ヤクザなりのけじめがあるんじゃないですか」

「けじめはある——しかし、逮捕されている人間を狙うような、馬鹿なことはしないよ」

「そうですか……」

「まあ、これでよしとするさ」河島が、あんみつを引き寄せた。スプーンに山盛りにすくい、口に運ぶ。表情を緩ませるでもなく、淡々と食べ続けた。ゆっくり咀嚼して飲み下すと、大友に視線を向ける。「奴らは、本当に長い間、悪さをしていた。俺たちにとっては、目の上のたん瘤だったよ。警察に何とかしてもらうのは情けない話だけど、これで長年の便秘が解消したような気分だね」

「それでいいんですか？」

「そうじゃないと、あんたたちも困るんだろう？」河島がにやりと笑う。「心配しないでくれ。俺は、これ以上事態を複雑にするつもりはない」

「実は」大友は打ち明けた。「私たちは、高木たちがもうあなたたちと通じているかもしれないと思っていました」

「どうしてまた」河島が目を見開く。

「あなたたちに追い出されて、それほど間もないのに、また地元で商売を始めた——稼ぎを上納金として、あなたたちに渡していたかもしれないと思っていたんです」

「それはないな」河島が声を上げて笑った。「連中は、コントロールしにくい。そういう奴らを懐に抱えこんだら、危険なんだよ……そうそう、一つ、いいことを教えてやろう」

「何ですか」

「強盗致傷の時効、何年だったかな」

「今は十五年ですね」

「なるほど」河島がにやりと笑う。「だったら、連中をもう少し長くぶちこんでおけるかもしれないぞ」

「どういうことですか？」

「十一年前に、武蔵新城の駅近くで強盗事件があってね。八十歳ぐらいの夫婦二人暮らしの家に押し入った奴らがいて、夫婦は二人とも怪我を負わされた。幸い、命に別状はなかったけど、箪笥預金していた金を百万円近く盗られたんじゃなかったかな。ひどい話だろう？」

「ええ」

「その犯人が、高木たちじゃないかっていう噂があるぜ」

「警察は……」

「もちろん知らない。だから捕まらなかったんだから」

「あなたたちは、独自の情報網でそれを知っていたわけですね」

「ただ毎日、ぶらぶらしているわけじゃないからな」

「そういう情報は、警察に言って欲しかったですね」大友は、河島に厳しい視線を送った。河島はもちろん、気にする様子もない。「つまり、十年以上も前から、連中は悪さをしていたわけですね」

「まだ十代でね……まったく、ろくでもない野郎たちだ。こういう情報、少しは役に立つかな？」

「神奈川県警の事件ですから、何とも言えませんが……確認しないといけませんね」

「ま、好きにしてくれ。こういう情報もあるということだ」河島が肩をすくめ、あんみつを食べ切った。

「お代わりは？」

「いらない——前にも同じような話をしたな」河島がにやりと笑う。「まあ……心配はしないでくれ。俺たちは、報復は考えない。そんな暇はないんだ。これでも忙しいものでね」

「自分たちの悪さで忙しい？」

河島が声を上げて笑う。しかし目は真剣だった。

「例の店……『ブルーライン』のドラッグ利権が空きますね。そこには手を出さないようにして下さい」

「ビジネスはビジネスだ」

「そうすると次は、あなたと敵として対峙しなければならなくなります」

「あんたは強敵かな？」

「いざとなれば、強くなります」

もちろん、河島たちと直接対決するのは神奈川県警の仕事である。ただし、万が一自分が担当することにでもなったら、容赦はしない。

7

高木は、川上殺しについては意外にあっさりと事実関係を認めた。しかし、「畑も手を貸した」と主張し続けている。自分一人で全責任を負うつもりはないようだった。もちろん畑は、「手は出していない」という自説を崩さない。典型的な仲間割れ——ありがちな展開は、大友にとってはどうでもいいことだった。高木たちの犯行を全て立件できるかどうかは分からなかったが、自分の役目を果たしたという自負はある。

だが、引っかかっていることはあった。それは大友だけではなく、特捜本部全体に、黒い雲のように覆い被さっている。

情報漏れ。

明らかに高木たちがこちらの動きを知っているとしか思えないことがあった。実際、特捜本部の中でも何度も話題になったが、捜査に専念しなければならなかったので、詳しく調べることはできなかった。今、捜査が一段落して、この件について考える余地ができた。

特捜本部ではまず、弁護士からの情報漏れを考えた。警察が弁護士から事情聴取するのは、相当難しいのだが——もちろん違法ではないがトラブルの元になる——それでも若居の担当弁護士に話を聴くことはできた。全面否定……当たり前だ。仮に外に情報を漏らしたとしても、弁護士がそれを認めるはずがない。ただし大友が事情聴取した感触では、弁護士が嘘をついているとは考えにくかった。

「大友、本筋の捜査から外れてくれ」

捜査一課長から命令されたのは、高木が逮捕されてから五日後だった。一課長直々の命令とあっては断れない。結局若居の取り調べから降り、情報漏れについて調べることになった。

とはいえ、取っかかりが何もない。基本的には逮捕した全員を叩いて、「誰から聞いたか」を吐かせるしかない。大友は順番に確かめていくことにした。

まずは、高木。「漏れた情報を受け取っていた」はずの人間だ。改めて対面すると、非常に痛々しい姿である。右腕をギプスで固められ、しかもまだ痛みが引かない様子だった。

「本筋の話と関係ないことを聴きます」

「あー、どうぞ」高木は投げやりだった。両足をテーブルの下に投げ出し、首を傾げてだらけている。無事な左腕をテーブルに置き、しきりに手を握ったり開いたりを繰り返した。

「捜査の状況が、あなたに伝わっていたはずだ」

「まさか」

「そうとしか考えられない状況がありました。若居が自供したこととか、我々があなたを追い詰めていたこととか。それに応じて、あなたたちは自分を守るための動きに出た。これはどういうことなんですか？　誰から我々の動きを聞いたんですか？」

「別に……偶然じゃないの？」高木が鼻を鳴らす。

「偶然とは思えない。特捜本部の動きを把握していないとできないことです」

「そんなこと言われても困るな」高木が左手を上げ、頬を掻いた。「警察の情報なんか、分かるわけがない」

「ところが、そうでもないんだ」大友は身を乗り出した。「警察にも間抜けな人間はいるんですよ。金で転ぶ奴もいるし、脅されて情報を流してしまう人間もいる。特捜本部の中にそういう人間――スパイを飼っていたんじゃないですか」

「あり得ないね。警察にコネはない」

「だったらどうして、特捜本部の動きに呼応するような動きをしたんですか？」

「だから、偶然じゃない？」

高木が繰り返して言った。しかし……大友は、高木はやはりどこかから情報を得ていたのだと確信している。偶然も、一度だけなら信じられるが、情報漏れを疑う事態は何度も起きていた。二回続けば、偶然は必然になる。

しかし高木は、のらりくらりの返事を続けるばかりだった。どこか上の空なのは、自分のことばかりを考えているからだろう。それはそうだ……殺人、そして死体遺棄の指示。死刑になるかもしれないと怯えるのは当然である。

「そういえば」どうしても返事を引き出せない大友は、一度話題を変えた。「十年ぐらい前だけど、武蔵新城で強盗致傷事件があったそうですね」

　高木がぴくりと肩を震わせる。ヒットだ、と大友は確信した。手帳を広げ、神奈川県警から仕入れた情報を確認する。

「実際には、十一年前……つまり、まだ時効になっていないわけです。被害者は小沢守《おざわまもる》、直子《なおこ》夫妻。午前二時、就寝中に家に賊が押し入りました。犯人は箪笥預金の現金約百万円を盗んだうえに、二人に殴る蹴るの暴行を加えて逃走しました。ご主人の小沢さんは軽い怪我を負っただけで済みましたけど、奥さんの直子さんは膝を負傷しました。何しろご高齢ですから膝は治らず、その後、車椅子の生活になったんです。お二人とも、もう亡くなりましたけど、無念だったでしょうね。なけなしの箪笥預金を奪われただけではなく、奥さんが歩けなくなったんですから」

　一気に説明して、大友は口をつぐんだ。高木は無言――しかし、貧乏揺すりが止まらなくなっていた。大友とも目を合わせようとしない。

「この事件の犯人が、あなたたちじゃないかという噂があるんですよ」

「まさか」高木がぽつりと言ったが、声に力はなかった。

「十一年前ですよ……古い話ですけど、覚えていないとは言わせません。当時、あなたはまだ十代？　それにしても、きっちり責任を取ってもらう必要があります」

「別に、そんなこと……」

「殺しに比べたら、大したことはないですかね」大友は皮肉を吐いた。「しかし、一つ一つ罪を確認していくのも、警察にとっては大事な仕事なんですよ」

大友はいきなり話を打ち切った。「これから」というところでやめてしまうのも、テクニックの一つである。相手に疑念と不安を持たせたままで去る――そうすると、相手はいろいろなことを考えるものだ。やがて膨らんだ疑念は爆発し、喋らざるを得なくなる。実際大友は、そうやって自供を引き出したことが何度かあった。今回もその手が通用するのではないか……大友は立ったまま、高木を見下ろした。高木は顔を上げようともしない。

よく考えて下さい、と駄目押しの台詞を口にしようかと思った。しかし彼の様子を見た限り、必要ない――状況を把握し、どうすべきか、必死に考えているのは明らかだった。彼の脳みそが、音を立てて動いている様子が想像できるほどだった。

大友は引き続き、若居と話をした。若居が誰かと繋がって、間接的に高木に情報を流していたとは考えられなかったが……高木の動き――特に麻衣を襲わせようとしたことは、若居にとってはマイナスでしかないのだから。自分にマイナスになるような情報をわざわざ流すのは不自然である。

「高木さんに情報ですか……」大友の話を聞いて、若居は戸惑っている。「でも、誰かと話す機会なんかなかったですよ」

「そうなんだよな……窃盗容疑であなたが逮捕されてから、警察官以外であなたが話した人間は、弁護士ぐらいでしょう」

「弁護士には、取り調べの状況なんかも話しましたけど」

「でも今のところ、弁護士から情報が漏れた形跡はない」

「俺は何も言えませんよ。全然、状況が分からないんだから」

「そうだね」大友は顎を撫でた。「状況が分からないのは、こっちも同じなんだけど」

若居からは筋はつながらないか……雰囲気を変えるために、大友は十年以上前の事件を持ち出した。

「ああ……あの、俺は関係ないです。本当です。別に、責任逃れしたいわけじゃなくて……その事件のことは知ってますけど、まだ高木さんたちとつき合うようになる前だったので、話として聞いただけです」若居が慌てた様子で言い訳した。

「別に疑ってはいませんよ」

「後から、自慢話みたいに聞いただけですから……でも、どうしてそんな昔の話を気にするんですか」

「事件は終わっていないからですよ――まだ時効になっていないんです。被害者は二人とも亡くなってますけど、このままじゃ浮かばれないでしょう」

「警察って、しつこいんですね」

「そう」大友は真顔でうなずいた。「だから、悪さはしない方がいいんです。警察はいつまで経っても諦めないから」

「よく分かってます」若居が溜息をついた。「高木さんもしつこかったけど、警察も同じですよね」

あるいはヤクザも。共通点は、一度食いついたら決して離さないことだ。情報漏れに関して、若居からは情報が出そうにないので、大友は彼の話に乗って会話を続けた。

「いったい、何人ぐらいが出入りしていたんだろう」

「それは分からないですけど……ここ五年ぐらいは、ずっと同じメンツでした」

「高木は、新しい仲間を引き入れることはしなかったんだ」

「あの人、子どもですから」

意外な一言に、大友は目を見開いた。いい年——三十歳になった人間を「子ども」と言われても。

「十分大人だと思うけど」

「いや、違うんですよ……俺の感じでは、十年前とまったく変わってません。十年前も子どもっぽい感じだったけど。要するに、自分と同年代や年上の人間とはつき合えないんです。年下の人間の上に立って、偉そうにしているのが性に合ってるんでしょうね」

「小さな帝国の王様、かな」

「何だか分からないけど、そういう感じです」白けた口調で若居が言った。「だってあのグループ、全員高木さんより年下でしょう」

「確かに」

「岩尾組に追いこまれた時なんか、本当にビビってました。自分で誰かを傷つけるのは平気なんだけど、人から攻撃を受けるのは苦手なんですよ」

「ああいうグループは、他のグループと衝突するのも普通だと思うけど」

「そういうのは、できるだけ避けてました」

「だったら、高木の最終目的は何だったんだろう」

若居がぽっかりと口を開けた。考えたこともなかったに違いない。

「こんなことをずっと続けて、六十歳まで無事に生きられるはずがない。実際彼も、三十歳で人を殺してしまった――私に言わせれば、これよりひどい犯罪はないんですよ」

若居がゆっくりと口を閉じ、うなだれた。両手を組んで指先を叩き合わせ、失われたエネルギーが充塡されるのを待っている様子だった。しかし……取調室は、座っているだけで彼のエネルギーを奪うらしい。大友が呼びかけるまで、若居はうつむいたままだった。

「その強盗事件――十一年前の事件については、どんな風に聞いてましたか？」

「……自慢してました。上手く金を稼いだって」

一瞬、頭に血が昇る。年老いた夫婦を傷つけて金を奪い、それを自慢するとは――しかしこれは、貴重な証言だ。十一年前の事件を立件することにどれだけの意味があるかは分からないが、謎が目の前にあればつい突っこんでしまうのは刑事の性である。そして今回、それがどこかにつながる予感もしていた。

「あなたはそれをずっと、黙っていた」

「だって、それは……」若居が唇を嚙んだ。「俺がやったわけじゃないし」

「早めに警察に言っておけば、あなたも高木たちのグループに深入りすることはなかったかもしれない。今とは別の人生になっていたでしょうね」

「でも、手遅れっすよね……」

「この件に関しては、もちろん手遅れだ」自分の言葉の残酷さを意識しながら、大友は言った。「でも、知っていることがあるなら、喋ってもらえるとありがたい。まだ時効になっていない事件だから、高木をできるだけ長くぶちこむために役立つはずだ」

「つき合いは長いんですけど、本当は高木さんのことは全然分からないかも……」若居がぽつりと言った。「基本的には、物凄く怖い人なんですよ。俺は絶対、逆らえなかった。平気で人を殴るし……いつもナイフを持ち歩いていて、それで脅すんです。俺、切られたこともありますよ」若居が長袖をめくり上げた。実際、肘の外側に細い傷跡がある。

「でも、優しいところもある」

「優しいというか、面倒見がいいというか。サッカーをやると、いいところでシュートを譲ってくれるような人だったし」

　相反する態度のようだが、大友は次第に、高木という人間の輪郭を理解し始めていた。基本は、弱い人間なのだろう。しかしプライドだけは高く、常に人を「支配」することを考えている。だからこそ、自分より弱い人間に声をかけて仲間に引き入れ、恐怖、それとは相反する優しさで心を支配する。中学生の若居に声をかけて仲間にしたのも、その現れだろう。そして、外部に対してはなるべくトラブルを起こさないように努める――岩尾組に圧力をかけられた後、一時的に活動を控えたのもその証拠ではないか。

　小さな国に君臨する、小さな帝王。しかし時に、その枠からはみ出して、大きな事件につながってしまう……。

「高木との縁を切るのが、そんなに大変なことだったのかな。グループから抜け出した人もいただろう」何しろ十五年も続いてきたのだ。

「それは……自分は強くないので」

「逆に言えば、高木の力が必要だった？」

「そうかもしれないです。一人で何かを始める力も勇気もないし、しょうがないですよね。こんなふうになったのも、自分が悪いんです……それは分かってます」

「例の遺体のことだけど……どういうことなのか、高木が何をしたか、本当に知らなかったのか？」大友は話題を変えた。

「それは本当に知らなかったんです」若居の表情がさらに真剣になった。「俺なんか、何も言ってもらえないから」

下っ端、という言葉が頭に浮かぶ。小さな王国の最下層、奴隷。ひたすら高木の命令を聞くだけで、盗んだ金を「上納」し、精神的に徐々に追いこまれていく……それでも抜けられなかったのは、結局これが彼にとって唯一の居場所だったからだろう。悲しい話だが、実は多くの人が同じような立場にあるはずだ。学校だろうが会社だろうが、ストレスを感じていない人間はいない。上の人間に無茶を言われ、同僚とは衝突し、下からは突き上げられる——もちろん、最下層にいた若居のストレスは、大友には想像もできない。

「抜け出した人間もいるんでしょう？」先ほどの質問を繰り返す。

「高木さんは追わなかったみたいです」

「だったら君にも、抜けるチャンスはあったはずだ。実際、高校に入った時に一度は抜けている」

「抜けようって、何度も思いましたよ。だけど駄目だった。プラスかマイナスか計算して、いつも、一緒にいるしかないっていう結論になって……抜けた人を羨ましく思うこともあったけど」

「高木は何で追わなかったのかな。大事な子分なのに」

「分かりませんけど、無駄なエネルギーを使いたくなかったんじゃないかな。例えば、高校時代の仲間だった人が、わざわざ転校してまで抜け出したっていう話を聞いたことがあります。しかも行き先は東京だったって……それを追いかけていくほどの根気はなかったんでしょうね」

「なるほどね……」

「その人は、特に頭がよかったそうです。本当は、高木さんなんかとつるんでいるような人じゃなかった……俺ももっと頭がよければ、何とかなったと思うんですよね。結局、そういうもの——熱中できるものがないから駄目だったんでしょうね。サッカーも勉強も、全部中途半端だったんですよね」

「誰だってそうじゃないかな」僕もだ、と大友は意識した。刑事なのか、父親なのか……長年その狭間で揺れ続け、結局どっちつかずだったと思う。そういう状況に別れを告げ、本当の自分は何なのか、決めねばならない時が迫っていると意識する。「中学生ぐらいだと、そんなに気持ちも強く持てないし」

「あの、息子さんの話ですけど……」中学生という言葉が引き金になったようだった。

「ああ」大友は笑みを浮かべた。「あなたのおかげで決心がつきました。この一件が一段落したら、ちゃんと取り組んでみますよ」

「きつい思いをする人間は、少ない方がいいですよ」若居が溜息をつく。「俺みたいになっちゃうか、あるいは殺されるかもしれないし。どっちにしても、ろくなことにならないから」

若居の言葉は身に染みる。本人の経験だけに、重みがあるのだ。

「あなたにはお礼を言っておきます。あなたが言ってくれなければ、この問題はスルーしていたかもしれない。最近は、人の家庭の問題に首を突っこむと、いろいろ難しいことになりますからね」

「でも、そういう風にしないと、ろくでもない人間ができちゃうんですよ……俺みたいに」

そこまで自虐的にならなくても、と思ったが、実際若居は厳しい立場に追いこまれている。家族との確執は、未だに解消されていないわけだし。

結局問題は家族なのだ、と思いを新たにする。あらゆる要素を省いていって、最後に残る人間関係。そこから逃れることは、誰にもできない。


逮捕された五人全員から話を聴き、大友は徒労感だけを抱いていた。高木が何かを隠しているのは間違いない。しかし彼は、簡単に口を割る気配はなかった。大友はその結果と予想を、牧原に正直に報告した。

「クソったれの根性無しが、この件についてだけは強情になって話さないのか」不機嫌に言って、牧原が腕組みをした。

「よほどやばいと思ってるんじゃないですかね」

「例えば、どんなことが」

牧原が、会議室の中をぐるりと見回した。刑事たちが何人かいる……彼の言いたいことは、大友にはすぐに想像できた。管理職の立場として、牧原は軽々に口にしたくないのだろう。大友は彼の代わりにと思って喋った。

「この中に裏切り者がいるとして……」

「おい」牧原が、乱暴に大友の言葉を遮った。「滅多なことを言うな」

「管理官も、同じことを考えていたんじゃないんですか？」

牧原が、殺意を感じさせるほどの視線で睨みつけてきたが、反論は出てこない。

「仮に警察官から情報を貰っていることがばれたら、どんなことになるか……高木も分かっていないでしょう。今より酷い目に遭うかもしれないと考えたら、口を閉ざしておく方が懸命だと考えるのは当然だと思います」

「むしろ、我々の側の問題だからな」牧原がうなずく。「ただし俺としては、そういうことはないと信じたい。所轄だろうが本部だろうが、関係ないよ」

「それは……」言いかけ、大友は口をつぐんだ。警察官の不祥事は枚挙に暇がない――それは事実なのだが、今ここで言うべきこととも思えなかった。

「味方を信じられなくなったら、終わりだ」

牧原の目の前の電話が鳴った。渋い表情で取り上げ、「はい」と不機嫌に返事をする。相手の声に耳を傾けている間も様子は変わらず、右の人差し指でずっとテーブルを叩き続けていた。長引きそうな予感がして、大友は立ち上がろうとしたが、牧原が視線で制する。今はこれ以上話すこともないはずだが、牧原としては愚痴を零す相手が欲しいだけなのかもしれない。僕は大リーグチームのヘッドコーチか、と大友はうんざりし始めていた。総務部の被害者支援課に大リーグ好きの友人がいるのだが、彼が以前「大リーグのヘッドコーチの仕事は、監督の愚痴を聞いて酒の相手をすることだけ」と言っていたのを思い出していた。

間もなく電話を切り、牧原が鼻を鳴らした。

「誰ですか？」

「海老沢検事」

「ああ」大友も苦笑してしまった。「まだ張り切ってるんですか？」

「いや、さすがに落ち着いた様子だ。南大田署の刑事課長から話は聞いてたけど、えらく焦ってたんだって？」

「何度も署に顔を出しましたからね」

「まあ、検事としては正しい態度なんだろうけど……普通の検事さんは、そんなに余裕がないよな」

「ええ。とにかく自分の部屋に座って書類を処理していないと、どんどん溜まる一方だそうですからね」

「何でそんなに、この件に肩入れしたのかな。普通だったらちょっと考えられない。ついでに言えば、そんなに大変な事件でもない」

「いや、大事件でしょう」牧原の淡々とした物言いに、大友は思わず反発した。「ろくでもないクソったれの連中が起こした、ろくでもない事件ですよ」

品の悪い口調が、いつの間にか感染してしまった。しかし牧原は気にする様子もなく、うなずくだけだった。

「とにかく、今話した限りでは、検事は落ち着いた感じだったよ。捜査の目処がついてきたから、一安心したんじゃないかな」

「情報漏れの件はまだですよ」

「それはお前の方で、もう少し頑張ってくれ。一課長直々の命令なんだから」

「頑張りますけど……」大友は口を濁した。この件に関しては、どうにも自信がない。結局真相が分からぬまま、うやむやになってしまうのではないだろうか。

「そうだよ。頑張ってくれ」

牧原が繰り返したが、その声からは既に熱意が抜けている。謎を謎のまま残しておくのは嫌だろうが、それが自分の方に跳ね返ってくるかもしれないと思えば、熱も入らないだろう。

「まあ、煩い検事も、これでご満足だろうね……なあ、刑事課長」

たまたま近くを通りかかった刑事課長の須崎に、牧原が声をかけた。須崎が足を止めて振り返る。

「海老沢検事がどうかしたんですか？」

「今、電話がかかってきて、ご苦労さんと言われたよ」

「ご苦労さんと思うなら、ここまで来てくれればいいんですよね」刑事課長が皮肉を吐いた。「事件が動いている時は、大した用事もないのに何度も来たのに……捜査の途中で、ここまで事件の詳細を把握している検事もあまりいないでしょうね」

「ちょっと待って下さい！」

大友は椅子を後ろ足で蹴るように立ち上がった。普段は見せない大袈裟な態度に驚いたのか、牧原と須崎が無言で大友を見やる。

「刑事課長、今、何て言いました？」

「何が？」須崎がたじろぐ。

「だから、事件が動いている時に、とか何とか」

「いや、だから、事件が動いている時は海老沢検事が何度も来たって」

「その先です」

「何なんだ？」須崎が色をなして言った。「俺が何か、まずいことでも言ったか？」

「そうじゃないです。海老沢検事は、事件の詳細を把握しているって仰いましたよね？」

「言ったよ。それがどうした？」怪訝そうに須崎が訊ねる。

「忘れてました」大友はまた椅子に腰を下ろした。どうしてこんな簡単なことが頭から抜け落ちていたのか……情報漏れといえば身内、としか考えていなかったからだ。完璧な阿呆だ、と自分に呆れてしまう。もっと柔軟に考えないと、肝心な時に肝心なことを見落としてしまう。

「何だ、どうしたんだ」牧原が身を乗り出した。

「私たち以外にも、捜査の状況を確実に把握していた人がいます。今まで、考えたこともなかっただけで、この件では間違いなく容疑者です」

「ちょっと待て」牧原が大友の言葉を制した。「お前、自分が何を言っているか、分かってるのか？」

「よく分かってます」大友は牧原の顔を正面から見据えながら答えた。

「ただの勘だろう？」牧原はまだ疑っている様子だった。

「ええ」

「だったら、でかい声では言えないぞ」

「分かってます」

「肝心なのは動機だ。それが分からない限り、俺はお前の説は買えないね」

牧原が、いかにもベテランの捜査員らしく、慎重な姿勢を見せた。それは大友にもよく分かっている。だが、一度浮かんだアイディアは消えなかった。

「周辺捜査をします」

「そんなこと、できるのか？」牧原が目を見開く。

聞かれた瞬間、大友は既に手を打っていたことに気づいた。立ち上がり、自分を鞭打つように激しくうなずいた。

「少し時間を下さい。考えがあります」

8

大友は本部に戻って後山に面会を求めたが、当然、参事官の部屋で会うわけにはいかない。かといって、他にいい場所もなく、一階の食堂の隅でこそこそと相談することになった。

話を聞いた瞬間、後山の顔に戸惑いの表情が浮かぶ。

「そう言えば、この件をお話しするのを忘れていましたね」

「ええ」大友は自分の推理を話した。後山の顔がどんどん険しくなる。

「それはちょっと……無理がないですか」

「可能性のある人物なのは間違いないです。もちろん、身内を疑っていないわけではないんですが」

「そちらに責任転嫁しようとしているだけでは？」

「それはないです」大友は即座に否定した。「必死で考えたんですが……」

「彼は、川崎の出身です」後山が唐突に言った。

「ええ」大友は慌てて手帳を開き、ボールペンを構えた。後山は話す時、ほとんど手帳を見ることはない……それだけの記憶力の持ち主なのだが、大友にはそこまでの自信はない。人の名前を覚えるのは得意なのだが。

「高校三年の春まで、地元の川崎圭南《けいなん》高校に在籍していましたが、その後——一学期の途中で都内の私立校に転入しています。卒業後は東大に現役合格し、司法試験にも在学中に合格——超優秀ですね」

「そうですか……」後山が言うのだから間違いないだろう。若居の話を思い出すと、大友の推理はさらに強固になる。「川崎圭南って、かなりいい学校ですよ。川崎市内では一番か二番の進学高です」

「さすがに、中学生の子を持つ親は、高校の事情に詳しいですね」

「ええ、まあ——参事官、何かぴんときませんか？」

「何が？　ああ……」後山がうなずく。「でも、これだけでは証拠にはならないでしょう」

「ところが、証言があるんです」大友は若居との会話を再現した。

「もう一押し、ですね」後山は諸手を上げて賛成するようなことはしなかった。あくまで慎重な男である。「本人にぶつけるまでに、もっとしっかりした証拠——証言が必要です」

「分かっています」大友はうなずいた。「しかし、証言が取れた後はどうしますか？　そのまま話をぶつけますか？」

「少し、考えさせて下さい」後山が腕組みをした。

「まさか、揉み消すつもりじゃないでしょうね」

言ってしまってから、大友は口をつぐんだ。後山がそういう人間だとは思えないが、何が起きるかは分からない。彼は、自分たちとは別の世界に生きているのだ。もしかしたら、大友の正義と後山の正義は別物かもしれない。

「とにかく、考えさせて下さい」

大友の言葉を侮辱とも受け取っていない様子で、後山が淡々と繰り返す。そういう態度でこられると、大友としてもこれ以上突っこむことはできなくなった。

「落ち着いたら、食事でもしましょうか」

「ええ」突然言われ、大友は曖昧に返事するしかできなかった。

「おかしいですか？　だいたい、最初に誘ったのはあなたですよ」

「そうでした」

「優斗君も一緒にどうですか？　もう、大人の食事でも大丈夫でしょう」

「それは構いませんけど……」

「では、そうしましょう」後山が微笑を浮かべた。「うちの妻も同席しますから」

大友は内心仰天していたが、黙ってうなずいた。後山は極端にプライバシーを大事にする――ほとんど自分のことを話さない男で、大友は彼が結婚しているのかどうかさえ知らなかった。そういうことをさりげなく聞き出すのは得意なのだが、後山は「聞いて欲しくない」というオーラを発している。

やはり、後山はおかしい。単に、異動が近づいているだけとも——本人はそれはないと言っている——思えなかった。しかし、どうしても確認できない。

大友は、仕事以外では遠慮がちになってしまう自分の性格を呪った。

やはり、確認するとしたら高木しかいない。大友は腹を固め、再度高木に対する事情聴取を行うことにした。聞きつけた敦美が、「同席するわ」と言い出した。

「まずくないか?」大友は顔をしかめた。高木はまだ、怪我の痛みをぶつぶつと訴えている。そのうち、「不当逮捕だ」と言い出すかもしれない。怪我させた張本人を取り調べに同席させるのは、上手い作戦とは思えなかった。しかし敦美は、「圧力も大事よ」と言って譲らない。

「所詮、弱い男だから。無言の圧力をかければ、すぐに喋るわよ」

結局上層部も、敦美の申し出に同調した。もちろん牧原は「手を出さないように」と忠告するのを忘れなかったが——敦美はにやりと笑うだけだった。

二人で一緒に取調室に入って行くと、高木はちょうど大欠伸しているところだった。だが敦美に気づいた瞬間、ぴたりと動きを止めてしまう——ゆっくりと口を閉じたが、恐怖が加わった間抜け顔に変化はなかった。

大友は高木の正面に座り、敦美が背後に立った。高木は何度か身を震わせた。後ろを確認したいようだが、振り向けば殴られるとでも思っているのかもしれない。大友は彼の焦りを無視し、さっそく切り出した。

「あなたに情報を漏らしていた人だけど——候補が出てきました。まだ推理の段階に過ぎないけど」

高木は大友の話をまったく聞いていなかった。とうとうちらりと振り返った瞬間、敦美が腕を振り上げているのに気づき、大慌てでテーブルに伏せてしまう。

「何してるんだ？」大友は軽い調子で声をかけた。

「いや……何なんだよ！」自由な左手で頭を抱えたまま、高木が叫ぶ。突っ伏しているので、声はくぐもっていた。

「何なんだって、別に何もないじゃないか」

「後ろのお……」

「女」と言おうとしたのだろうが、最後まで言う勇気はないようだった。

「誰もいないけど」

「そういうの、やめろ！」高木が左の拳をテーブルに叩きつけた。

「気にし過ぎじゃないか？　普通に話がしたいだけなんだけど」

「これじゃ話せないな」

「状況は変わらないよ。早く話せば、早く解放される」大友は暗い喜びを感じていた。本当は、こういう風に脅しをかけるのは違法だし、自分の得意なやり方でもない。だが今は、一刻も早く自分の推理の正しさを確信したかった。

「話すことなんか、何もない！」

「まだ具体的な話はしていない。取り敢えず、僕の推理だけでも聞いてもらえないだろうか。それが当たっているかどうか、是非知りたいんだ……ちなみに、この件が明らかになっても、君に責任がかかるかどうかは分からない。敢えて言えば公務執行妨害かもしれないけど、そんな微罪は立件するに及ばないと、個人的には思う」

もちろん、その情報に基づいて若居の奪還を図り、彼を焼き殺そうとしたのは別だ。この件はきっちり立件する。

「罪にならないって言うのか？」

「何の保証もできないけど、僕が検事だったら起訴しない。時間の無駄だ」

「何なんだよ、いったい……そんなに大変なことなのかよ」

「まだ分かってないのか？」

大友は言葉を切った。敦美が、高木の背後の狭い空間を行ったり来たりし始める。どういう靴を履いているのか、やけに甲高い音が響いた。暗闇の中で誰かに追いかけられているような感じだろう。

高木の額に汗が滲む。敦美がぴたりと歩みを止めた。高木の真後ろに立ち、腕組みをして彼の後頭部を凝視している。何も言わず、高木からは彼女の動きも見えないはずなのに、彼は明らかに追い詰められていた。

「警察の内部は調べた。情報を漏らしていた人間がいるとは思えない。弁護士も同様だ。

でもたった一人、捜査情報を全て握っていて、君に流せる立場の人間がいた」

「知らねえよ……」

敦美がいきなり、右足の底を床に叩きつける。重い音が響き、高木は身を震わせた。

「……分かった、分かったよ！」高木が助けを求めるように叫ぶ。

「名前を教えてもらおうか」

「知ってるんだろう？　何で俺が言わなくちゃいけないんだよ」

「君の口から聞きたい。どうしてそういうことになっているのか、その事情も」

高木が話し始めた。予想通り——しかし話が進むに連れ、大友の気持ちは暗くなっていった。

「……冗談じゃねえよ」話し終えると、高木がぶつぶつと文句を言った。「こんなの、脅しじゃねえか」

「やだ」敦美が突然、小さな声を上げた。見ると、いつの間にか右のパンプスを脱いで持ち上げている。「ヒール、折れてるじゃない」

「ああ、それで変な音がしてたんだね」大友は軽く話を合わせた。

「安物を買うと、これだから」

「君の場合、ヒールの高い靴は必要ないね。背が高くなり過ぎて、威圧感が出てくる」

「だから男が寄って来ないのかも」

高木がついに振り向いた。敦美は素早くパンプスを履き、窓に背中を押しつけて腕を組んだ。何事もなかったかのように、高木に向かって大きな笑みを浮かべてみせる。

「何なんだよ……」

「別に、何もなかったよ」大友は涼しい声で言った。

腹の中では、煮えくり返るような思いが溢れそうになっていたが。

9

大友は大きく深呼吸した。ふいに昔を思い出す。学生演劇をやっていた頃、出番が迫ると、舞台袖で必ず深呼吸したものだ。あの頃は、自分は緊張しがちな、気の小さい人間だと思っていた。今はむしろ、緊張を解《ほぐ》すためというより、気合いを入れるために深呼吸することが多い。度胸がついたわけではなく、修羅場に慣れてしまったのだと思う。人の心は、敏感さを失うのだ。

果たしてこういう「取り調べ」が許されるのか。もちろん、相手は絶対に傷つかない――不逮捕特権を持つ国会議員のような存在ではない。過去には、違法行為を働いて逮捕されたこともある。

「気楽にいきましょう」後山が緊張した口調で言った。さすがのキャリア組も、こういう異例の事態に対しては緊張するようだ。

約束の時間に三分遅れて、会うべき相手が姿を現した。後山がさっと立ち上がり、椅子を勧める。大友も後山に倣って立ち、さっと頭を下げた。

海老沢検事。

大友は彼に関して、常に焦っているか怒っている印象しか持っていなかった。警察の尻を叩き、とにかくさっさと事件をまとめさせようとしていた……そこにはある理由があったのだと、今では理解できる。

今日の海老沢は、明るいグレーのスーツに真っ白なワイシャツ、焦げ茶色のネクタイという地味な格好だった。そして大友が初めて見る表情──困惑を見せている。椅子を勧められても座ろうとせず、突っ立ったまま大友たちと対峙した。

「どうぞ、お座り下さい」後山が落ち着いた口調で言った。海老沢の焦りを見抜き、一瞬で精神的に優位に立ったに違いない。しかしここでは、無理して欲しくなかった。後山はあくまでキャリア──指揮官として警察官になったのだ。現場で容疑者を取り調べた経験など、ほとんどないだろう。とんでもないことを言い出すのではないかと、大友は密かに恐れていた。実際の事情聴取は、全て大友に任せるとは言っていたのだが。

異例ずくめの会合だった。

そもそも、場所が警察署ではない。よりによって、神宮前にある東京ウィメンズプラザの講師控室──まさに控室で、六人がけのテーブルが一つ、二人がつける程度のさらに小さなテーブルが一つしかない。あとはテレビと壁かけ時計だけ。ここを選んだのは後山だったが、何故かと問うと、「目立たないからですよ」と淡々と答えた。確かに、青山通りにも近く、人の往来が多い場所ではある。ウィメンズプラザの利用者も多いので、いかにも「紛れる」感じだった。しかも控室なら、取調室と同じように密室になる。さらに後山は独自のルートで検察庁と協議し、この取り調べは逮捕につなげないという前提で事情聴取をＯＫさせたのだ。

実際、警察が海老沢を逮捕できるかどうかは分からない。敢えて容疑を挙げるとすれば公務執行妨害。それによって若居の拉致事件が起きたのだから殺人未遂をつけてもいいのだが、そこまで話を進めることができるかどうか。

この日に際して、大友は脳内で何度もシミュレーションを重ねてきた。どう切り出すか……事実関係を順番にぶつけても、端から否定される可能性が高い。まず気持ちを揺さぶり、そこから事実関係の確認へ突っこんでいく。

「昔の話をしてもいいですか」

腰を下ろすと、大友は柔らかく切り出した。海老沢がすっと顔を上げる。イエスもノーもない。構わず続けた。

「あなたは、川崎の高校から都内の高校へ転校していますね？　何があったんですか？」

「そんな昔のこと――」

「それほど昔でもないでしょう。たかだか十年――十一年前だ」

「一昔以上前ですよ」

「そう、十年一昔という言葉に従えば、かなり昔ですね。その頃、あなたは極めて優秀な高校生だった。転校は大きなハンディだったはずですが、現役で東大に合格して、四年生の時に司法試験も一発で通った。旧試験で受験したんですね」

反応はない。構わず、大友は続けた。黙秘を決めこむつもりかもしれないが、どこかで必ず心を揺らせる、と信じる。海老沢がそれほど強い人間でないことは分かっているのだ。

「高木尚也。あなたの中学時代の先輩ですね？　今回の一連の事件の主犯格です」

何も言わない。しかし、肩と腕に力が入り、テーブルの下で拳を握ったのが分かった。

「あなたは高校へ入ってからも、高木とつき合っていた。理由はよく分かりませんが……高木は、高校へ入学した後も、ほとんど学校へ行かないような人間で、もう悪さに手を染めていた。中学生を集めて自分の手下にして、小さな悪の帝国に君臨していた。あなたも、そのグループにいた。どうしてですか？　あなたのように優秀な人が、何故高木のようなどうしようもない人間とつき合っていたんですか」

相変わらず返事はない。だが、肩と腕にさらに力が入るのが分かった。核心を——事実を突いている。これは海老沢がどんなに否定しても、否定しようがない事実なのだ。高木だけではなく、畑も藤垣も、かつて海老沢が自分たちの仲間だったと証言している。口裏合わせをしたとは思えなかった。

「認めませんか？」一拍、間を置く。あまり長くならないように、すぐに質問を再開した。この段階で答えてもらえるとは思っていない。「何か弱みを握られていたんですか？　でもあなたは、実際には高木と縁を切りたいと思っていて、最終的にはそれに成功した。転校して、東京の高校へ行った後は、高木は追いかけて来ませんでしたね。それからのあなたは、本来の自分を取り戻した。必死に勉強して、その結果の東大、司法試験の現役合格です。大したものだと思います……私のような一介の警察官が言うのはおこがましいことですが。いずれにせよ、あなたは高木の影響力から完全に抜け出したわけです——少なくともこの十一年間は。それなのに、突然高木から連絡が入った時の気持ちはどうでしたか？　一瞬で世界が崩壊するような感じがしませんでしたか？」

一気に喋って、大友は口をつぐんだ。わずかに鼓動が速いが、緊張しているためではないと自分に言い聞かせる。少しだけ体の力を抜き、ゆっくりと息を吐いた。

「高木とつき合うようになったのも、そもそもつまらないことが原因だったんですね。高校一年の時、あなたは川崎市内の書店で万引きをした。特に何かが欲しかったわけではないでしょう。何しろ、万引きしたのは背表紙の色が変わりかけた文庫本一冊です。ストレス解消ですね？　私には縁のない世界ですけど、勉強ばかりの毎日だと、精神的にも追い詰められるんでしょうね……今さらこの件の責任を問おうとは思いませんけど、運の悪いことにあなたは、その現場を高木に目撃された。それで、一度は切れた高木と、またつながりができてしまったんですね。勉強漬けの毎日だったあなたにとっても、高木とのつき合いはいいストレス解消だったかもしれません。ただ、高木は当時から、いろいろな犯罪に手を染めていた。当然、あなたも……一々挙げませんが、その中で最悪のものは、強盗致傷事件でした。覚えていますね？　武蔵新城の老夫婦の家に押し入って現金を奪い、二人に怪我を負わせた事件です。あなたは高校三年になったばかりの時、高木に誘われてこの事件に手を染めた——そしてこれで目が覚めた。高木と縁を切る決心を固めて、東京の高校へ転校したんですね。よく親を説得しましたね？　どういう方法を使ったんですか」

海老沢は何も言わない。先ほどから姿勢も一切変わらず、生きたまま彫像になってしまったようだった。

「あなたにこんなことを言う必要はないと思いますが、強盗致傷事件については、まだ時効になっていません。この事件について、警視庁は捜査権限を持っていませんが、神奈川県警は興味を持つでしょうね。検事になる前の事件とはいえ、終わった話ではないんですから。そしてこの一件が、あなたにとっては大変なウィークポイントになった。高木は、こういうことを平気で利用する男なんですね」

言葉を切り、海老沢の顔を注視する。表情に変化はない。汗をかいているわけではなかった。動揺しているようには見えない……まるで、人の言葉をシャットアウトする能力を身に着けているようだった。

「申し上げることは何もない」

突然、海老沢がぽつりと言った。そこに大友は食いついた。

「否定しないんですか」

海老沢がはっと顔を上げる。失敗に気づいた様子で、口を開けかけたが、結局閉ざしてしまった。海老沢も、多くの容疑者と対峙してきたはずだが、厳しい取り調べは経験していないだろう。ほとんどの容疑者は、警察の取り調べに対して完全自供した後、検察庁に送られる。だから、容疑者の気持ちが分からないのではないか？

「あなたは、以前から若居を知っていたんですか？」

「知っているとも知っていないとも言えない」

つまり、知っている。この場合は、否定でなければ肯定だ、と大友は判断した。そこに、海老沢の「良心」がある。嘘はつけない。しかし言えない……彼は今、二つの感情の間で揺れ動いているに違いない。

「若居が高木たちとつき合うようになる前に、あなたは高木から離れていた。若居の存在を知る由もなかったと思いますが……」そこまで言って、大友ははっと気づいた。「あなたは、転校したぐらいで安心して、用心しなくなるような人ではないでしょう。高木たちの動向をずっと観察していたんじゃないですか？　どういう人間とつき合っているのか、何をしているのか……その中で、若居の存在も把握していたんじゃないですか？　若居というのは、それほど多くある苗字じゃないし、あなたの記憶力は人並み以上のはずだ。十年以上経って覚えていても、不思議ではない。若居が窃盗の現行犯で逮捕された時、何か事態が動き始めたとピンときたはずです」

海老沢が体を揺らす。初めて体が動いた……明らかに動揺している。大友は一気に畳みかけた。

「今のは単なる推理ですが、ここから先は裏が取れている話です。高木は用心深い男だし、自分の身に危険が及んでいる時に、座して待っているだけでは我慢できなかったんです。若居が逮捕されたと知った時、まずあなたに連絡を取ることを思いついた。高木にとってラッキーだったのは、たまたまあなたがこの事件の担当検事だったことです。それで高木は、十一年前の強盗事件を脅迫の材料にして、捜査状況をあなたから入手した。そうして、自分は何とか捜査の網から逃れようとしたんです。しかし高木は、読みが甘かった。死体遺棄現場に若居が行くチャンスを狙って拉致し、殺してしまえば、自分たちの名前は挙がらないと考えたんです。普通は、こんな乱暴なことは考えない。むしろ、逃げ出そうとするでしょう。しかし彼は、やはり追いこまれていた。自分の身を守るためにどうするか、見当違いの作戦を立てた。すぐに逃げ出していれば、まだ捕まっていなかったかもしれません。所詮は、間抜けな小悪党なんですよ」

「そんな人間と私が関係あるというんですか？　裏づけが足りないんじゃないですか」

「いや、裏は取れています」

大友は背筋を伸ばし、背広の内ポケットから手帳を取り出した。後山なら、手帳など見ずにすらすらとデータを挙げるところだが、と思いながら……ちらりと後山を見ると、腕組みをしたまま微動だにしていない。しかもまったくの無表情だった。

「高木の携帯の通話記録を調べましてね……若居が逮捕されてから、あなたと高木は頻繁に連絡を取り合っていますね？　概ね、高木からあなたへの一方通行の電話ですが、あなたとしては、着信拒否にすることもできなかったんでしょう。それはそうですよね、十一年前の強盗事件をばらすと言われれば、逆らえない。あなたは間違いなく処分を受ける――いや、逮捕されるでしょう。高木にしても捨身の作戦だったとは思いますが、これがあなたには効いた。結局、高木に求められるままに、捜査情報を逐一流すことになった。それによって、我々の捜査が混乱したのは、あなたは当然ご存じだと思います。最悪なのは、若居が殺されかけたことですよ。あなたを、殺人未遂の共犯で逮捕することも可能です」

海老沢が体を揺らした。最初に「彫像のようだ」と思ったのだが、今は命を吹きこまれ、不安に震えているように見える。結局海老沢も、ずっと不安に思っていたのだろう。当たり前だ――彼は検事として、多くの容疑者、多くの事件と向き合ってきた。揺さぶられた容疑者がどのように全面自供に追いこまれるかもよく知っているだろう。

「その辺については、改めて調整します。今は、あなたの口からはっきり容疑を――情報漏れの事実を認めていただきたい」

「言うことはありません」

「否定もしないんですか？」

海老沢が唇を引き結んだ。顎に力が入り、細かな皺ができる。両手を広げてテーブルに置き、わずかに身を乗り出した。落ちる……と大友は確信した。それまでと違う動きを見せる時、容疑者は揺れている。話してしまおう——話せば楽になると悩む気持ちが、体の動きの変化になって表れるのだ。

「人が三人集まれば、派閥——階層ができます」

海老沢が、いきなりぽつりと言った。大友は「どういうことですか」と質問をさし挟もうとしたが、敢えて口を閉ざした。促さずとも、相手が喋る時はある。今がまさにそうだと大友は判断した。海老沢がまた体をゆっくりと揺らし、両手を組み合わせた。非常にきつく、手の甲が白くなるほどの力……自ら手をへし折ろうとしているようだった。

「リーダーがいて、そいつを持ち上げる人間がいて、一番下っ端の人間がいて……トップと中間管理職と兵隊。これが基本で、どんなに組織の規模が大きくなっても変わりません。高校生の三人グループでも、アメリカ海兵隊でも。人数が違うだけです。あなたも組織の中にいるのだから、そういうことはよく分かるでしょう」

海老沢の問いかけに、大友は無言でうなずいた。大友としては、それによる辛さを感じることはほとんどなかったが。海老沢が淡々とした調子で続ける。

「高校生ぐらいの……高木をトップにしたようなグループでは、序列はまず入れ替わらない。トップにいる人間は、自分の立場を守るために、常に他の人間を抑えつけますからね。そういうところで、一番下にいる人間のきつさ、あなたには想像できますか？」

「若居から話を聴きました。彼も十年以上、高木の下で耐えていた。それでも離れられなかったのは、他に居場所がなかったからです。高木がそういう圧政を敷けたのは、人をコントロールする術を身に着けていたからでしょう。クソ野郎なのは間違いないですけど、リーダーの資質もあったと思います」

すっかり牧原の口の悪さが伝染してしまった。こういうのは自分のカラーではないと思い、大友は言い直した。

「つまり、人心掌握術に長けていたんでしょうね。だからここ何年も、メンバーは変わらなかった。今回の事件は、そういう中で起きた悲劇です。若居も、犯罪者だけど被害者なんですよ」

「それは警察側の見方だ」

否定するのか？　大友は首を傾げた。しかし海老沢は反応しない。ただ黙って、大友の顔を凝視するだけだった。やがてほっと息を吐き、話を再開する。

「高木のような男は、決して忘れない――要するに、小心者なんです。自分の身を守るために、あらゆる情報を常に頭にインプットしておく。学校の成績とは関係なく、とにかく記憶力がいいんでしょうね。細かいことまで実によく覚えていて、それを利用する手を思いつく」

強盗致傷事件の共犯だった男が検事になった――当然、この情報も高木の頭にはインプットされていたわけだ。

「あなたは、高木のグループでは最下層にいた。しかも離れてから十年以上も経って、また高木に利用された。過去の事件のことは置いておくにしても、同情すべきだとは思います。何しろ今のあなたは、正義のために仕事をしている。守るべき立場もある。そこにつけこんだ高木は、最低の人間ですね」

海老沢の態度がまた変わった。きつく組み合わせていた両手を解き、緩い腕組みに移行する。「同情作戦」は彼には効かなかったようだ。それどころか、またバリアを張り巡らしてしまったように見える。まずいな……今回は、自分の取り調べテクニックがまったく通用しない。これはある意味、「知能犯」の取り調べに近いだろう。自分の行動を冷静に分析・判断して、警察への対応策を持っている容疑者——普段大友が相手にしているのは、激情に駆られて一気に犯行に走り、自分の気持ちの整理すらできていない容疑者ばかりである。揺さぶり、気持ちの核心に迫っていけば、ほとんどの場合は自供に持ちこめるが、今回はそうはいかない。

「私からは、他に言うことはありません」海老沢が淡々とした口調で言った。

「今、高木との関係を喋ったじゃないですか」

「あれは一般論です。私の個人的な経験を喋ったわけではない」

海老沢がいきなり立ち上がる。勝手に話を打ち切るつもりか？　大友も立ち上がったが、すぐに後山に腕を摑まれた。やめていいのか？　まだ話は始まったばかりである。しかし後山は、ゆっくりと首を横に振るだけだった。

「参事官……」

後山が再度、無言で首を振る――今度は縦に。任せておけ、のサインだと判断した。後山が背広のボタンを留めながら、ゆっくりと立ち上がる。まるで、会議で発言を求められたようだった。

「海老沢検事、今日はご苦労様でした」言葉では労いながら、頭は下げない。「あなたは何一つ認めなかった。それで逃げ切れたと思うでしょう。実際、警察が検事を調べるなど、あり得ない話だ。検事が不祥事を起こせば、大抵は最高検が捜査を担当しますからね。今回、あなたに事情聴取するだけでも、大変でした」

「私は、警察に話を聴かれるようなことは何もしていない」海老沢の顔が強張る。

「電話で高木と話していた証拠があっても？」

「内容までは分からないでしょう」

「高木から証言は得ていますよ」

「あくまで一方的なもの、ですね」海老沢の口調は、それまでになく強くなっていた。

「彼が何を言ったか知りませんが、私は否定します」

「初めて明確に否定しましたね」後山が指摘する。「何か、心境の変化でもあったんですか？」

「あったかないか――それをあなたに言う必要はない」

「私はこの件に、決着をつけるつもりです。刑事事件として決着をつけられるかどうかは分からない。地検も、自分のところの検事が、容疑者と通じて情報を流していたことなど、認めたくないでしょう。それでも、決着はつけます。あるいは、政治的な決着になるかもしれませんが」

「政治的？」海老沢が首を傾げる。

「世間的には許されない、曖昧な形かもしれませんが、ある意味正義は実現されます。私は警察官です。悪を見逃すわけにはいきません」そこで後山がすっと息を吸った。険しい視線で海老沢を睨み、「それにこれは、私の最後の事件ですから」と宣言した。

10

羽田空港、午前九時。大友は、ＪＡＬのカウンター近くに陣取っていた。後山は、十時四十分発の広島行きに乗ると言っていたから、何とか摑まえて話をしたい。海老沢の一件の決着――その真相を知らずにはいられなかった。

そしてこれが最後のチャンスなのだ。後山は正式に辞表を提出し、警察を辞めた。今後、二度と会う機会はないかもしれない。

来た。一瞬見逃しそうになったのは、彼がいつものスーツ姿ではなかったからだ。ジーンズに、濃いベージュ色のハーフコートという服装。背広姿でない後山を見たのは、初めてだったかもしれない。出発まではまだ間があるが、後山が小さなスーツケース、それにショルダーバッグという荷物を持ってカウンターに近づいて行く。大友は立ち上がり、彼の背後に立った。スーツケースを預け終えたところで、声をかける。

「参事官」

「もう参事官じゃないんですけどね」大友がそこにいるのが分かっていたように、後山が振り向き、平然とした口調で言った。「申し訳ないですね、話す時間がなかった」

「こちらこそ、出発の前の忙しい時に申し訳ありません」

「あなたは来てくれると思いましたよ……」後山が左腕を持ち上げる。「まだ時間はあります。お茶でも飲みましょうか」

ショルダーバッグ一つという軽装になった後山が、先に立って歩き出す。三階に上がってすぐ、カフェに腰を落ち着けた。フライト前の時間潰しをする人で、店内は結構賑わっている。大友はすかさず、カウンターでコーヒーを二つ買ってきた。後山が何を言おうが、ここは絶対に奢るつもりだった――最後になるかもしれないから。後山も抵抗はせず、大友が持って来たコーヒーを素直に受け取った。

「今回の件、結局、どういう決着になったんですか」大友は前置き抜きで切り出した。

「海老沢検事には、自主的に退職してもらうことになりました」

「それで――それだけでいいんですか？　何の罰も受けずに？」大友は目を見開いた。

「公務執行妨害での立件は難しい……本人が全面否認していますからね。となるとあとは、検察庁法第二十三条での処分が考えられます。条文は知っていますか？」

「すみません、それは私の専門ではないので」

後山が笑みを浮かべ、すぐに言葉を継ぐ。

「検察官が心身の故障、職務上の非能率その他の事由に因りその職務を執るに適しないときは、検察官適格審査会の議決を経て、その官を免ずることができる……ちょっと略しましたけど、そういうことです」

「要するに馘、ですよね」

「ただし今回の件では、本人が一切容疑を認めていませんから、検察官適格審査会まで話を持っていくのは難しいでしょう。しかし間違いなく、事実はある。それで私は、取り引きすることにしました」

「取り引き?」

「海老沢には検察官を辞職してもらう。その代わりにこちらでは、検察庁の監督責任を追及しない……もっとも検事は、基本的に一人官庁ですから、普通の役所とは監督責任の意味が違いますが」

「それでいいんですか?」

「向こうに貸しを作ったんですよ」後山がにやりと笑う。「検察は、警察の捜査を指揮する立場ではありますが、実情はそう単純なわけではない。貸しを作っておけば、いざという時には役に立つんです」

「強盗事件の方は、神奈川県警でもう一度きちんと捜査することにしたようですが」

「期待してはいけませんよ。何しろ話が古いし、被害者が二人とも亡くなってしまっている。結局、闇の中に消えるかもしれません」

「そんな、曖昧な……」

「それが政治というものです。もちろん、立件されて海老沢が逮捕されれば、それに越したことはありませんが」

また「政治」か。後山は海老沢に対しても、捨て台詞のように「政治的な決着」と言っていた。

「私は、リアルな政治の世界に行くんです」

「え？」唐突な告白に、大友は間抜けに口を開けてしまった。

「まったく別の世界ですけど、これは以前から決まっていたことで……約束は守らなければなりません」

「誰かの跡を継ぐんですか？　いわゆる世襲ですか？」

「私の父親は学者です。専門は何と、ロシア文学ですよ。今の日本で、一番金にならない研究分野だと言ってもいい。私が警察官になったのは、まったく個人的な志からです」

「それにしても、政治とはまったく関係ないじゃないですか」

「もちろん」後山がうなずき、コーヒーの蓋を開けた。ゆっくりと息を吹きかけ、一口飲む。「古臭い言い方かもしれませんが、私は青雲の志を持って警察官になったんですよ。日本の治安に責任を持つために、トップ2のどちらかになる――他の人たちと同じように、そういう目標を持って入庁しました」

警察官僚が他の省庁のキャリア官僚と違うのは、トップが実質的に二人いることだ。警察庁長官と警視総監。行政上のトップと、現場指揮官のトップ。最近の人事の流れを見ると、以前のように「ツートップ」とは言えず、警察庁長官の方が二段階ぐらい立場が上の感じではあるが。

「しかし私は、比較的早くそういう目的を諦めざるを得ませんでした」

「何かあったんですか？」

「結婚です」どこか照れ臭そうに後山が言った。「広島県警に赴任している時に、女房と知り合いましてね……地元で市長をしていた人の娘なんです。まあ、最初はそういうことは意識しなかったんですよ。当時の本部長が紹介してくれたので、断り切れなかったということもあるんですが――それはともかく、いざ結婚ということになったら、向こうの親が条件を持ち出してきたんです。将来自分の後釜として、市長選に出るように、と」

「跡継ぎということですか」

「一人娘だったんでね……私は、そういうのは馬鹿馬鹿しいと思っていました。政治家の世襲なんか、法律で禁止すべきだと考えていたほどですからね。しかし実際には、なかなかそうもいかない。選挙に出るだけでも大変な金がかかりますし、まったく素人の状態から政治の世界に飛びこもうとしても、大変なんです。特に首長は——お試し期間も研修もないですからね。重要な判断を下して、判子を押さなくてはならない場面にいきなり直面する。これが世襲の議員だと、そういうことの大事さは理解していますから。親もその気になって、若い頃から自分の仕事の手伝いをさせることも多い。スムーズに政治家としての仕事を始められるのは間違いないでしょうね」

「そのタイミングが、今回だったんですか？」

「実は三か月前に、義父が脳梗塞で亡くなったんです。まったく突然でした。七十四歳……市長として四期目でした」

「結構長いですね」

「そうですね……十五年。その前にもずっと市会議員を務めていたので、まさに職業政治家だったわけです」後山がうなずく。「私が結婚した時には、まだ市長として一期目でしたが、その時からもう後継者のことを考えていたんですね」

「政治家の発想はよく分かりません」

「私もです」後山が苦笑する。「ただ、これから慣れないといけないんでしょうが……とにかく約束ですから、後釜として選挙に出なければなりません。次の選挙、ですが」

「ああ、もう死去に伴う選挙は行われたんですね」

「副市長が当選しました。まあ、実質的には職務代行ということですね。本人は、政治家には興味がないそうですが、市政の混乱を避けるために、周りが出馬させたようです」

「その後に参事官——後山さんが入るわけですね」

「選挙は水物ですから、どうなるかは分かりませんよ。私は落下傘候補ですし」

「それで最後の事件……だから今回、あんなにむきになったんですか？」

「あなたと一緒に仕事をする、最後の機会でしたからね。あなたは非常に……印象的な人でした。あなたのように有能な刑事と仕事ができたのは、警察官人生における私の誇りです。勉強にもなりました」

「それでいいんですか？」褒め言葉にムズムズしながら、突然言いようのない不安に襲われ、大友は声を荒らげた。「後山さんは、警察官僚として職務を全うしてくれるものだと思っていました。私にとっても、信頼できて尊敬できる上司なんですよ。キャリアとして、警察全体の動きを——」

「あなたと同じですよ」後山が静かに大友の話を遮った。

「え？」

「あなたは奥さんが亡くなった後、刑事の椅子から降りた。人生の選択肢の一つを選んだんです。私も同じです。義父との約束を違えてこのまま警察官を続けるか、約束通りに市長の後釜に座るか——私は約束を守る方を選んだ。それだけです。これは家族の問題でもありますから」

柔らかい口調だったが、反論は難しかった。言われた通りで、「規模」こそ違うものの、後山が直面した問題は、自分のそれと同じである。大友は静かにうなずくしかできなかった。

「あなたをこのまま放り出していくのは、まことに心苦しく思っています。でもこれも、一つのタイミングだと思っていただければ」

「ええ」

「優斗君も中学生になりました。あなたが本来の道に戻るとしたら、その時はもうすぐ来るはずです」

大友は無言でうなずいた。分かっている。もしかしたら自分には、次の一歩を踏み出す勇気がないだけかもしれない。

「私たちがお願いしなくても、あなたは自分の考えで動けるでしょう。そうであって欲しいと、私も期待します」

「ええ……」

「一つ、お詫びしないといけませんね」

「何ですか？」

「一段落したら、食事を一緒にしようと約束しましたよね。優斗君も、うちの女房も一緒に」

「そうでした」

「ちょっとバタバタしていて、約束は果たせそうにありません。女房は先に、広島に戻っています。実家を完全リフォームしたいと張り切っているんですよ。退職金が吹っ飛びますね」後山が苦笑した。「選挙にもお金がかかるのに」

「でしょうね……でもいつか、広島まで伺いますよ。後山さんは動けないかもしれませんけど、私は気楽な公務員ですから」

「その際は是非、優斗君も一緒に」後山がうなずき、コーヒーがまだ半分残っているのに立ち上がった。

「まだ時間はあるでしょう」大友は腕時計を見た。

「長く話していると、別れが辛くなるものです」笑みを浮かべ、後山が右手を差し出した。

大友も立ち上がり、彼の手を握った。握手はしっかりしたもので、既に政治家のそれを彷彿させる。何か、もう一言……しかし言葉が浮かばない。すぐに、一緒に仕事をやり切った相手とは、余計な言葉を交わす必要はないのだと思い至った。懐かしく話をするにしても、もっとずっと後——お互いに現役を引退してからでもいい。

それにはまだまだ間がある。自分の仕事はこれからなのだ、と大友は自分に言い聞かせた。

本作品は文春文庫のための書き下ろしです。
本書はフィクションであり、実在の人物、
団体とは一切関係がありません。

文春文庫

愚《ぐ》者《しや》の連《れん》鎖《さ》

定価はカバーに
表示してあります

アナザーフェイス7

2016年3月10日　第1刷

著　者　堂《どう》場《ば》瞬《しゆん》一《いち》
発行者　飯窪成幸
発行所　株式会社 文藝春秋

東京都千代田区紀尾井町3-23　〒102-8008
TEL 03・3265・1211
文藝春秋ホームページ　http://www.bunshun.co.jp

落丁、乱丁本は、お手数ですが小社製作部宛お送り下さい。送料小社負担でお取替致します。

印刷・凸版印刷　製本・加藤製本

Printed in Japan
ISBN978-4-16-790564-4

（　）内は解説者。品切の節はご容赦下さい。

夏樹静子
風の扉
染織工芸界の巨匠が弟子の恨みを買い、殺された。しかし、事件はいっこうに報じられない。なぜなら、殺したはずの男が生きていたからだ……。医学ミステリーの名作の新装版。（板倉　徹）
な-1-30

夏樹静子
てのひらのメモ
シングルマザーの千晶は、喘息の子供を家に残して出社し死なせてしまう。市民から選ばれた裁判員は彼女をどう裁くか？　裁判員法廷をリアルに描くリーガル・サスペンス。（佐木隆三）
な-1-31

永瀬隼介
退職刑事
親子の葛藤、悪徳警官の夢、迷宮入りの悔恨……様々な事情を抱え、職を辞した刑事たちに訪れた〝最後の事件〟。刑事という特殊な生態を迫真の筆致で描く警察小説短篇集。（村上貴史）
な-48-4

永瀬隼介
刑事の骨
連続幼児殺人事件の捜査を指揮する不破は、同期の落ちこぼれ田村の失敗で犯人をとり逃す。十七年後、定年後も捜査を続けていた田村の遺志を継ぎ、不破は真犯人に迫る。（村上貴史）
な-48-5

永井するみ
希望
三人の老婦人が殺害された。犯人は十四歳の少年。五年後、少年院を退院した彼が何者かに襲われる。犯人は誰か、そして目的は――。事件周辺の人々の心の闇が生んだ慟哭のミステリー。
な-55-1

中山七里
静おばあちゃんにおまかせ
警視庁の新米刑事・葛城は女子大生・円に難事件解決のヒントをもらう。円のブレーンは元裁判官の静おばあちゃん。イッキ読み必至の暮らし系社会派ミステリー。（佳多山大地）
な-71-1

新田次郎
山が見ていた
少年を轢き逃げしたあげく、自殺を思いたち、山に入ったところ、運命は意外な方向に展開する表題作のほか、「山靴」「危険な実験」など十四篇を収録した短篇集。（武蔵野次郎）
に-1-28

（　）内は解説者。品切の節はご容赦下さい。

西村京太郎
鎌倉・流鏑馬《やぶさめ》神事《しんじ》の殺人
連続殺人の現場に残された「陰陽」の文字。容疑者には鉄壁のアリバイがある。そして鎌倉八幡の流鏑馬神事で弓矢の標的となったのは？　十津川警部「祭り」シリーズ第四弾。

に-3-30

西村京太郎
紀勢本線殺人事件
新宮で女性が殺された。額にはナイフで×印が刻まれていた。同様の殺人が東京、串本でも……。被害者のイニシアルは全員「Y・H」。残忍な連続殺人を追って、十津川警部は南紀へ。

に-3-31

西村京太郎
青森ねぶた殺人事件
ねぶた祭りの大太鼓から、美人ホステスの死体が。青森県警が逮捕した容疑者に、十津川警部は首を傾げる。公判の審理も難航。そして祭りの当日、十津川の目の前で新たな惨劇が起きる。

に-3-32

西村京太郎
十津川警部の抵抗
「一カ月以内に、殺人犯の無実を証明してほしい」。奇妙な依頼が発端となって、恐るべき連続殺人が起こる。有力者の関与が疑われ、十津川の捜査には様々な圧力がかかる。真犯人は誰か？

に-3-33

西村京太郎
十津川警部、海峡をわたる
春香伝《しゅんこうでん》物語
祭りで若い女性をナイフで殺害し続ける「蒼き狩人」とは何者なのか。捜査本部に届いた謎の手紙。差出人の無期懲役囚と対面した十津川は、韓国を目指す。「祭り」シリーズ第六弾！（郷原　宏）
に-3-34

西村京太郎
十津川警部、沈黙の壁に挑む
殺人事件の容疑者はろうあの老女。筆談にも手話にも答えようとしない彼女の意図とは。十津川警部の必死の捜査が始まる。ろうあ者と健聴者の溝を描く感動のミステリー。（松島謙司）
に-3-35

西村京太郎
遠野伝説殺人事件
早池峰山、カッパ淵、曲り家、遠野市を散策する花盗人はなぜ殺されたのか。岩手—東京—軽井沢。新薬開発をめぐる謎のルートに十津川警部が迫る。医学の闇に挑む長篇ミステリー。

に-3-36

文春文庫　ミステリー・サスペンス

（　）内は解説者。品切の節はご容赦下さい。

西村京太郎
十津川警部の決断
満員の都営三田線車内で殺された26歳のOL。凶器は千枚通し、目撃者はゼロ。犯人は十津川警部を名指しして挑戦状を送りつける。ミスを挽回すべく辞表を預けて出た十津川の賭けとは。
に-3-37

西村京太郎
男鹿・角館 殺しのスパン
小さな店の六畳間でなまはげの扮装のまま発見された死体は、本来の住人ではなかった。ではいったい誰なのか？　事件の手がかりをつかむため、十津川警部は秋田・男鹿半島へ向かう！
に-3-41

西村京太郎
十津川警部 謎と裏切りの東海道
徳川家康を殺した男
徳川家康を敬愛する警備保障会社社長が犯してしまった殺人は、果たして正当防衛だったのか？　捜査のなかで見えてきた、社長の「過去の貌」とは？
に-3-42

西村京太郎
新・寝台特急《ブルートレイン》殺人事件
暴走族あがりの男を揉み合う中で殺した青年はブルートレインで西へ。追いかける男の仲間と十津川警部。青年を捕えるのはどちらか？　手に汗握るトレイン・ミステリーの傑作！
に-3-43

西村京太郎
十津川警部 京都から愛をこめて
テレビ番組で紹介された「小野篁の予言書」。前所有者は不審死し、現所有者も失踪した。京都では次々と怪事件が起きはじめた。十津川警部が挑む魔都・京都１２００年の怨念とは！
に-3-44

西村京太郎
東北新幹線「はやて」殺人事件
十和田への帰省を心待ちにしていた男が殺された。ゆかりの女が遺骨を携えて新幹線「はやて」に乗ると、思いもよらぬ事態が待ち受けていた！　十津川警部の社会派トラベルミステリー。
に-3-45

西村京太郎
十津川警部 陰謀は時を超えて
リニア新幹線と世界遺産
雑誌編集者が世界遺産・白川郷で入手した秘薬。それをめぐっておきた殺人事件の真相とリニア新幹線計画とをつなぐ点と線とは何か。うずまく陰謀を、十津川警部たちは阻止できるか？
に-3-46

（　）内は解説者。品切の節はご容赦下さい。

西澤保彦
神のロジック 人間《ひと》のマジック
ここはどこ？　誰が、なぜ？　世界中から集められ、謎の〈学校〉に幽閉されたぼくたちは、真相をもとめて立ちあがった。驚愕と感動！　世界を震撼させた傑作ミステリー。（諸岡卓真）
に-13-2

楡　周平
骨の記憶
東北の没落した旧家で、末期癌の夫に尽くす妻。ある日そこに51年前に失踪した父親の頭蓋骨が宅配便で届いて――。高度成長期の昭和を舞台に描かれる、成功と喪失の物語。（新保博久）
に-14-2

二階堂黎人《れいと》
鬼蟻村マジック
鬼伝説が残る山奥の寒村を襲った凄惨な連続殺人事件。五十八年前に起こった不可解な密室からの犯人消失事件の謎ともども、名探偵・水乃サトルが真相を暴く！（小島正樹）
に-16-2

似鳥《にたどり》　鶏《けい》
ダチョウは軽車両に該当します
ダチョウと焼死体がつながる？　――楓ヶ丘動物園の飼育員「桃くん」と変態（？）「服部くん」、アイドル飼育員「七森さん」、そしてツンデレ女王の「鴇先生」たちが解決に乗り出す。
に-19-2

似鳥　鶏
迷いアルパカ拾いました
書き下ろし動物園ミステリー第三弾！　鍵はフワフワもこもこ愛されキャラのあの動物！　飼育員の桃くんと七森さん、ツンデレ獣医の鴇先生、変態・服部君らおなじみの面々が大活躍。
に-19-3

貫井徳郎
夜想
事故で妻子を亡くした雪籐が出会った女性・遙。彼女は、人の心に安らぎを与える能力を持っていた。名作『慟哭』の著者が、「新興宗教」というテーマに再び挑む傑作長篇。（北上次郎）
ぬ-1-3

貫井徳郎
空白の叫び（全三冊）
外界へ違和感を抱く少年達の心の叫びは、どこへ向かうのか。殺人を犯した中学生たちの姿を描き、少年犯罪に正面から取り組んだ、驚愕と衝撃のミステリー巨篇。（羽住典子・友清　哲）
ぬ-1-4

（　）内は解説者。品切の節はご容赦下さい。

乃南アサ
紫蘭の花嫁
謎の男から逃亡を続けるヒロイン、三田村夏季。同じ頃、神奈川県下で連続婦女暴行殺人事件が……。追う者と追われる者の心理が複雑に絡み合う、傑作長篇ミステリー。（谷崎　光）
の-7-1

乃南アサ
水の中のふたつの月
偶然再会したかつての仲良し三人組。過去の記憶がよみがえるとき、あの夏の日に封印された暗い秘密と、心の奥の醜さが姿をあらわす。人間の弱さと脆さを描く心理サスペンス・ホラー。

の-7-5

乃南アサ
自白
刑事・土門功太朗

事件解決の鍵は、刑事の情熱と勘、そして経験だ——。昭和の懐かしい風俗を背景に、地道な捜査で犯人ににじり寄っていく刑事・土門功太朗の渋い仕事っぷりを描いた連作短篇集。

の-7-9

花村萬月
象の墓場
王国記Ⅶ

八ヶ岳山麓に拠点を移し、いよいよ神の「王国」は動きだした。だが朧は、不可思議な力を発揮し王国の住人の尊崇を集める息子・太郎をみて、自分が真の王ではないことを悟るのだった。

は-19-10

秦　建日子
殺人初心者
民間科学捜査員・桐野真衣

婚約破棄され、リストラされた真衣。どん底から飛び込んだ民間科捜研に勤務開始早々、顔に碁盤目の傷を残す連続殺人に遭遇する。「アンフェア」原作者による書き下ろし新シリーズ。

は-45-1

樋口有介
夏の口紅
十五年前に家を出たきり、会うこともなかった親父が死んだ。形見を受け取りに行った大学生のぼくを待っていたのは、二匹の蝶の標本と、季里子という美しい「妹」だった……。（米澤穂信）
ひ-7-8

樋口有介
窓の外は向日葵《ひまわり》の畑
夏休みの最中に、東京下町の松華学園、江戸文化研究会の部員が次々と失踪。高校二年生の青葉樹と元警官で作家志望の父親が事件を辿ると、そこには驚愕の事実が！（西上心太）
ひ-7-9

（　）内は解説者。品切の節はご容赦下さい。

東野圭吾
秘密
妻と娘を乗せたバスが崖から転落。妻の葬儀の夜、意識を取り戻した娘の体に宿っていたのは、死んだ筈の妻だった。日本推理作家協会賞受賞。（広末涼子・皆川博子）
ひ-13-1

東野圭吾
ガリレオの苦悩
〝悪魔の手〟と名乗る人物から、警視庁に送りつけられた怪文書。そこには、連続殺人の犯行予告と、湯川学を名指しで挑発する文面が記されていた。ガリレオを標的とする犯人の狙いは？
ひ-13-8

東野圭吾
真夏の方程式
夏休みに海辺の町にやってきた少年と、偶然同じ旅館に泊まることになった湯川。翌日、もう一人の宿泊客の死体が見つかった。これは事故か殺人か。湯川が気づいてしまった真実とは？
ひ-13-10

広川　純
一応の推定
滋賀の膳所駅で新快速に轢かれた老人は、事故死なのか、それとも、孫娘のための覚悟の自殺か？　ベテラン保険調査員が辿り着いた真実とは？　第十三回松本清張賞受賞作。（佳多山大地）
ひ-22-1

広川　純
回廊の陰翳《かげ》
京都市内を流れる琵琶湖疏水に浮かんだ男の死体——。親友の死の謎を追う若き僧侶は、やがて巨大宗派のスキャンダルを知る。松本清張賞作家が贈る新・社会派ミステリー。（福井健太）
ひ-22-2

東川篤哉
もう誘拐なんてしない
たこ焼き屋でバイトをしていた翔太郎は、偶然セーラー服の美少女、絵里香をヤクザ二人組から助け出す。関門海峡を舞台に繰り広げられる笑いあり、殺人ありのミステリー。（大矢博子）
ひ-23-1

藤原伊織
テロリストのパラソル
爆弾テロ事件の容疑者となったバーテンダーが、過去と対峙しながら事件の真相に迫る。乱歩賞&直木賞をダブル受賞した不朽の名作。逢坂剛・黒川博行両氏による追悼対談を特別収録。
ふ-16-7

（　）内は解説者。品切の節はご容赦下さい。

鯨の王
藤崎慎吾
原潜艦内で起きた怪死事件から浮かび上がってきた未知の巨大生物の脅威。米海軍、大企業、テロ組織が睨み合う深海に、学者・須藤は新種の鯨を追って潜航を開始するが!?（加藤秀弘）
ふ-28-1

妖《あやかし》の華
誉田《ほんだ》哲也
ヤクザに襲われたヒモのヨシキが、妖艶な女性・紅鈴に助けられたのと同じ頃、池袋で、完全に失血した謎の死体が発見された——。人気警察小説の原点となるデビュー作。（杉江松恋）
ほ-15-2

事故
松本清張
別冊黒い画集(1)
村の断崖で発見された血まみれの死体。五日前の東京のトラック事故。事件と事故をつなぐものは？　併録の「熱い空気」はTVドラマ「家政婦は見た！」第一回の原作。（酒井順子）
ま-1-109

強き蟻
松本清張
三十歳年上の夫の遺産を狙う沢田伊佐子のまわりには、欲望にとりつかれ蟻のようにうごめきまわる人物たちがいる。男女入り乱れ欲望が犯罪を生み出すスリラー長篇。（似鳥　鶏）
ま-1-132

疑惑
松本清張
海中に転落した車から妻は脱出し、夫は死んだ。妻・鬼塚球磨子が殺ったと事件を扇情的に書き立てる記者と、国選弁護人の闘いをスリリングに描く。「不運な名前」収録。（白井佳夫）
ま-1-133

証明
松本清張
作品が認められない小説家志望の夫は、雑誌記者の妻の行動を執拗に追及する。妻のささいな嘘が、二人の運命を変えていく。狂気の行く末は？　男と女の愛憎劇全四篇。（阿刀田　高）
ま-1-134

遠い接近
松本清張
赤紙一枚で家族と自分の人生を狂わされた山尾信治。その裏に隠されたカラクリを知った彼は、復員後、召集令状を作成した兵事係を見つけ出し、ある計画に着手した。（藤井康榮）
ま-1-135

（　）内は解説者。品切の節はご容赦下さい。

堂場瞬一
アナザーフェイス
家庭の事情で、捜査一課から閑職へ移り二年が経過した大友だが、誘拐事件が発生。元上司の福原は強引に捜査本部に彼を投入する……。最も刑事らしくない男の活躍を描く警察小説。
と-24-1

堂場瞬一
敗者の嘘
アナザーフェイス2
神保町で強盗放火殺人の容疑者が、任意同行後に自殺、その後真犯人と名乗る容疑者と幼馴染の女性弁護士が現れ、捜査は大混乱。合コン中の大友は、福原の命令でやむなく捜査に加わる。
と-24-2

堂場瞬一
第四の壁
アナザーフェイス3
大友がかつて所属していた劇団「アノニマス」の記念公演で、ワンマンな主宰の笹倉が、上演中に舞台の上で絶命する。その手口は、上演予定のシナリオそのものだった。（仲村トオル）
と-24-3

堂場瞬一
消失者
アナザーフェイス4
町田の駅前、大友鉄は想定外の自殺騒ぎで現行犯の老スリを取り逃がしてしまう。その晩、死体が発見され……。警察小説の面白さがすべて詰まった大人気シリーズ第四弾！
と-24-5

堂場瞬一
凍る炎
アナザーフェイス5
「燃える氷」メタンハイドレートをめぐる連続殺人事件。刑事総務課のイクメン大友鉄最大の危機を受けて、「追跡捜査係」シリーズの名コンビが共闘する特別コラボ小説！
と-24-6

堂場瞬一
親子の肖像
アナザーフェイス0
初めて明かされる「アナザーフェイス」シリーズの原点。人質立てこもり事件に巻き込まれる表題作ほか、若き日の大友鉄の活躍を描く、珠玉の6篇！
と-24-7

堂場瞬一
虚報
有名教授が主宰するサイトとの関連が疑われる連続自殺事件。それを追う新聞記者がはまった思わぬ陥穽。新聞報道の最前線を活写した怒濤のエンターテインメント長編。（青木千恵）
と-24-4